Die Autorin

Aurora Rose Reynolds lebt mit ihrem Mann, ihrem Sohn und ihrer Dogge Blue in Tennessee. Wenn sie ihre Zeit nicht mit ihrer Familie oder dem Schreiben verbringt, steckt sie ihre Nase am liebsten in Bücher.

Auf ihren Reisen quer durch die Welt und ihren Lebensabschnitten in vielen Teilen der USA hat Aurora unzählige Freundschaften geschlossen – all diese Erfahrungen und Menschen liefern ihr heute Material für ihre Geschichten.

NEW YORK TIMES UND USA TODAY BESTSELLER AUTORIN

AURORA ROSE REYNOLDS

UNDERGROUND KINGS

KAI

Contemporary Romance

Aus dem Amerikanischen von Lizzi Pierce-Parker

ROMANCE EDITION

UNDERGROUND KINGS: KAI

Aurora Rose Reynolds

1. Auflage

8712 Niklasdorf, Austria

Covergestaltung: © Sturmmöwen
Titelabbildung: © satyrenko
Korrektorat: Melanie Reichert

Printed in Germany

ISBN-Taschenbuch: 978-3-903130-94-4
ISBN-EPUB: 978-3-903130-95-1

www.romance-edition.com

Myla

»Alle suchen bereits nach dir.«

Ich streiche das Haar aus meinem Gesicht und beobachte einen Jungen, den ich nie zuvor gesehen habe, wie er in mein Baumhaus klettert. »Wer bist du?«, frage ich ihn, als er sich mir gegenübersetzt.

»Kai.« Lächelnd sieht er sich um. Er wirkt anders als die anderen Kids, die ich kenne. Sein Haar ist lang und seine Haut um einiges dunkler als meine. »Warum versteckst du dich?«

Ich zucke mit den Schultern und sehe weg. Daddy hat vorhin herumgebrüllt. Er war so wütend, dass er ganz rot wurde. Als Mommy zu weinen begann, brüllte er nur noch lauter. Ich hörte, wie Mommy zu Daddy sagte, dass er mich wegschicken solle.

Ich will nicht weg. Ich versuche, alles richtig zu machen, doch manchmal vergesse ich, zuzuhören.

»Warum weinst du?«

Ich sehe hoch und wische mir über das Gesicht. »Ich habe Angst«, flüstere ich und reibe über meine Nase.

»Komm schon. Ich beschütze dich«, sagt er und streckt mir seine Hand entgegen.

In diesem Moment ruft Mommy erneut meinen Namen. Ich schaue Kais Hand an, schiebe Mister Bär unter meinem Arm zurecht und lege schließlich meine Hand in seine, um nach unten zu klettern.

»Myla!«, ruft Mommy und rennt auf mich zu. Ich erkenne, dass sie schon wieder geweint hat. »Wo warst du?« Sie packt mich an den Schultern und schüttelt mich durch.

»Es war meine Schuld. Ich habe sie gefragt, ob sie mir das Baumhaus zeigen kann«, erklärt Kai.

Mommy hört auf, mich zu schütteln, und sieht zu ihm. »Das hättest du nicht tun sollen. Du wusstest, dass wir nach ihr gesucht haben«, sagt sie aufgebracht.

»Es tut mir leid. Ich habe nicht nachgedacht«, erwidert Kai

leise, schiebt seine Hände in die Hosentaschen und blickt zu Boden.

Ich sehe zurück zu Mommy. Sie schüttelt den Kopf, ehe sie mich wieder an der Hand packt und mit sich zieht. Als ich einen letzten Blick über meine Schulter zu Kai werfe, erkenne ich, dass er lächelt – was auch mich zum Lächeln bringt.

PROLOG

Myla

»Zeit, ins Bett zu gehen, *Zvyozdochka*«, sagt Papa, als er in mein Zimmer kommt.

Ich renne auf mein Bett zu und springe hinein, was alle meine Stofftiere zu Boden fliegen lässt. Flugs stehe ich auf, springe noch einmal hoch und lasse mich auf den Rücken fallen, was Papa zum Lachen bringt.

»Deine Mama hat mit dir über das Rumspringen auf dem Bett gesprochen, *Zvyozdochka.*«

Ich weiß, dass es Mama nicht gefällt, wenn ich hier herumhüpfe, aber es bringt Papa immer wieder zum Lachen. »Wirst du mir ein Lied vorsingen?«, frage ich, als er auf mich zukommt.

»Hast du deine Zähne geputzt?«

»*Da*«, antworte ich auf Russisch, was ihn ebenfalls belustigt.

»Hast du dir auch dein Gesicht gewaschen?«

»*Da*«, wiederhole ich kichernd.

»Hast du deine stinkenden Füße gewaschen?«, fragt er und hebt meine Füße zu sich hoch.

»*Nyet.*« Ich kichere noch mehr und wackle dabei mit den Zehen.

»Ah, *Zvyozdochka*, was soll ich bloß mit dir machen?«, fragt er und nennt mich seinen *kleinen Stern*, während er mich kitzelt.

In dem Versuch, ihm zu entkommen, rolle ich mich lachend hin und her. Sobald er aufhört, mich zu kitzeln, und ich aufhöre, zu lachen, hebt er mich hoch, zieht die Decke weg und legt mich wieder hin.

»Wirst du mir nun ein Lied vorsingen?«, frage ich erneut und klemme mir Mister Bär unters Kinn, als ich auch schon spüre, wie meine Augen zufallen.

»*Da.*« Papa küsst mich auf die Stirn und setzt sich neben mich auf die Matratze. Er streicht über meine Augenlider, bis sie sich vollständig geschlossen haben, und beginnt, leise zu singen. »*Zvyozdochka*, *Zvyozdochka*, du strahlst heller als die Sonne. *Zvyozdochka*, *Zvyozdochka*, nichts ist so wie du. *Zvyozdochka*, *Zvyozdochka*, für mich bist du etwas ganz Besonderes. *Zvyozdochka*, *Zvyozdochka*, ich werde dich immer über alles lieben, du bist mein Stern, der mich von fern leitet und wieder nach Hause führt.«

Dann schlafe ich ein.

»Du weißt, wo du sie hinbringst«, erklärt Papa Philip, während er mich nach draußen trägt.

Ich klammere mich fester an Papa.

Mama rannte aufgebracht aus Papas Büro, nachdem sie mich vorhin geweckt und mir gesagt hatte, dass ich mich anziehen solle. Dann übergab sie mich an ihn.

»Ich will aber nicht weg«, heule ich, strample mit den Beinen und schlinge die Arme noch fester um Papas Nacken, als er mich an Philip zu übergeben versucht.

Ich will nicht weg. Ich will bei ihm und Mama bleiben.

»*Zvyozdochka*, du musst nun ein großes Mädchen sein und mit Philip gehen.«

»Ich werde nie wieder unartig sein!« Ich schluchze und schreie auf, als er meine Hände von seinem Nacken nimmt.

Philip packt mich an den Hüften und zieht mich von Papa weg.

»Du bist unser größter Schatz«, sagt mein Papa, als er die Wagentür für Philip öffnet, der sich auf die Rückbank der Limousine setzt und mich auf seinem Schoß platziert.

»Ich liebe dich, Papa!« Ich heule und sehe, dass auch mein Papa weint, ehe er mir den Rücken zukehrt.

»*Pah idiom!*«, sagt Philip und die Limousine setzt sich in Bewegung. Ich drehe mich in Philips Armen herum und beobachte durch das hintere Fenster, wie Papa schwungvoll die Haustür öffnet. Mama steht im Flur. Papa hebt sie hoch und ich höre sie meinen Namen rufen, als sich die Tür auch schon wieder schließt.

1. KAPITEL

Myla

My Husband

Ich fühle Sonnenstrahlen auf meinen geschlossenen Augenlidern und etwas Scharfes, das auf mein Gesicht trifft. Ich versuche, dem Schmerz auszuweichen, und wimmere auf, als etwas über meine Wange kratzt. Als ich die Stelle berühre, spüre ich Feuchtigkeit. Ich schlage die Augen auf. Da ist Blut an meinen Fingern. Ich drehe meine Hand um und sehe einen auffälligen Ring, der auf meinem Ringfinger steckt.

»Großartig«, flüstere ich, schließe die Lider erneut und lasse den Kopf nach hinten fallen.

Als ich mich vorhin schlafen legte, betete ich, dass der Ring und der Mann, der ihn mir angesteckt hatte, nichts als ein böser Traum wären. So viel Glück habe ich wohl nicht. Ich drehe mich um und nehme einen zittrigen Atemzug, mir wünschend, ich könne meine Augen noch ein paar Sekunden länger geschlossen halten und weiterschlafen, bis alles wieder zur Normalität zurückgefunden hat.

»Zeit, aufzustehen.«

Ich drehe den Kopf und begegne dem Blick meines kürzlich angetrauten Ehemannes durch die geöffnete Tür des Schlafzimmers. Er wirkt wie ein alter hawaiianischer Krieger. Sein langes, gewelltes Haar ist mit einem Lederband in seinem Nacken zusammengebunden. Sein wie aus Stein gemeißeltes Kinn lässt seine vollen Lippen und die langen Wimpern sehr männlich erscheinen.

Für gewöhnlich fühle ich mich nicht klein, aber neben ihm fühle ich mich winzig. Er muss mindestens zwei Meter groß sein. Seine Schultern sind so breit, dass es mich nicht wundern würde, müsste er sich bei den meisten Türstöcken seitlich drehen, um hindurchzupassen.

»Wenn wir keinen Termin mit meinem Anwalt hätten, hätte ich dich schlafen lassen«, sagt er und reißt mich aus meiner geistigen Bestandsaufnahme.

Wofür ich wirklich dankbar sein sollte, ist die Tatsache, dass er vom ersten Moment an, als er mich gerettet hat, sehr freundlich und überraschend sanft mit mir umgegangen ist.

»Ich bin gleich so weit«, sage ich leise und beginne, mich aufzurichten. Schmerz jagt durch meine Seite und zwingt mich, scharf einzuatmen.

»Du sagtest, du seist nicht verletzt«, knurrt er.

Ich werde am Rand des Bettes in eine sitzende Position gehievt. Dabei bin ich so sehr darauf konzentriert, Luft in meine Lunge zu bringen, dass ich nicht mal mitbekomme, wie nah er mir ist, bis ich seine Hand auf meiner nackten Schulter spüre.

»Es geht mir gut«, murmle ich, bemüht, durch den Schmerz und die Gefühle, die sich in meinem Bauch tummeln, hindurchzuatmen.

»Du brauchst einen Arzt.«

»Brauche ich nicht«, erwidere ich und hebe den Kopf, um seinem Blick zu begegnen.

»Myla.« Seine Augen wirken sanft, als er meinen Namen ausspricht. Er hebt seine Hand, was mich dazu bringt, zusammenzuzucken. Sofort verkrampft sich sein Kiefer.

»Entschuldige«, sage ich und stehe auf.

»Wir müssen darüber reden, was vorgefallen ist«, meint er und lässt die Hand in seinen Schoß fallen.

»Wie lang habe ich Zeit, um mich fertig zu machen?«, frage ich und gehe auf das Badezimmer zu.

»Dreißig Minuten«, gibt er zurück, als ich mich ihm wieder zuwende.

Als sich unsere Blicke treffen, sehe ich Verärgerung in seinem aufblitzen.

Er erhebt sich. »Wir werden reden«, bestimmt er, geht aus dem Raum und schließt ohne ein weiteres Wort die Tür hinter sich.

Ich starre die Tür einen Moment an, dann begebe ich mich ins Badezimmer, stütze die Hände auf der Anrichte ab und betrachte mich im Spiegel. Beobachte, wie sich meine Augen mit Tränen füllen. »Du bist stark, Myla. Du kannst das«, flüstere ich mir zu und nehme einen zittrigen Atemzug, ehe ich mir kaltes Wasser ins Gesicht spritze.

Als ich mich erneut betrachte, sind die Tränen weggewaschen und auch alle Spuren davon sind fort. Ich nehme ein Handtuch aus einem der Einbauschränke und vergrabe mein Gesicht darin, während ein Schluchzer meine Kehle nach oben wandert.

Meine Seele fühlt sich an, als hätte sie sich verdunkelt. Nicht nur wegen dem, was ich mit ansehen musste, sondern vor allem wegen dem, was ich getan habe. Ich habe keinen Schimmer, wie ich darüber hinwegkommen soll, dass Menschen vor meinen Augen gestorben sind – in dem Wissen, schuld an ihrem Tod zu sein.

Ich wische mein Gesicht mit dem Handtuch ab, schiebe die Glastür der Dusche auf und stelle das Wasser an. Sobald es warm genug ist, ziehe ich mich vorsichtig aus und trete unter den Strahl. Am liebsten würde ich mich auf den Boden setzen und heulen, aber im Moment ist das keine Option.

Ich mache meine Haare nass, dann sehe ich mich um und finde ein Regal voll mit kleinen Flaschen und verschiedenen Duschgelen. Rasch gehe ich die Produkte durch, bis ich eins für Frauen finde. Ich gebe etwas davon auf meine Handfläche und schäume es auf. Ich habe keine Ahnung, ob es sich hier um Kais Badezimmer handelt, aber wenn dem so ist, will ich nichts von seinem Zeug benutzen und auch noch den ganzen Tag nach ihm riechen.

Wenig später verlasse ich die Dusche und trockne mich ab, bevor ich meine Klamotten vom Boden aufsammle. Als ich das Bad verlasse, betrachte ich das Schlafzimmer zum ersten Mal, seit ich letzte Nacht hier angekommen bin. Der Raum ist riesig, mit großen Glastüren, durch die man das Meer betrachten kann. Ich gehe auf die Türen zu und sehe hinaus auf das Wasser.

In Seattle lebe ich in einer wunderschönen Zweizimmer-Eigentumswohnung. Ich habe mein Apartment wegen des Meerblicks gewählt, aber die Aussicht ist nicht mit dieser hier vergleichbar. Dünen versperren mir die Sicht und das Wasser ist so dunkel, es wirkt fast schwarz. Das Meer hier hingegen ist so tiefblau, so etwas habe ich noch nie zuvor gesehen. Das Blau wirkt wie der Himmel an einem kristallklaren Tag.

Mein Blick wandert von dem wundervollen Ausblick zurück zu dem gigantischen Bett, das mit reinweißen Laken bedeckt ist. Es wirkt noch größer als das kalifornische Kingsize-Bett, das einer meiner Freunde besitzt; dabei wäre das schon perfekt für einen Mann von Kais Größe. Auf jeder Seite des Betts befindet sich ein Tischchen mit je einer Lampe, die beide aussehen, als wären sie aus einem Stück Treibholz gemacht. Die Lampen passen zu dem Kleiderständer, der sich ebenfalls in dem Raum befindet. Er hat unterschiedlich lange Enden, an denen man etwas aufhängen kann.

Ich mache keine Bilder oder etwas anderes aus, das darauf schließen ließe, wessen Zimmer das hier sein könnte. Ich schüttle den Kopf über meine Gedanken und betrachte meine Klamotten, die ich anhatte. Automatisch kräuselt sich meine Nase. Letzte Nacht war ich dermaßen erledigt, dass ich sofort darin eingeschlafen bin. Allerdings habe ich nicht das Bedürfnis, sie heute noch einmal zu tragen. Ich gehe zu der Anrichte, ziehe die oberste Schublade auf und finde Männerboxershorts darin. Ich nehme mir eine und ziehe sie unter meinem Handtuch an. In der nächsten Schublade finde ich Socken, in die ich schlüpfe, bevor ich weitersuche, bis ich endlich ein Shirt entdecke, das ich vorsichtig überstreife, ohne die Prellungen an meiner Seite zu berühren.

Sobald ich angezogen bin, bringe ich die Handtücher ins Bad zurück und hänge sie dort auf. Ich finde eine Tube Zahnpasta und benutze meinen Finger als Bürste, um mich zumindest etwas für das Treffen mit Kais Anwalt frisch zu machen.

Gestern, als wir heirateten, unterschrieb ich keinen Ehevertrag, obwohl der Kerl, der bei Kai war, darauf bestanden hat. Ich verstand nicht wirklich, warum die zwei so sehr darauf beharrten – bis wir verheiratet waren und am Flughafen ankamen. Ich ging davon aus, dass wir einen einfachen Flug buchen würden, und war schockiert, als wir zu einer privaten Maschine gebracht wurden. Noch überraschter war ich, als der Name, der auf dem Flieger stand, der meines Ehemannes war. Ich hatte mich wieder etwas im Griff, als wir in Hawaii landeten, allerdings auch nur, bis ich den *Bentley* sah, der uns abgeholt und zu diesem Anwesen hier gebracht hat. Ich bin schon immer von Leuten umgeben gewesen, die Geld besitzen, aber noch nie in dem Ausmaß, wie es bei Kai anscheinend der Fall ist.

Ich gehe auf die Tür zu und fahre mir mit den Fingern durch das nasse Haar, ehe ich den Knauf drehe und durch einen kleinen Spalt nach draußen spähe. Meine Augen brauchen ein paar Sekunden, bis sie sich an die Dunkelheit in der Halle gewöhnt haben, dann treffe ich auf den Blick aus einem Paar dunkler Augen, die von noch dunkleren Wimpern umrahmt werden.

»Myla«, sagt der Mann.

Ich blinzle zweimal und nehme seinen Anblick in mich auf. Sein Haar ist dunkelbraun, seine Nase äußerst männlich und seine Hautfarbe sieht der von Kai sehr ähnlich. Mein Blick fällt auf seinen Mund. Er wirkt amüsiert, was mich dazu veranlasst, meine Augen zusammenzukneifen, bevor ich wieder zu ihm hochsehe. »Wer bist du?«, frage ich, schiebe die Tür ganz auf und verschränke schließlich die Arme vor meiner Brust.

Er betrachtet meine Haltung, dabei wird seine Erheiterung immer größer. »Aye.«

»Was?« Ich ziehe die Stirn kraus, als er leise auflacht.

»Mein Name ist Aye.«

»So, wie wenn ein Pirat *Ja* sagt?«, hake ich nach und schicke ein Knurren hinterher, als er sich vor lauter Lachen bereits den Bauch halten muss. »Was ist so lustig?«

Es dauert einen Moment, doch schließlich kriegt er sich wieder ein und richtet sich zu seiner vollen Größe auf. »Mein Name ist Aye, doch meine Freunde nennen mich Daddy. Wie wäre es, wenn du das auch machst?«, fragt er und hält mir seine Hand entgegen.

»Ich sage sicherlich nicht Daddy zu dir.« Ich ziehe die Brauen zusammen und beobachte, wie er seine Lippen verzieht.

»Du musst nicht Daddy sagen.« Er grinst, was mich an einen kleinen Jungen erinnert. »Du kannst mich auch einfach Aye nennen.«

Die Falte auf meiner Stirn vertieft sich. »Sagen die Leute wirklich Daddy zu dir?« Ich kneife die Augen zusammen, fordere ihn heraus, die Wahrheit zu sagen.

»Klar.« Er greift nach meinem Oberarm, um mich an sich zu ziehen und die Tür hinter mir zu schließen. Dann legt er seinen Arm um meine Schultern und führt mich den Flur hinunter.

»Was machst du da?«, frage ich und winde mich aus seiner halben Umarmung.

Er sieht nachdenklich den Flur entlang. »Kai hat dir nicht gesagt, dass ich für deine Sicherheit verantwortlich bin?«, will er wissen und ich verneine. »Pika und ich werden das übernehmen, allerdings ist er gerade nicht hier, also bin ich im Moment verantwortlich.«

»Ich dachte, ich wäre nun sicher?« Ich schlinge die Arme um mich.

»Das bist du.« Er betrachtet mich eindringlich. »Niemand wird dir etwas antun.«

»Kannst du mich einfach zu Kai bringen?«, fragte ich sanft mit dieser Unruhe im Magen. Obwohl ich Kai nicht kenne, ist er im Moment die einzige Person, der ich wirklich vertraue.

»Aber natürlich«, erwidert er leise, nimmt meine Hand und führt mich den Gang hinunter. Als dieser breiter wird, stehen wir im dritten Stock. Ein gläsernes Geländer gibt die Sicht auf eine riesige Holztreppe frei, die nach unten führt; und noch weiter hinab bis zum Strand. Ich habe noch nie etwas so Wunderschönes gesehen. Das Meer ist einige Meter entfernt und doch wirkt es, als würde es mit dem Strand und dem Haus verschmelzen.

»Es muss ganz schön was kosten, dieses Anwesen zu erhalten«, murmle ich und betrachte den vielen Sand, der sich an das Gebäude schmiegt.

Ich höre Aye leise lachen. Sanft zieht er mich zu sich und führt mich über eine Balustrade – hinunter in eine weitere kleine Halle und von dort aus in ein großes Esszimmer, wo Kai und ein fremder Mann über einem Haufen Papiere gebeugt zusammensitzen. Sobald wir den Raum betreten, wenden sich uns die beiden zu. Kais Blick gleitet von meinen feuchten Haaren zu meinen in Socken steckenden Füßen, ehe er mir eine Hand entgegenhält und leicht sein Kinn hebt. Ich will nicht zu ihm gehen, aber etwas in seinem Blick sagt mir, dass ich es tun soll. Ich nehme seine Hand und komme nicht mal zum Blinzeln, da zieht er mich bereits auf seinen Schoß.

»*Makamae*«, flüstert er mir zu und haucht einen Kuss auf meine Ohrmuschel.

Mein Magen verknotet sich und ich drücke die Nägel in meine Handinnenfläche, bevor ich ihn ansehe. Als sich unsere Blicke treffen, versuche ich, im Stillen zu verstehen, was er mit mir anstellt.

»Du hast ein paar Klamotten gefunden«, sagt er leise und fährt mit den Fingern den Saum meiner Shorts entlang.

»Ich hoffe, das macht dir nichts aus«, murmle ich, greife nach seiner Hand und stoppe sie.

»Ich würde meiner Frau nie etwas abschlagen«, meint er, ohne meinen Blick loszulassen.

Ich kämpfe dagegen an, wegzusehen, mich nicht zu verstecken.

Als ich ihn zum ersten Mal gesehen habe, war ich nicht sicher, ob ich ihm freiwillig jemals wieder begegnen möchte, und dennoch war er mein Retter. Obwohl er mir versichert hat, mir nichts zu tun, fühle ich noch immer diesen Drang in mir, von ihm und dieser Energie, die ihn umgibt, wegzukommen.

»Fühlst du dich besser, nachdem du geduscht hast?« Er betrachtet mein Gesicht und lässt seinen Finger über die Unterseite meines Kinns wandern.

»Ja«, murmle ich. Der Knoten in meinem Magen löst sich und ein anderes Gefühl erwacht.

»Gut.« Er lehnt sich nach vorn und streicht mit den Lippen leicht über meine.

Automatisch lege ich die Hand auf seine Brust und spüre die

Wärme seiner Haut sowie seinen Herzschlag durch den Stoff seines Shirts. Als er sich zurücklehnt, sucht er für wenige Sekunden erneut nach meinem Blick. Sobald der Kontakt durchbrochen ist, nehme ich einen Atemzug und schenke dem zweiten Mann, der uns gegenüber am Tisch sitzt, meine Aufmerksamkeit.

»Myla, ich möchte dir gern Detective Nero Wolfe vorstellen. Nero, das ist meine Frau Myla Kauwe.« Kai drückt meinen Schenkel.

»Nett, dich kennenzulernen, Myla.« Der Detective lächelt, was ein Grübchen auf seiner linken Wange offenbart und von seinem dunklen Hauttyp noch unterstrichen wird. Der Blick aus dunkelbraunen Augen wandert zwischen Kai und mir hin und her. Dann lacht er, was seine längeren, zerzausten, aschblonden Haare über seinen Hemdkragen streifen lässt. Hätte er keinen Anzug getragen, hätte ich geschworen, er wäre Surfer, aber sicherlich kein Detective.

»Ich freue mich ebenfalls«, gebe ich zurück, fühle mich allerdings leicht unwohl unter seiner Musterung. Mir war klar, dass ich irgendwann mit der Polizei über den Vorfall sprechen muss, aber ich habe gehofft, noch ein paar Tage Zeit zu haben, um das alles zu verarbeiten.

»Kai hat mir schon das meiste erzählt. Ich habe trotzdem noch ein paar Fragen an dich. Ist das in Ordnung?«, will er sanft wissen. »Auch, dass ich dich duze?«

Ich ringe mit mir, Kai anzusehen und ihn auf diese Weise um Erlaubnis zu bitten. Ich bin auf das hier nicht vorbereitet und fühle mich wie in den Mittelpunkt gezerrt. »Klar.« Ich nicke, erhebe mich von Kais Schoß und setze mich auf einen eigenen Stuhl. Ich muss mich daran erinnern, dass das alles hier nur eine Lüge ist. Wir sind verheiratet, aber nicht aus freien Stücken, sondern aus einer Notwendigkeit heraus. Ich darf nicht zulassen, dass meine persönlichen Schwächen diese Situation beeinflussen. So sehr es mir missfällt, es zuzugeben, aber Kai hat einen enormen Einfluss auf mich.

»Nun, lass uns anfangen«, sagt Nero und schiebt ein paar

Papiere auf dem Tisch zurecht. »Ich weiß, dass du und Kai gestern in Vegas geheiratet habt, aber kannst du mir schildern, was am Tag zuvor vorgefallen ist?«

Ich schlinge beide Arme um mich und werfe einen Blick zur Tür, durch die ich zu gern fliehen würde. Dort steht Aye. Er nickt und schenkt mir ein kleines Lächeln. Im nächsten Moment fühle ich, wie eine raue Hand meinen Schenkel drückt. Kai streicht mit der Handfläche über meine Haut.

Ich wende mich Nero zu, ohne Kai zu viel Aufmerksamkeit zu schenken. »Was wollen Sie wissen?«

»Beginne ganz am Anfang.« Er lächelt freundlich und greift nach einem Stift.

Erneut nicke ich, ziehe die Beine unter den Stuhl und versuche, meine Gedanken zu ordnen. »Ich besitze eine Bäckerei in Seattle. *Raining Sprinkles.*« Ich schlucke, als ich mich daran erinnere, dass meine Bäckerei nun nur noch Asche und Staub ist.

»Lass dir Zeit«, sagt Nero ermutigend.

»Wie bereits gesagt, führe ich eine Bäckerei und wie jeden Sonntag war nur ich da, um sie zu öffnen. Meinen Mädels habe ich immer frei gegeben, da ohnehin nicht so viel los war. Der Tag hat wie immer begonnen. Ich war um fünf da, setzte Kaffee auf und kümmerte mich bis kurz vor sechs um einige organisatorische Sachen. Um Punkt sechs ging ich in die Küche und schob ein paar Muffins in den Ofen, danach bestückte ich draußen die Vitrine. Um acht habe ich wie immer den Laden geöffnet. Kurz darauf kam bereits mein erster Kunde.« Ich halte inne und nehme einen Atemzug, dabei schlinge ich die Arme noch etwas fester um mich. »Der restliche Tag war unspektakulär. Es fiel nichts Außergewöhnliches vor. Da ich allein war, war ich die ganze Zeit über beschäftigt, aber das habe ich erwartet. Gegen halb drei ging ich nach hinten, um eine Ladung Geschirr in den Geschirrspüler zu räumen. Als ich wieder nach vorn kam, fiel mir auf, dass der Mann, der an jenem Tag als Erstes den Laden betreten hatte, noch immer dort am Tisch saß.« Ich schließe die Augen und öffne sie langsam wieder. »Ich bin zu ihm gegangen, um sicherzugehen, dass alles in Ordnung war. Dann habe ich ihm gesagt, dass wir um drei Uhr schließen würden. Gegen drei war er plötzlich verschwunden. Ich habe mich um ein paar Kunden gekümmert, die darauf gewartet haben, dass ich ihre Sachen einpacken würde. Ich begleitete die Letzten zur Tür und drehte das *Geschlossen*-Schild um, als ein Fremder auf mich zurannte und rief, er habe sein Telefon auf der Toilette liegen gelassen.«

Ich werfe den beiden Männern einen Blick zu und fahre fort. »Ein seltsames Gefühl überkam mich, also stand ich eine Weile einfach nur da, während er durch die geschlossene Tür spähte, als würde er sein Telefon suchen. Dann schob er die Tür plötzlich auf und ich stolperte zurück. Zuerst dachte ich, es würde sich um einen Kunden handeln, der heute hier war, doch in dem Moment wurde mir schlagartig klar, dass dieser Mann mein Bruder Thad war.« Meine Kehle verengt sich, mir wird übel und ich spüre einen Schauder über meinen Rücken huschen.

»Ist alles okay?«, fragt Nero.

Ich atme tief ein. »Alles gut«, erwidere ich leise, stelle die Füße auf den Boden und weiche Kais Berührung aus. »Als mir bewusst wurde, um wen es sich handelte, wurde ich wieder klar im Kopf. Ich habe ihn nicht mehr gesehen, seit ich mit achtzehn von zu Hause ausgezogen bin. Er kam in den Laden und ließ ein paar andere Männer hinein«, erzähle ich und spüre Kais Hand, die er auf meinen unteren Rücken legt, um mein Shirt ein klein wenig anzuheben. Seine Finger gleiten über meine Haut und ich frage mich, ob er mir so mitteilen möchte, dass es Dinge gibt, über die ich nicht reden soll.

»Was ist als Nächstes passiert?«, fragt Nero sanft.

Ich lehne mich leicht gegen Kais Hand, der kurz innehält, mich dann aber weiter streichelt. »Er drängte mich nach hinten in den Laden und erklärte mir, dass er einigen Männern Geld schulde, das ich ihm geben solle. Ich kann nicht sagen, ob er auf Drogen war, aber er wirkte ziemlich ängstlich. Ich erklärte ihm, dass ich so viel Geld nicht hätte, während er mich auf einen Stuhl setzte und fesselte.«

»Und dann?«

»Keine Ahnung«, erwidere ich schwach. »Ich wurde am Kopf getroffen und als ich wieder aufwachte, trug mich Kai gerade aus dem brennenden Gebäude.« Ich sehe zu Kai. Auch wenn ich niemals bereit sein werde, jedes Detail über den Vorfall zu erzählen – Kais Rettung ist keine Lüge. Für seinen Einsatz werde ich ihm ewig dankbar sein.

»Dann seid ihr nach Vegas gefahren und habt geheiratet?«

Ich reiße den Blick von Kai los und sehe zu Nero. »Ja. Nun, wir haben geplant, zu heiraten«, lüge ich.

Kais Hand auf meinem Rücken hält inne. Wir haben nie im Einzelnen darüber gesprochen, was wir sagen werden, wenn jemand fragt, also versuche ich, etwas Glaubwürdiges zu erfinden. »Nach den Dingen, die vorgefallen sind, habe ich erst begriffen, wie kurz das Leben sein kann. Ich habe Kai gesagt, dass ich keinen Tag mehr ohne ihn sein will und in unserer Beziehung einen Schritt weitergehen möchte. Also haben wir in Vegas angehalten und geheiratet«, erkläre ich.

Nero betrachtet mein Gesicht, dann blickt er auf das Klemmbrett vor ihm, auf dem er zu schreiben beginnt.

Ich beiße mir auf die Lippe. Ich fühle mich, als hätte ich etwas Falsches getan. Keine Ahnung, was ich sonst hätte sagen sollen. Ich denke ein – *Ich traf ihn gestern zum ersten Mal und heiratete ihn, weil er meinte, mich nur so beschützen zu können* – würde sich ziemlich verrückt anhören.

»Und ansonsten kannst du dich an nichts erinnern?«, fragt er und sieht mich wieder an.

Ich schüttle den Kopf und ziehe die Beine unter meinen Hintern. »Nein, nichts«, gebe ich zurück und presse die Lippen zusammen.

»Kannst du mir etwas über deinen Bruder erzählen?«

Mein Körper spannt sich an und ich kann fühlen, wie all das Blut mein Gesicht verlässt. »Da gibt es nichts zu erzählen«, flüstere ich und hasse mich dafür, immer so schwach zu sein, wenn ihn jemand zur Sprache bringt.

»Geht es dir gut?« Nero studiert meine Mimik.

»Ja. Nur müde.« Ich setze mich auf, stütze die Ellenbogen auf den Tisch und streiche mir das Haar aus dem Gesicht, als plötzlich Erinnerungsfetzen durch meinen Kopf jagen.

Als ich von meinen Eltern weggebracht und mir später gesagt wurde, sie seien tot. Als ich bei Modesto und Ida Akskvo und deren beiden Söhnen Thad und Royce einzog. Sie erklärten mir, dass ich niemals jemandem erzählen dürfe, wo ich herkam, denn das könne meinen Tod bedeuten.

Darauf folgen viele glückliche Erinnerungen aus dem Leben mit meiner neuen Familie. An die Arbeit mit meinem Dad in der Modesto's Bäckerei. *An die Shoppingausflüge mit meiner Mom Ida oder die Momente, wenn ich mit meinem Bruder Royce abhing.*

Als ich sechzehn Jahre alt wurde, änderte sich alles. Thad begann, sich nachts in mein Zimmer zu schleichen, und zeigte mir, dass die Hölle auf Erden tatsächlich existierte.

Die Erinnerungen an die Dinge, die er mir antat, die er mir genommen hat, bringen mich zum Würgen. Ich stehe auf und renne aus dem Esszimmer. Ich habe keine Ahnung, wo ich hinmuss, und beginne, Türen auf dem Flur zu öffnen und wieder zu schließen, bis ich eine gefunden habe, die in ein Badezimmer führt. Ich fummle am Schloss herum, bis es einrastet, und taste gleichzeitig die Wand nach einem Lichtschalter ab, den ich betätige. Als das Licht den Raum erhellt, stehe ich meinem eigenen Spiegelbild gegenüber. Mein Gesicht ist fahl, mein blondes Haar wirkt strähnig und meine Lippen sind dunkler als üblich. Eine neue Welle der Übelkeit trifft mich und ich hechte auf die Toilette zu. Es dauert einige Minuten, um mich wieder unter Kontrolle zu bringen. Als ich es geschafft habe, fällt mir auf, dass jemand so hart gegen die Tür hämmert, dass die Bilder an den Wänden zittern.

»Ich trete sie ein«, brüllt Kai von der anderen Seite aus.

Ich will ihm sagen, dass ich ihm öffne, als die Tür bereits aufkracht und gegen die Wand dahinter schlägt. Holz zersplittert und fliegt überall herum. Kai betritt den Raum. Unsere Blicke treffen sich und ich sehe etwas in seinen Augen aufblitzen, als er auf mich zukommt.

»Ich werde dich raustragen, damit du dir keinen Splitter eintrittst«, sagt er sanft und hebt mich hoch. »Aye, sag Detective Nero, dass wir den Termin verschieben werden. Meine Frau fühlt sich nicht wohl«, ordnet er an und trägt mich in den Raum, in dem ich heute Morgen aufgewacht bin. Vorsichtig legt er mich auf dem Bett ab. »Lass mich dir einen Waschlappen holen.« Damit verschwindet er im Bad.

Ich höre, wie er das Wasser aufdreht. Einen Moment später kommt er bereits zurück. »Du musst mir sagen, was in der Bäckerei passiert ist, bevor ich dort aufgetaucht bin.« Er setzt sich auf das Bett und reicht mir das nasse Tuch, das ich ihm abnehme. Dabei versuche ich, das Zittern meines Körpers unter Kontrolle zu bekommen.

Was geschah, spielt sich plötzlich wie ein alter Film in meinem Kopf ab.

»Myla, ich habe dich vermisst«, sagt Thad, schlingt einen Arm um meine Taille und schiebt mich zwei Schritte zurück. Er beugt sich zu mir, sein Gesicht zu meinem Nacken, und plötzlich fühle ich seine Zunge, die meine Haut berührt. Alles in mir versteinert und ich hasse mich dafür, nicht zu schreien, nicht zu kämpfen, doch all die Jahre war mein Körper immer nur in Angst erstarrt.

»Was machst du hier?«, wispere ich, als zwei weitere Männer hereinkommen. Mein Magen fällt ins Bodenlose, als ich beobachte, wie einer der Kerle die Tür zumacht und abschließt.

»Es ist dein Geburtstag«, sagt er und beginnt, mich in den hinteren Teil des Ladens zu schieben.

Ich schreie auf und will mich losmachen, doch er grinst nur boshaft und beginnt zu lachen. Seine Finger graben sich so fest in meine Haut, dass ich davon blaue Flecken bekommen werde. »Bitte, lass mich los.« Ich will erneut von ihm wegkommen, aber sein Griff wird nur noch fester. Er zerrt mich nach hinten und setzt mich auf einen Stuhl.

»Halt die Klappe«, ordnet er an und richtet dabei einen Finger auf mein Gesicht. Dann sieht er zu einem der Männer hinüber, die uns gefolgt sind. »Fahr zu ihr und hol alle ihre Sachen. Wir treffen uns später wieder hier«,

sagt er und wirft dem Mann meine Handtasche zu.

»Verstanden«, erwidert dieser, holt die Schlüssel aus meiner Tasche und verlässt den Raum.

»Was geht hier vor sich? Warum bist du gekommen?«, flüstere ich.

Thad wendet sich mir zu. Er legt seine Hand um mein Kinn, seinen Daumen und Mittelfinger jeweils auf eine Seite, und drückt sie zusammen. »Ich hole dich nach Hause, wo du mich heiraten wirst. Mom wird so glücklich sein.« Er lächelt.

Ein Klumpen steckt in meiner Kehle, macht es mir schwer, zu atmen. »Was redest du da?«, bringe ich schließlich hervor.

»Oh, Prinzessin, da gibt es so viel, wovon du nichts weißt.« Er stemmt die Hände links und rechts von mir auf den Stuhllehnen ab und bedrängt mich mit seinem Körper. »Aber mach dir keine Sorgen. Wir haben genug Zeit, alles zu besprechen.« Er leckt über meinen Nacken, was meinen Magen in Aufruhr versetzt.

Als er sich zurückzieht, werfe ich dem Mann am anderen Ende des Raums einen Blick zu. Es ist der Kerl, der den ganzen Tag in meinem Laden saß. Etwas blitzt in seinen Augen auf, doch er wendet sich ab, noch bevor ich erkennen kann, was das zu bedeuten hat.

»Wir haben einen stressigen Tag vor uns«, sagt Thad.

Ich sehe mich um, versuche, mir einen Fluchtplan zurechtzulegen.

»Myla? Myla.«

Mir wird klar, dass ich zittere. Ich fixiere Kais Gesicht über mir und rutsche auf dem Bett nach oben, bis ich mir den Kopf am Bettgestell anschlage.

»Hey, vorsichtig«, sagt er.

Ich reibe über meinen Scheitel. »Sorry.«

»Entschuldige dich nicht.« Er sieht durch das Fenster hinaus. »Willst du darüber reden, was vorgefallen ist?«

Ich schüttle den Kopf, als mir bewusst wird, dass Kai noch immer hinausschaut. »Nein.« Ich lehne mich zurück und schließe die Augen. »Es tut mir leid, dem Detective gesagt zu haben, dass wir uns daten. Er hat mich kalt erwischt und ich war aufgeregt. Ich weiß nicht, was ich sonst hätte sagen können. Vielleicht hätten wir darüber reden sollen. Ich meine, ich weiß nicht mal, ob du eine Freundin hast.« Ich schlage die Lider auf und begegne seinem Blick. Kleine Lachfältchen haben sich um seine Augen gebildet und ein Lächeln auf seinen Lippen. »Hast du eine Freundin?«, frage ich und beobachte, wie sein Lächeln breiter wird.

»Du redest ziemlich viel«, erwidert er.

»Nun, hast du eine?«, frage ich gefährlich leise. Ich habe darüber bisher keine Sekunde nachgedacht. Doch etwas an dem Gedanken, dass er ein anderes Mädchen haben könnte, erzeugt ein ähnliches Gefühl wie Übelkeit.

»Nein.«

»Gut.« Ich nicke und sein Lächeln wird noch eine Spur breiter. »Ich meine *gut*, weil ich mich ziemlich schlecht fühlen würde, würdest du jemanden daten, aber eine andere heiraten.«

»Myla, das weiß ich.« Er reibt über mein Knie und ein Kribbeln erfüllt meinen Bauch.

»Wie schlecht war ich beim Beantworten von Neros Fragen?«, will ich wissen, setze mich auf und entgehe so seiner Berührung.

»Das hast du gut gemacht. Wir haben über den Vorfall gesprochen, bevor du zu uns gekommen bist. Er versteht, dass du alles noch verarbeiten musst.«

Ich beiße mir auf die Unterlippe und lege die Arme um mich. Dann schaue ich durch das Fenster nach draußen. »Nun, wie geht es weiter?«

»Wie es weitergeht?«, wiederholt er und ich sehe ihn wieder an.

»Ja. Was tun wir? Du hast gemeint, wir müssen mit deinem Anwalt sprechen.«

»Du tust gar nichts. Ich habe den Termin mit dem Anwalt verschoben, als Nero aufgetaucht ist, und nun habe ich ein paar Dinge zu erledigen. Wenn die Götter auf meiner Seite sind, wird sich bald alles von selbst regeln und wir können zur Normalität zurückfinden«, sagt er sanft.

Ich bedeute ihm meine Zustimmung, auch wenn meine Normalität bereits lang zuvor verloren ging.

2. Kapitel

Myla

I know you

Ich höre Kai aufbrüllen und werfe einen Blick über meine Schulter zum Haus zurück. Dabei schiebe ich mir die Sonnenbrille auf den Kopf und lege meinen *Kindle* auf dem kleinen Tisch neben meiner Sonnenliege ab.

»Bleib hier«, sagt Aye und marschiert auf das Haus zu.

Als die Stimmen lauter werden, erhebe ich mich und gehe ebenfalls nach drinnen. Leise laufe ich durch die Halle und linse um die Ecke, wo ich den Mann erkenne, der Thad Zugang zur Bäckerei verschafft hat. Er steht allein in der Küche, sein Körper gegen die Wand gepresst, den Kopf leicht nach hinten geneigt, als würde er jeden Moment einen Faustschlag erwarten.

Mein Magen zieht sich zusammen, doch ich dränge das Gefühl zurück. Ich renne über den Flur auf das Badezimmer zu, wo ich nach etwas suche, das ich als Waffe verwenden kann. Es ist kein Bad im eigentlichen Sinn, darin befindet sich nur ein Waschbecken auf einem Sockel; Schubladen gibt es keine und auch keine Schränke. Ich will bereits aufgeben, als die Abflussglocke meine Aufmerksamkeit erregt. Ich hebe sie hoch und spüre das Gewicht in meiner Hand. Sie ist schwer und aus Holz, mit einer großen roten Saugglocke am Ende des Stiels. Damit gehe ich zurück über den Flur und warte ein wenig, bevor ich die Küche betrete.

Der Kerl ist nicht mehr da. Nun steht Aye neben der Anrichte. Ich will auf ihn zugehen, da sehe ich wieder den Mann, der sich an Aye heranschleicht. Ohne nachzudenken, hole ich aus und schlage ihm das Ding in meiner Hand hart auf den Kopf. Die Saugglocke löst sich beim Aufprall und springt über den Küchenboden, während sich der Kerl zusammenkrümmt.

»Wa...« Aye sieht auf den Mann nieder, den ich ausgeknockt habe, dann reißt er die Augen auf und blickt zu mir. »Warum hast du das gemacht?« Er nimmt mir den Holzstab aus der Hand.

»Er ist auf dich zugeschlichen«, erkläre ich, packe die Hände des Mannes und ziehe sie ihm, wie ich es in meinem Selbstverteidigungskurs gelernt habe, auf den Rücken, sodass er sich nicht mehr bewegen kann. »Hast du Handschellen oder etwas Ähnliches?«, frage ich Aye von meiner hockenden Position aus.

»Wir werden Pika nicht fesseln«, murmelt er und sieht mich an, als wüsste er nicht, was er von mir halten soll.

Verständnis blitzt plötzlich in seinen Augen auf.

Pika lässt ein Stöhnen hören. Ich nehme Aye den Schlägel weg, um erneut auf den Mann am Boden einzuschlagen, doch ich werde sofort wieder entwaffnet.

»Myla?«

Als ich meinen Namen aus Kais Mund höre, richte ich meine Aufmerksamkeit auf den Eingang der Küche. Sein Blick wandert über meinen Körper, der nur in einem Bikini steckt, und eine Gänsehaut breitet sich überall auf mir aus. Sobald er bei meinen Füßen ankommt, dort, wo der Kerl liegt, reißt Kai die Augen auf. »Was geht hier vor sich?« Er kommt auf mich zu.

Mein Magen macht einen Satz, als mich sein Duft umhüllt. Er riecht nach etwas Würzigem, nach Kokos und der heißen Sonne. Jedes Mal, wenn er mir nah kommt, muss ich mir Mühe geben, mich nicht an ihn zu lehnen. »Das hier ist der Kerl, der Thad Zugang zu meiner Bäckerei verschafft hat. Der Kerl, der meinte, er habe sein Telefon liegen gelassen«, erkläre ich.

Sein Blick wird sanft, und er zieht sein Hemd aus, bis er nichts mehr trägt, außer seiner schwarzen Hose und seinen Schuhen. Ich beobachte, wie sich seine Bauchmuskeln bewegen. Dann legt er mir das Hemd um die Schultern. Ich lehne mich leicht zurück und stecke die Arme in die Hemdsärmel. Dabei halte ich für einen Moment den Atem an, um Kais Duft so lang wie möglich in meiner Lunge zu behalten.

»Dieser Mann gehört zu meinen Leuten«, sagt er, bückt sich und dreht ihn um.

»Er war in meiner Bäckerei. Er ... er ist der Grund, weswegen

Thad Zutritt bekommen hat«, wiederhole ich stammelnd und sehe, wie der Kerl seinen Blick auf mich richtet.

»Ich habe ihn bei den Männern, die für Thad arbeiten, eingeschleust«, erklärt Kai und hilft Pika, sich aufzusetzen.

»Wie meinst du das?« Ich schaue zuerst den verletzten Mann, dann Kai an.

»Warum kommst du nicht mit mir mit?«, schlägt Aye vor und nimmt meine Hand.

»Nein.« Ich schüttle ihn ab und verschränke die Arme vor meiner Brust. »Warum hast du mir das nicht schon früher gesagt?« Ich funkle Kai an.

»Dafür gab es keinen Grund«, erwidert er und sieht mich an, als wäre die Frage an sich schon verrückt.

»Keinen Grund?« Ich kann es nicht glauben. Seine Dreistigkeit ist kaum zu überbieten.

»Er hat nur seinen Job gemacht«, springt Aye ein.

Ich wende mich ihm zu. Sofort reißt Aye die Hände hoch, als wolle er sich schützen.

»Es tut mir leid«, sagt Pika.

»Es tut dir leid? Leid, dass du anderen Männern Zutritt zu meiner Bäckerei verschafft hast? Oder tut es dir leid, zugesehen zu haben, wie Thad mir in die Rippen trat, während ich bereits auf dem Boden lag und darum bettelte, er möge aufhören? Oder doch eher, dass du meine Bäckerei in Brand gesteckt hast? Bitte erklär mir doch, welcher Teil dir leidtut!«, rufe ich und atme so tief ein, dass sich meine Brust in einem schweren Atemzug hebt.

»Alles davon«, flüstert er, unsicher, ob er mich oder Kai ansehen soll.

»Danke. Jetzt, wo ich weiß, dass dir das alles leidtut, fühle ich mich sehr viel besser«, sage ich, schiebe mich an den drei Männern vorbei und marschiere über den Flur hinunter in das Wohnzimmer.

Ich muss den Kopf freibekommen. Ich kann nicht behaupten, darüber hinweg zu sein, was vorgefallen ist, aber seit ich hier bin, empfand ich es als simpel, so zu tun, als wäre ich in

Sicherheit. Als ich diesen Mann gesehen habe, wurde mir erst bewusst, wie sehr ich es zuließ, die Mauern um mich herum aufzumachen. Etwas, das ich nicht wieder geschehen lassen werde.

Ich verlasse das Haus und gehe hinunter zum Meer, bis die ersten Wellen über meine Füße streichen.

»Wenn er dir hätte helfen können, hätte er es getan.« Ich höre Kais Stimme und sehe über meine Schulter hinweg, wie er auf mich zukommt. Er trägt ein frisches Hemd. »Er hätte es getan, Myla. Allerdings konnte er nicht riskieren, dass die Männer herausfinden, dass er für mich arbeitet.«

Ich fühle einen Kloß im Hals und betrachte wieder das Meer, nicht bereit, seine Worte zu akzeptieren. »Er hat zugesehen.« Ich nehme einen tiefen Atemzug; lasse zu, dass die salzige Meerluft meinen Geist klärt. »Er hat zugesehen und nichts getan«, wiederhole ich leise und schlinge die Arme um mich, während das Geräusch der Wellen, die auf die Küste treffen, meine Worte verschluckt.

»Ich kenne ihn, seit ich siebzehn bin.« Kai kommt näher, als ich es erwartet hätte, und überrascht mich, als er einen Arm um meine Schultern legt. »Wenn er es hätte verhindern können, hätte er es getan.«

Mein Körper erstarrt, doch dann zwinge ich mich, mich zu entspannen, und lasse die Umarmung zu. Tief in meiner Seele weiß ich, dass er recht hat, doch ich bin noch immer wütend. Ich bin wütend, dass mich Pika in einem Moment völliger Schwäche gesehen hat. Wütend, dass ich nichts habe tun können, obwohl ich zuvor alles Mögliche unternommen habe, um stärker zu werden. Wütend, dass ich diese unbändige Angst nicht habe einschätzen können, die mich überfiel, sobald ich meiner Vergangenheit ins Gesicht sah. Angst, die mich so viele Jahre gefangen hielt.

»Ich habe es vergessen«, sage ich kopfschüttelnd und betrachte die Sonne, die den Himmel rot und orange färbt.

»Was hast du vergessen?«, fragt er sanft. Seine Berührung schickt ein Prickeln durch den Stoff seines Hemds auf meinem

Arm.

»Dass ich in Gefahr bin. Dass ich vorsichtig sein muss«, antworte ich und spüre, wie sich Kai verspannt.

»Du bist hier sicher.«

Ich lege den Kopf zurück und sehe zu ihm hoch. Unsere Blicke treffen sich.

»Ich habe dir versprochen, auf dich aufzupassen. Vertrau darauf, dass ich genau das tun werde«, sagt er liebevoll und betrachtet mein Gesicht.

Ich sehe in seine Augen und zum ersten Mal fällt mir der dunkle Ring um seine Pupillen auf, die in einem hellen Bronzeton leuchten.

»Vertrau mir«, wiederholt er.

Ich kann seinen warmen Atem auf meiner Haut spüren und wünsche mir in diesem Moment, jemand zu sein, der seiner wert sei. »Ich versuche es.« Ich löse mich aus seiner Umarmung und gehe ein Stück weiter in das Wasser hinein.

»Ich muss los, ich treffe gleich jemanden«, sagt Kai nach einer Weile und klingt bedauernd.

»Klar«, murmle ich, ohne den Anblick des Meers loszulassen.

»Es wäre schön, wenn du mich begleiten würdest.«

Ich sehe zu Kai. Er hat seine Hände in die Taschen seiner Hose gesteckt, seine Schultern sind leicht nach vorn gedrückt. Die Verletzlichkeit in seinem Blick lässt mich ohne Zögern nicken. Die einzige Zeit, die wir bisher miteinander verbracht haben, war während des Essens oder wenn ich mit jemandem sprechen musste. Ich habe erst kürzlich herausgefunden, dass das Zimmer, in dem ich mich aufhalte, seines ist. Er meinte, dass sein Bett sehr viel besser sei als all die anderen in seinem Haus und er es strikt ablehne, es für sich in Anspruch zu nehmen, obwohl ich darauf bestanden habe. In seinem Bett zu schlafen, gibt mir das Gefühl, ihm näher – und auf seltsame Weise sicherer zu sein.

»Wohin gehen wir?«

»Das wirst du bald erfahren. Zieh dich bequem an.« Er lächelt und eine Haarsträhne fällt ihm auf die Lippen.

Ich kämpfe gegen den Drang an, die Distanz zwischen uns zu überwinden und sie fortzustreichen, nur um herauszufinden, ob seine Lippen so weich sind, wie sie aussehen.

»Hast du mir zugehört?«

Ich begegne seinem Blick und fühle, wie meine Wangen warm werden, als ich das kleine Lächeln auf seinem Gesicht entdecke. »Entschuldige, nein«, gebe ich zu.

»Ich habe gefragt, ob du in der nächsten Stunde fertig sein wirst.«

»Oh ... Na klar«, gebe ich zurück und hoffe, nicht so nervös zu klingen, wie ich mich fühle.

Kai betrachtet mich für einen Moment, dann nickt er und geht auf das Haus zu. Ich beobachte ihn, mich fragend, was genau ich empfinde. Seit ich ihm zum ersten Mal begegnet bin, fühle ich ein leichtes Drängen in seine Richtung. Doch so groß seine Wirkung auf mich ist – er ängstigt mich. Die Männer, mit denen ich bisher etwas zu tun hatte, waren groß, dünn und zuvorkommend. Männer, von denen ich wusste, stets von ihnen loszukommen, wenn ich es wollte. Ich hasse es, darüber zu reden, aber für eine Weile hatte ich ziemlich viel Sex. Als hätte etwas in mir einen Schalter umgelegt, wurde ich mir eines Tages der Macht bewusst, die ich besitze. Mir wurde klar, dass es an mir liegt, *Ja* oder *Nein* zu sagen, wenn es darum geht, mit jemandem zu schlafen. Ich wollte mir beweisen, dass ich kein Problem damit habe, mit jemandem intim zu werden. Vielleicht habe ich es nicht immer genossen, aber es war stets meine eigene Wahl.

Ich bin nicht stolz darauf, wie ich mich verhalten oder dass ich Männer auf diese Weise benutzt habe. Aber wie von den meisten Dingen in meinem Leben habe ich daraus gelernt. Diese Phase half mir, zu wachsen und ein besserer Mensch zu werden.

Kai ist nicht zu vergleichen mit den Männern, mit denen ich früher zusammen war. Er ist riesig und einschüchternd. Zwar geht er liebevoll mit mir um, aber ich habe ihn mit Leuten reden hören, die für ihn arbeiten, und weiß daher, dass er nicht nur gütig sein kann. Ich kann mir auch nicht vorstellen, dass er mir auf die Weise die Kontrolle überlassen würde, wie ich sie brauche.

Ich war seit meiner letzten Beziehung mit keinem Mann mehr intim, und das ist nun ein paar Jahre her. Dass Frederick mit mir Schluss gemacht hat, verwirrte mich. Ich hatte geplant, den Rest meines Lebens mit ihm zu verbringen. Wir haben uns kennengelernt, als ich die Bäckerei kaufte, und er hat mir geholfen, einen Kredit dafür zu bekommen.

Frederick war lustig. Er besaß die Gabe, mich wegen nichts zum Lachen zu bringen. Er war nicht sehr viel größer als ich und auf diese Nerd-Art süß. Außerdem war er zuvorkommend und liebevoll und sagte immer die richtigen Sachen. Nachdem wir uns sechs Monate gedatet hatten, hielt er um meine Hand an. Natürlich sagte ich Ja. Wir planten die Hochzeit für den Herbst, danach wollten wir ein Baby bekommen, das wir während unserer Hochzeitsreise machen wollten. Alles war perfekt. Ich habe genau das bekommen, was ich mir von dem Moment an, als ich von zu Hause ausgezogen war, gewünscht hatte: Eine eigene Familie, Menschen, die mich lieben, und jemanden, zu dem ich gehöre.

Irgendwann brach das alles über mir zusammen – wie all die Dinge in meinem Leben.

Frederick war eine Woche lang auf einer Konferenz. Als er zurück nach Seattle kam, bat er mich, mit ihm zu Abend zu essen. Ich machte mich zurecht, packte Schlafsachen zusammen und traf mich mit ihm vor einem meiner liebsten Fischrestaurants.

Auf den ersten Blick sah ich bereits, dass etwas nicht stimmte, und er begrüßte mich auch nicht mit der üblichen Umarmung und einem Kuss. Er nahm meine Hand und setzte sich mir gegenüber hin. Ohne ein Wort von ihm wusste ich, dass es mit uns vorbei war. Ich erinnere mich, wie ich vor ihm saß, ihn ansah und mir die Frage nach dem Warum stellte.

Er erklärte mir, dass er der Ansicht sei, unsere Leben würden sich in zwei verschiedene Richtungen entwickeln, und dass er noch nicht bereit sei, sesshaft zu werden.

Ich erwiderte, dass ich auf ihn warten würde, dass wir nicht sofort heiraten müssten, dass wir die Hochzeit verschieben könnten, bis er sich bereit fühle – da bemerkte ich, dass ich darum bettelte, mit ihm zusammen sein zu dürfen. Ich begriff, dass er mich nicht auf dieselbe Weise liebte, wie ich es tat, also reckte ich mein Kinn, schob meinen Stuhl zurück und verließ das Restaurant, ohne einen Blick zurückzuwerfen.

Ich liebte ihn, aber für nichts auf der Welt würde ich mir noch einmal erlauben, jemanden anzubetteln, an meiner Seite zu sein. Ich würde niemandem diese Macht über mich geben.

Möwen kreischen über mir und reißen mich aus meinen Gedanken. Ich hebe mein Gesicht der Sonne empor, genieße für eine Weile die Wärme auf meiner Haut, dann gehe ich auf das Haus zu, um mich fertig zu machen.

»Wir können los.«

Ich sehe Kai an, der an die Seite eines schwarzen Cabrios gelehnt dasteht, lockerer gekleidet, als ich ihn bisher jemals gesehen habe. Selbst wenn er zum Frühstück auftaucht, trägt er einen Anzug. Ihn in khakifarbenen Shorts und einem weißen Leinenhemd zu sehen – die obersten Knöpfe geöffnet, die Ärmel hochgekrempelt, was ein Tattoo offenbart, das sich um seinen Unterarm schlängelt und ich noch nie zuvor gesehen habe –, erstaunt mich.

Ich gehe die Treppe hinunter und gerate leicht ins Straucheln, als sein Blick von oben bis unten über mich streicht, und sich schließlich mit meinem verbindet. »Du siehst toll aus«, sage ich. Als er mir ein Lächeln schenkt und ohne eine ähnliche Erwiderung die Wagentür öffnet, fühle ich mich sofort wie ein Idiot.

Mir ist klar, dass das hier kein Date ist, dennoch habe ich mir extra Mühe gegeben, mich fertig zu machen. Ich habe keine Ahnung, wo wir hinfahren, aber ich wollte sichergehen, hübsch auszusehen. Ich habe mich für ein Kleid aus einem der wenigen Shops in der Stadt entschieden. Das trägerlose Baumwollkleid, auf dem helle tropische Blüten aufgedruckt sind, macht sich gut auf meiner cremefarbenen Haut. Die Sandalen, die ich ausgewählt habe, sind schwarz, und die Bänder schlingen sich von meinen großen Zehen hoch zu meinen Fußknöcheln. Ich dachte, ich würde attraktiv darin wirken, aber als sich Kai ohne ein Wort hinter das Lenkrad setzt, beginne ich an meiner Wahl zu zweifeln.

»Es ist ungefähr eine Stunde Fahrt.«, sagt er und startet den Wagen.

Ich nicke, dann realisiere ich, dass er mich nicht ansieht, also räuspere ich mich und murmle ein *Okay* zurück, als wir aus der Auffahrt fahren. »Geht es Pika gut?«, frage ich, um die Stille zu füllen.

Er wirft mir kurz einen Blick zu, bevor er sich wieder auf die Straße konzentriert. »Es geht ihm gut. Er hat eine Beule, aber da musste er schon Schlimmeres mitmachen.«

»Oh«, hauche ich und richte die Aufmerksamkeit auf meinen Schoß. Ich drehe den Ring an meinem Finger hin und her und betrachte die Lichter, die die Diamanten erzeugen. »Warum wolltest du, dass er mit Thad zusammenarbeitet?«, frage ich, da er sonst nichts weiter sagt.

»Dein Vater war ein sehr guter Freund meines Vaters.« Kais Griff um das Lenkrad wird fester. »Bevor dein Vater starb, erzählte er meinem von seinem Plan, dich in Sicherheit zu bringen. Er hat meinen gebeten, dich im Auge zu behalten. Dein Vater wusste, dass du nicht getötet wurdest, obwohl niemand sonst mehr daran glaubte. Er war davon überzeugt, dass jemand auf dich aufpassen würde.«

»Was meinst du damit: Er wusste, dass ich nicht getötet wurde?«, flüstere ich.

»Als man die Überreste deiner Eltern fand, fand man auch die eines Kindes. Es wurde ein Brand im Haus deiner Eltern gelegt«, erklärt er.

Ich sehe durch das Seitenfenster hinaus und spüre eine einzelne Träne, die über meine Wange läuft. Ich habe nur wenige Erinnerungen an meine wahren Eltern. Jedes Mal, wenn ich eine Ladung Butterkekse aus dem Ofen hole und mir der Geruch von Vanille, Zimt und Zucker in die Nase steigt, muss ich an meine Mom denken. Ich kann mich erinnern, dass sie oft Butterkekse gebacken hat, als ich noch klein war, und daran, dass sie mit Dad schimpfte, wenn er in die Küche kam, um welche von den ganz frischen zu stibitzen. Ich kann mich daran erinnern, wie er mit zärtlichen Worten mit meiner Mom spricht und sie mit Küssen besänftigt, ehe er zurück in sein Büro geht. Ich habe noch gut vor Augen, wie groß mein Dad wirkte. Jeder schien sehr viel Angst vor ihm zu haben, doch zu mir war er stets liebevoll. Er roch immer nach Minze und jedes Mal, wenn ich in seine Nähe kam, hob er mich hoch und küsste mich auf die Stirn, ganz egal, was er gerade machte.

Meine Mom und ich waren seine ganze Welt. Auch wenn ich nicht mehr viele Dinge aus meiner Kindheit im Gedächtnis habe, die wenigen Erinnerungen bringen mir stets Trost. Obwohl ich seit Jahren weiß, dass meine Eltern nicht mehr leben – zu hören, dass ihre Überreste gefunden wurden, erschüttert die Splitter meines Herzens noch ein bisschen mehr.

»Wer war das Kind?«, frage ich mich laut und beobachte eine Schar Möwen in der Ferne.

»Ich schätze, sie haben einen Körper aus einem Leichenschauhaus besorgt«, antwortet Kai.

Mein Magen dreht sich um, während ich mir vorstelle, welche Art von Leuten so etwas tun können. »Mein Vater war ein schlechter Mensch, richtig?« Nach und nach fügen sich die Puzzleteile in meinem Kopf zusammen.

Der Wagen wird langsamer und an den Straßenrand gelenkt. Ich sehe zu Kai hinüber, der seine Sonnenbrille hochschiebt, den Blick auf mich gerichtet. »Dein Vater war ein guter Mann. Er war ein Ehrenmann, einer, der seine einzige Tochter genug liebte, um sicherzustellen, dass sie eine Zukunft hat. Er war vielleicht kein Mann, der auf der richtigen Seite des Gesetzes lebte, aber er war kein schlechter Mensch«, sagt er ernst und sofort fühle ich mich leichter.

»Warum passiert das dann jetzt alles?« Ich begreife erst, die Frage laut gestellt zu haben, als Kais Ausdruck sanft wird.

Er berührt meine Wange und wischt eine weitere Träne weg. »Es gibt so viel, wovon du nichts weißt, Myla.«

»Was zum Beispiel?«, flüstere ich.

»Wenn die Zeit reif ist, werde ich dir alles erklären.«

Ein Teil von mir will ihn auffordern, zu sagen, was er weiß, aber da gibt es noch einen anderen Teil, der alles um mich ignorieren und hinter sich lassen möchte. »Wie schwierig ist es, sich eine neue Identität zuzulegen?«, will ich wissen und bin überrascht, als ich Kai leise auflachen höre. »Das meine ich ernst«, schicke ich hinterher. Das Lächeln, das auf Kais Gesicht erscheint, lässt ihn so wunderschön wirken, dass es mir das Herz zusammenschnürt. Ich schlucke hart und sehe wieder aus dem Fenster hinaus, das Gefühl ignorierend, dass ich dafür verantwortlich bin.

Kurz darauf erfüllt Musik den Wagen und mein Körper entspannt sich, als mich *Killing Me Softly* von The Fugees durchströmt. Aus dem Augenwinkel linse ich zu Kai und frage mich, ob er den Song auf dieselbe Weise wahrnimmt wie ich und ob ihm klar ist, dass der Text so viel mehr aussagt, als ich es jemals in Worte fassen könnte.

3. Kapitel

Myla

Looking in a Mirror

»Myla.«

Jemand rüttelt leicht an meiner Schulter. Ich hebe den Kopf und sehe eine Gruppe lachender Kinder, die vor dem Wagen herumrennen.

»Wo sind wir?«

»In Luau.«

Kai schaut aus der Frontscheibe. Als er seinen Blick auf mich richtet, beginnt er zu lächeln und streicht mir mit den Fingerspitzen über die Wange. »Du solltest lernen, nicht auf deiner Hand einzuschlafen. Jedes Mal, wenn du aufwachst, hast du einen Abdruck deines Rings auf deiner Wange«, murmelt er.

Ich streiche über meine Haut, dort, wo er mich berührt hat. Ich schwöre, ich kann noch immer das Prickeln fühlen. »Der Ring ist groß«, gebe ich zu bedenken und bin überrascht, dass er kein Wort erwidert. Er betrachtet das Schmuckstück und in seinen Augen erkenne ich ein Bedauern, das so deutlich ist wie dieser kristallklare Tag.

Ich reiße mich von ihm los, ziehe die Sonnenblende runter und betrachte mich im Spiegel. Dabei versuche ich, all die Gefühle zu ignorieren, die sein Gesichtsausdruck in mir wachgerufen hat.

Ich dachte zuerst, er hätte den Ring in Vegas gekauft, doch dann fiel mir eine Inschrift auf: *In diesem Leben und auch im nächsten*, dazu die Initialen *B* und *N*. Nachdem ich die Gravur gesehen hatte, wurde mir klar, dass dieser Ring, der auf meinem Finger steckt, einmal jemandem eine Menge bedeutet hat. Und selbst wenn ich ihn anfangs gehasst habe, finde ich ihn jetzt wundervoll. Ich verstehe nun außerdem, warum es Kai missfällt, dass ich den Ring besitze. Vor mir hat dieser Ring nichts als Liebe repräsentiert, nun ist er das Symbol einer Lüge.

»Bist du bereit?«

Ohne ihn anzusehen, nicke ich, öffne den Gurt und sehe mich um, sobald ich ausgestiegen bin. Kinder spielen im Sand, bauen Burgen oder jagen einander nahe dem Wasser hinterher. Kleine Teenagergruppen sitzen am Strand, manche sonnen sich, andere unterhalten sich. Erwachsene stehen beisammen, reden und lachen miteinander.

Ich streiche über mein Kleid und fühle mich ein wenig overdressed, als ich Frauen entdecke, die nichts als ihren Badeanzug anhaben, und Männer, die Kleidung wie Kai tragen.

»Bereit?«, fragt Kai noch einmal, als er sich zu mir stellt.

»Jepp«, erwidere ich überzeugter, als ich mich fühle, und bin überrascht, als er meine Hand in seine nimmt. »Was machst du da?«, frage ich und versuche, mich ihm zu entziehen.

»Deine Hand halten«, gibt er zurück und verschlingt unsere Finger miteinander.

»Wir sind hier in der Öffentlichkeit«, zische ich ihm zu.

Er sieht mich durch seine Sonnenbrille hindurch an. Plötzlich scheint sich seine Aura zu verändern; seine Energie trifft auf meine. »Was hat das damit zu tun?«

Ich sehe ihn an, als wäre er verrückt geworden, dann betrachte ich die Menschen, die sich um uns befinden. »Alle diese Leute können uns sehen.«

Die Furche auf seiner Stirn wird tiefer. Er lässt meine Hand fallen, schiebt die Brille nach oben und stellt sich direkt vor mich. »Du bist meine Frau.«

»Die Frau, die vorgibt, deine Frau zu sein«, erinnere ich ihn leise.

Etwas blitzt in seinen Augen auf, das ich noch nie zuvor gesehen habe. Dabei spannt sich sein Kiefer an, was mir die Luft wegbleiben lässt. Er kommt näher und flüstert in mein Ohr: »Niemand hier weiß, dass es nur geheuchelt ist.«

Das alles wäre nur halb so schlimm, wenn der Effekt, den er auf mich hat, ebenfalls geheuchelt wäre, aber jede seiner Berührungen macht es schwieriger, die Dinge zwischen uns auseinanderzuhalten.

Ich lasse den Atem entweichen, den ich die ganze Zeit über angehalten habe. »Du hast recht«, gebe ich zu und hoffe, er lässt mich so davonkommen.

Kai mustert mein Gesicht. Ohne ein weiteres Wort oder mir eine Wahl zu lassen, nimmt er meine Hand, verflechtet unsere Finger miteinander und führt mich auf das riesige Feuer zu, das mitten auf dem Strand vorbereitet wurde. Als wir die Feuerstelle erreichen, bemerke ich einige Männer, die ihr Kinn in Kais Richtung heben. Ich werde mir außerdem all der Frauen gewahr, die seinen Anblick in sich aufnehmen, ehe sie mit Blicken Pfeile auf mich abschießen.

Ich bin so damit beschäftigt, die Leute um uns zu beobachten, dass ich erst bemerke, dass Kai stehen geblieben ist, als er an meiner Hand zieht. Ich drehe mich um, um herauszufinden, was ihn aufhält.

»Kai!«, ruft eine wunderschöne Frau in einem goldenen Bikini und rennt auf uns zu. Sie wirkt, als wäre sie einer *Baywatch*-Folge entsprungen. Ihr Haar ist dunkelbraun und reicht über ihre Schultern. Ihr Körper sieht aus, als würde sie ihre Tage damit verbringen, Kalorien zu zählen und zu trainieren. Sie nur anzusehen, reicht aus, um mich unsicher zu fühlen.

Als sie näher kommt, erhellt ein Lächeln Kais Gesicht. Er lässt mich los und fängt sie auf, als sie sich in seine Arme wirft. Eifersucht, wie ich sie nie zuvor gespürt habe, entzündet sich in meinem Magen, während sich die beiden begrüßen. Die Frau ist die Erste, die die Umarmung unterbricht, Kai hat noch immer einen Arm um sie gelegt. Ich war nie dafür, Gewalt anzuwenden, doch der Drang, seinen Arm von ihr zu reißen und ihn damit zu schlagen, bringt mich dazu, meine Hände an den Seiten zu Fäusten zu ballen.

»Myla«, sagt Kai und das Gesicht der Frau erhellt sich erneut.

Sie erwischt mich eiskalt, als sie ihn stehen lässt und mich an sich zieht. Ich stehe wie belämmert da, nicht sicher, was ich tun soll.

»Ich bin so froh, dich endlich kennenzulernen«, sagt die Frau, nachdem sie mich losgelassen hat und wieder an Kais Seite getreten ist.

»Ich ...« Ich sehe zu Kai hoch, ohne zu wissen, was ich sagen soll oder wer diese Fremde ist.

»Meka«, warnt Kai und zieht mich an seine Seite.

Die Frau sieht zu ihm auf und mir wird bewusst, dass sie nicht annähernd so alt ist, wie ich zuvor angenommen habe. Außerdem hat sie dieselben Lippen und Augen wie Kai.

»Myla, dieser Zwerg hier ist meine Schwester Meka. Meka, das hier ist meine Frau Myla«, sagt Kai, was mich mich sofort schlecht fühlen lässt.

Mir war nicht bewusst, dass ich seine Familie treffen würde, schon gar nicht als seine Ehefrau. Ich kann mir nicht vorstellen, dass es einfach sein wird, diese Sache aufzuklären, wenn die Zeit gekommen ist. Andere Menschen darin zu verwickeln, wird alles nur noch schwieriger machen.

»Es freut mich, dich kennenzulernen«, bringe ich schließlich heraus.

Ein weiteres Lächeln erleuchtet Mekas hübsches Gesicht. Sie sieht zu ihrem Bruder hoch, dann zurück zu mir und schüttelt den Kopf. »Du hast ja gesagt, sie sei hübsch, aber nicht, wie hübsch sie tatsächlich ist«, sagt Meka und Schmetterlinge flattern durch meinen Bauch, als sich Kais Finger fester um meine schließen. Sie macht einen Schritt zurück, hebt ihre Hände und formt mit den Fingern einen kleinen Bilderrahmen, durch den sie uns betrachtet. »Ihr zwei passt perfekt zusammen – sie mit den blonden Haaren und du mit deinem langen, weiblichen, dunklen Haar.« Sie kichert und ich bedecke meinen Mund, als ein unerwartetes Lachen in mir explodiert.

»Ermutige sie auch noch«, grummelt Kai neben mir, ich kann jedoch das Lächeln sehen, das seine Mundwinkel nach oben zieht.

»Ernsthaft, ihr zwei seht gut zusammen aus«, sagt sie und ihr Ausdruck wird sanft.

»Alles klar, Kleines. Wenn du jetzt fertig bist, mich bloßzustellen, kannst du mir endlich sagen, wo Kale ist.«

»Mit dir kann man nie Spaß haben.« Sie zieht eine Schnute

und stemmt die Hände in die Hüften.

»Und du bist immer ein Balg«, gibt er zurück, jedoch in liebevollem Tonfall.

Ich habe Kai schon vorher gefühlvoll erlebt, aber nicht auf die Art und Weise, wie er mit ihr umgeht.

»Als ich ihn das letzte Mal sah, stand er drüben an der Grillstation.« Sie zuckt mit den Schultern und winkt, als jemand ihren Namen ruft.

»Danke, Zwerg.«

»Egal, was du wissen möchtest, Myla, ruf mich an. Ich kenne all seine schmutzigen Geheimnisse«, sagt Meka und bringt mich zum Lächeln. Damit lässt sie uns stehen und geht auf das Wasser zu.

»Das werde ich vielleicht machen«, sage ich leise, als Kai wieder losmarschiert. »Ich wusste nicht, dass ich deine Familie kennenlernen werde.« Ich habe Mühe, seinen Schritten im Sand zu folgen.

»Das ist keine große Sache.« Er zuckt mit einer Schulter.

Ich fühle, wie seine Worte eine Falte auf meiner Stirn entstehen lassen. Keine Ahnung, wie er so etwas behaupten kann, während dieses Treffen für mich eine ziemlich große Angelegenheit ist.

»Alle hier wissen, dass wir verheiratet sind. Aber das werden wir nicht bleiben, von daher denke ich sehr wohl, dass es eine große Sache ist.« Ich zwinge ihn, stehen zu bleiben.

»Myla, ich habe dir von Anfang an gesagt, dass ich nicht zulassen werde, dass dir etwas passiert. Ich weiß, was ich tue.«

»Das hier hat nichts damit zu tun, auf mich aufzupassen, Kai. Das hat etwas damit zu tun, deine Familie anzulügen.«

»Meine Familie kennt mich. Sie vertrauen darauf, dass ich immer die richtigen Entscheidungen treffe. Also nein, es wird nicht einfach, aber zum Schluss wird jeder wissen, dass ich tat, was ich tun musste«, sagt er entschieden.

»Warum sagst du ihnen nicht gleich die Wahrheit? Sei ehrlich deswegen. So wird es keine Überraschung für sie sein.«

»Das kann ich nicht. Wenn diese Information an den Falschen gerät, war alles umsonst. Unsere Ehe muss so real wie möglich wirken. Nur meine engsten Vertrauten kennen die Wahrheit.«

»Aber das hier ist deine Familie. Vertraust du ihnen nicht?«, frage ich und ziehe die Brauen zusammen.

»Das tue ich, aber mir ist ebenso klar, dass meine Familienmitglieder nicht meine Angestellten sind. Ich kann niemanden von ihnen töten, falls sie mich verraten.«

Ich kann spüren, wie meine Augen groß werden und sich mein Mund vor Schreck öffnet.

»Ich mache nur Spaß, Myla.«

Ich forsche in seinem Gesicht, aber er wirkt nicht, als würde er Witze reißen – und mit einem Mal fühle ich mich wie Alice, als sie in dieses Hasenloch gefallen ist.

»Du musst nur eins wissen: dass du in Sicherheit bist. Vertrau mir, wenn ich es auf diese Weise machen möchte.«

»In Ordnung«, gebe ich zurück, verdrehe jedoch die Augen.

»Sind wir fertig?«, fragt er ungeduldig und dennoch weiß ich, dass er sich alle Zeit der Welt nehmen würde, um mit mir zu sprechen, würde ich ihn darum bitten. Ich müsste lügen, würde ich behaupten, dass das mein Herz für ihn nicht ein Stück weiter öffnen würde.

»Nun, es ist deine Seele, also klar.« Ich zucke die Achseln.

Seine Lippen verziehen sich und ich bemerke eine kleine Narbe, die sich durch die Mitte seiner Unterlippe zieht. Ich stelle außerdem fest, dass seine Lippen unglaublich weich wirken. Ich war nie jemand, der das Küssen wirklich genießen konnte, aber ich könnte mir gut vorstellen, ihn zu küssen.

»Myla«, knurrt er.

Ich hebe den Blick und sehe, dass sich seiner verdunkelt hat. Ich schlucke und mache einen Schritt zurück; ich brauche Abstand zwischen uns.

Mit einem Räuspern fasst Kai nach seiner Sonnenbrille, die er wieder nach unten schiebt. Sofort fühle ich mich ausgeschlossen.

Ohne ein weiteres Wort führt er mich quer über den Strand.

Dieses Mal geht er langsamer, als wäre er sich mir nun bewusster.

Sobald wir das Lagerfeuer erreichen, sieht er sich um. Ich habe keine Ahnung, nach wem er sucht. Mein Körper fühlt sich noch immer viel zu eng an und die Schmetterlinge in meinem Bauch sind nicht weniger geworden. Es hilft mir auch kein bisschen, dass sein Daumen die ganze Zeit Kreise auf meiner Haut zieht. Das macht mir seine Anwesenheit nur umso deutlicher.

»Kale!«, ruft Kai.

Mein Blick landet auf einem Mann mit kurzem Haar, der beinah ebenso attraktiv ist wie Kai. Er trägt eine Badehose, auf der große hawaiianische Blumen aufgedruckt sind. Er kommt auf uns zu, betrachtet dabei unsere Hände und ich bemerke ein kurzes Zögern, als er vor uns zum Stehen kommt. »Mom und Dad sind hier«, sagt Kale.

Ich fühle, wie alles in mir erstarrt, und suche aus dem Augenwinkel heraus nach Personen, die mit Kai verwandt sein könnten.

»Ich dachte, sie wollten erst in einer Woche nach Hause kommen«, murmelt Kai und hält mich ein wenig fester.

»Glaubst du ernsthaft, du kannst Mom über deine Hochzeit informieren, ohne dass sie sofort nach Hause kommt, um ihre neue Schwiegertochter kennenzulernen?« Er schnaubt, als wäre Kai ein riesiger Idiot, und ich beginne zu glauben, dass genau das der Fall ist.

»Sie waren in Australien«, erwidert Kai.

Ich drehe meine Hand in seiner, um ihm fest in die Handfläche zu zwicken und dabei etwas von meiner Frustration loszuwerden. Wenn ich ihm gegen das Bein treten könnte, ohne eine Szene zu machen, würde ich es, ohne nachzudenken, tun.

»Du hast geheiratet«, wiederholt Kale.

Ich höre auf, ihn zu kneifen, und drücke ihm stattdessen meine Nägel in die Handfläche. Ich bin so wütend, ich könnte Feuer spucken. Ich kann nicht glauben, dass er mich in dem Wissen hergebracht hat, seine Familie sei nicht da. Und ich kann zudem nicht fassen, dass er mir kein Wort davon sagte, seine Familie über unsere Hochzeit informiert zu haben.

»Wo sind die beiden jetzt?«, will Kai wissen, schiebt mich vor sich und legt mir beide Arme um den Körper, was mich bewegungsunfähig macht.

Ich versuche, mich herauszuwinden, doch dann sieht mich Kale mit gerunzelter Stirn an. Ich halte inne und tue ebenfalls so, als würden wir uns gegenseitig halten.

»Ich bin nicht sicher«, sagt er und sieht sich um.

Ich tue es ihm nach, auch wenn ich keinen Plan habe, wie ihre Mom und ihr Dad aussehen könnten.

»Nun ja, bevor die zwei hier auftauchen, möchte ich dir meine Frau vorstellen«, meint Kai.

Ich blicke zu Kale auf. »Nett, dich kennenzulernen«, sage ich freundlich.

»Ebenfalls«, murmelt er, den Blick auf einen Punkt hinter uns gerichtet. »Viel Glück. Du wirst es brauchen«, sagt er zu Kai und ist im nächsten Moment verschwunden.

Ich öffne den Mund, um Kai mitzuteilen, was für ein riesengroßer Idiot er ist, als ich jemanden hinter mir scharf einatmen höre. Ich sehe über meine Schulter und erkenne eine ältere Frau, die ebenfalls Badesachen trägt, um ihre Hüften hat sie ein dünnes Tuch gebunden. Der ältere Mann neben ihr trägt ein Leinenhemd und Leinenshorts.

»Fuck«, knurrt Kai verhalten, schiebt mich an seine Seite und schlingt mir einen Arm um die Taille.

»*Zvyozdochka* «, flüstert die Frau und sieht mich an. Verwirrung erfüllt ihr Gesicht und sie blickt zu Kai.

»Mom, ich möchte euch gern Myla vorstellen. Myla, das sind meine Mutter und mein Vater, Leia und Bane jr.«

Der Blick von Kais Mom wandert von ihrem Sohn zu mir und schließlich wieder zurück zu ihm und nun erkenne ich Schmerz in ihren Augen, den ich nicht nachvollziehen kann.

»Schön, Sie kennenzulernen«, sage ich und strecke ihr meine Hand entgegen.

Sie betrachtet meine Hand, dann sieht sie wieder in mein

Gesicht. »Bane?«, keucht sie leise und wendet sich ihrem Ehemann zu.

Auch in seinen Augen erkenne ich Traurigkeit. Er zieht seine Frau an seine Brust, wo sie zu schluchzen beginnt.

»Kai?«, frage ich.

»Meine Mom und deine waren sehr gute Freundinnen«, erklärt er mir und spricht dabei leise in mein Ohr. »Du siehst ihr sehr ähnlich. Ich vermute, es ist ein Schock für sie.«

»Meine Mom?«, flüstere ich zurück.

Ich besitze keine Bilder von meiner Familie. Ich erinnere mich, dass meine Mom lange blonde Haare hatte, aber mehr weiß ich nicht über ihr Aussehen. Darüber nachzudenken, meine Mom jeden Tag zu sehen, wenn ich in den Spiegel blicke, ist auch für mich überraschend.

Kais Mom braucht eine Weile, bis sie sich wieder beruhigt hat. Als sie es geschafft hat, nimmt sie einen tiefen Atemzug und tritt von ihrem Ehemann weg, um sich vor mich zu stellen. Sie nimmt mein Gesicht in beide Hände und kämpft mit den Tränen. »Ich wusste es nicht.« Sie atmet ein und schließt die Lider, ehe sich unsere Blicke wieder begegnen.

Ihr Ausdruck verwirrt mich, bis sie zu sprechen beginnt. »Deine Mutter wäre völlig entzückt. Wir haben früher so oft darüber gescherzt, dass du und Kai einmal heiraten werdet. Damals war es einfach nur eine Wunschvorstellung, aber nun zu sehen, dass dieser Wunsch Wirklichkeit wurde, macht mir klar, dass sie da oben auf dich achtgibt.« Die letzten Worte flüstert sie und ich hasse mich selbst ein kleines bisschen mehr.

Ich schlucke den Klumpen in meinem Hals hinunter und bemerke, dass Kais Arme um mich völlig starr geworden sind. Ich kann jeden seiner Muskeln an meinem Rücken spüren.

Ich versuche, zu sprechen, aber es gibt keine Worte, die die Gefühle beschreiben könnten, die ich im Augenblick habe. Ich kann nicht glauben, dass seine und meine Mutter Freundinnen waren. Ebenso wenig kann ich glauben, dass ihm bewusst war, wie sehr diese Situation alle beeinflussen würde, und dennoch hat er sich darauf eingelassen. Er hat mir nicht mal eine Möglichkeit gegeben, mich anders zu entscheiden. Ich fühle mich schlechter als jemals zuvor.

»Du kanntest meine Eltern?«, ist das Erste, das aus meinem Mund kommt, und stille Tränen laufen über ihre Wangen.

»Das tat ich. *Wir* taten es. Ich dachte ...« Sie macht eine Pause und sieht über ihre Schulter zu ihrem Mann, dann zurück zu mir. »Ich dachte, du wärst tot. Wenn ich gewusst hätte, hätte ich ...«

»Leia«, schreitet Kais Vater ein und stellt sich neben sie. »Maxim wollte das nicht.«

»Aber ...«, versucht sie, zu argumentieren.

»Nein, Liebes. Das wäre nicht sicher genug gewesen«, sagt Bane bestimmt.

Leia hebt ihr Kinn und sieht durch ihre langen Wimpern hindurch zu Kai hoch. »Woher wusstest du das?«, fragt sie ihn leise.

Ich lege den Kopf in den Nacken und sehe ebenfalls zu ihm auf. Er hat seine Sonnenbrille nach oben geschoben. »Wir wussten es die ganze Zeit«, erklärt er ihr.

Sofort frage ich mich, was er noch alles vor mir zurückhält. Zuerst dachte ich, er tut all das hier, um mir zu helfen, aber ein nagendes Gefühl in meinem Bauch macht mich glauben, dass das hier mehr mit ihm zu tun hat als mit mir. Ich kann nur noch nicht sagen, warum.

»Du hast bestimmt eine Menge Fragen, aber lass uns diese mal zur Seite schieben. Myla hat noch nichts gegessen.«

»Es geht mir gut«, gebe ich zurück und hoffe, er wird nachgeben. Ich habe selbst eine Menge Fragen und vielleicht ist seine Mom in der Lage, sie mir zu beantworten.

»Du musst etwas essen«, wiederholt er und drückt mich.

»Er hat recht, Liebes. Wir haben genug Zeit, über alles zu reden, während ihr eure richtige Hochzeit plant.«

Ihre Worte lassen die Übelkeit von vorhin wieder aufkommen – in voller Härte, was es mir schwer macht, zu atmen. »Das ist nicht nötig«, presse ich hervor.

»Natürlich ist es das. Ich verstehe euch jungen Leute von

heute nicht. Ihr seid alle so in Eile, eure Angelegenheiten zu regeln, dass ihr darauf vergesst, euch an die kleinen Dinge zu erinnern. Versteh mich nicht falsch. Ich bin glücklich darüber, dass du dich in meinen Sohn verliebt hast, aber als Freundin deiner Mutter weiß ich, dass sie sich eine große Hochzeit und dich in einem weißen Kleid gewünscht hätte. Ich will das für sie nachholen.«

Ich nicke, denn es ist mir nicht möglich, zu sprechen.

»Wir sollten nach Kais Schwester suchen. Ich bin sicher, dass es sie freuen wird, Myla kennenzulernen«, sagt Kais Mom und sieht sich um.

»Sie haben sich bereits kennengelernt«, wirft Kai ein.

Ihr Blick wird sanft, als sie Kai beobachtet, der mir einen Kuss auf die Schläfe drückt. Einen Kuss, den ich dummerweise bis zu meinen Zehenspitzen fühlen kann.

»Wir sind sehr froh, dich hier zu haben, Myla«, sagt Bane. »Ich bin sicher, wir werden dich ab jetzt öfter sehen.«

»Das werdet ihr«, stimme ich zu.

Bane zieht seine Frau an sich.

»Ich bin wirklich froh, dass du hier bist, Myla. Ich werde bald zu euch kommen und dich besuchen«, verspricht Leia.

»Das würde mich sehr freuen«, gebe ich zurück und fühle, wie sich mein Gesicht erhellt. Ohne nachzudenken, umarme ich sie. Als ich auch ihre Arme um mich spüre, kommt das Gefühl in mir hoch, durch sie eine Verbindung zu meinen Eltern zu haben. Durch sie werde ich alles herausfinden, was ich wissen muss, und das ist all dieses Chaos hier wert. »Hast du irgendwelche Fotos von meiner Mom?«, frage ich sie leise, als ich sie loslasse.

Ihr Ausdruck wird weich und sie streicht mir eine Haarsträhne aus der Stirn. »Habe ich. Ich bringe sie mit, wenn ich dich besuchen komme.« Sie lächelt, und wendet sich schließlich an Kai. »Pass auf sie auf.«

»Du weißt, das werde ich«, sagt er und ich höre die Aufrichtigkeit in seiner Stimme. »Werdet ihr zwei nun für eine Weile zu Hause bleiben?«

»Ja. Dein Onkel Frank ist hier«, erwidert seine Mom.

»Großartig«, gibt Kai sehr leise zurück.

»Das habe ich gehört«, schimpft sie und wendet sich mir zu. »Du wirst Frank mögen.« Sie lächelt. »Deine Mom hat ihn geliebt. Er ist lustig.«

»Niemand denkt tatsächlich, dass Frank lustig ist, außer er selbst«, sagt Kais Dad mit einem Kopfschütteln.

»Er ist lustig«, sagt Kais Mom und zwinkert mir zu. »Wir sehen uns bestimmt später noch, bevor wir uns auf den Heimweg machen.«

»Klar«, stimme ich zu und sehe ihnen nach. Sobald die zwei außer Hörweite sind, drehe ich mich in Kais Armen um, stelle mich auf die Zehenspitzen und ziehe seinen Kopf zu mir, damit ich in sein Ohr flüstern kann. »Da gibt es Einiges, das du zu erklären hast.«

Er richtet sich auf und sieht zu mir herab. Seine Arme um meine Taille gelegt, zieht er mich an sich, was ein Kribbeln zwischen meinen Beinen entfacht und mich scharf zum Einatmen bringt. »Du hast gesagt, du würdest mir vertrauen.«

»Du machst es mir nicht gerade einfach«, gebe ich ehrlich zurück.

»Manchmal stellen sich genau die Dinge, die man anfangs für besonders schwierig hielt, als die besonders außergewöhnlichen heraus«, sagt er leise und reibt seine Nase über meine.

Mein Atem stockt, als seine Lippen wie ein Hauch die meinen berühren. »Bitte hör auf«, murmle ich und lehne meine Stirn gegen seine Brust.

Er macht es mir so schwer, die realen Dinge von den gespielten zu unterscheiden. Ich kann mich nicht noch tiefer hineinziehen lassen, als ich bereits drinstecke. Unabhängig davon, wie sehr ich mich in dieser Sache zwischen uns verlieren möchte, weiß ich, dass ich es nicht darf.

»Myla?«

»Nein, Kai, bitte. Das alles ist schon schwierig genug.«

»Alles klar, *Makamae*«, sagt er liebevoll.

Ehe er mich loslässt, spüre ich seine Erregung, die sich gegen meinen Bauch drückt und alles in mir in Aufruhr versetzt.

»Was bedeutet *Makamae*?«, frage ich, als er erneut meine Hand nimmt und ein Kribbeln meinen Arm hinaufschickt.

»Das werde ich dir eines Tages erklären.« Damit führt er mich über den Sandstrand auf das Lagerfeuer zu.

»Warum nicht jetzt?«

»Jetzt solltest du etwas essen.«

Als sich meine Beine plötzlich weigern, weiterzugehen, zieht er mit einem leichten Ruck an meiner Hand. Auf einem der Tische liegt ein Schwein, das aussieht, als wäre es im Ganzen zubereitet worden. Die Außenseite glänzt golden und in seinem Maul steck ein großer roter Apfel.

»Ich bin nicht hungrig«, sage ich augenblicklich.

Ich liebe Fleisch, zur Hölle, ich liebe Speck über alles. Aber ein ganzes Schwein hier vor mir liegen zu sehen, dreht mir den Magen um.

»Du solltest es probieren.«

»Ich kann nicht«, flüstere ich.

»Ich weiß, dass du Fleisch magst. Ich habe gesehen, wie du Fleisch isst, inklusive Speck.«

»Ich weiß.« Ich schlucke.

»Ich werde für mich einen Teller vorbereiten und einen für dich, allerdings ohne das *Kalua*, und wenn du dich danach fühlst, kannst du von meinem probieren«, sagt er, was meinen Körper entspannt.

Ich möchte nicht, dass jemand denkt, ich würde ihre Kultur nicht respektieren, aber ich kann mich nicht dazu überwinden, das zu essen.

Nachdem er unsere Teller geholt hat, führt er mich ein Stück den Strand hinunter, etwas weg von den Menschen. Kai setzt sich in den Sand und ich tue es ihm gleich, nachdem ich meine Sandalen ausgezogen habe. Sobald ich sitze, reicht er mir meinen Teller und wir beginnen zu essen. Ich genieße jedes Stück, das er für mich ausgesucht hat. »Es ist wunderschön«, sage ich und betrachte den Ozean.

»Das ist es«, stimmt er mir zu.

Ich sehe zu ihm und stelle fest, dass er nicht das Meer, sondern mich ansieht. Sein Blick ist dunkel geworden, was meinen Puls erhöht.

»Würdest du etwas mit mir ausprobieren?«

»Was denn?«, frage ich und neige mich ihm ein Stück entgegen.

»Ich möchte, dass du deine Augen schließt, und dich von mir füttern lässt.«

»Kai.« Ich schüttle den Kopf, doch dann realisiere ich, dass das die perfekte Gelegenheit sein könnte, Antworten zu bekommen. »Wenn ich das mache, will ich im Gegenzug, dass du auch etwas für mich tust«, schlage ich vor.

»Was?«

»Mir eine Frage beantworten.«

Sein Ausdruck wird undurchdringlich und ich bin sicher, dass seine Antwort Nein lauten wird.

»Nur eine Frage, Kai«, bitte ich ihn und setze mich ein wenig aufrechter hin.

Er betrachtet mein Gesicht. Schließlich nickt er und ich fühle mich, als hätte ich eine riesige Challenge gewonnen. »Dreh dich zu mir und schließ deine Augen«, verlangt er und nimmt mir meinen Teller ab.

Ich setze mich im Schneidersitz vor ihn. Sein Blick fällt auf meine Brust, dann auf meine Beine. Automatisch ziehe ich mein Kleid etwas zurecht, sodass es meine Schenkel bedeckt.

»Schließ deine Augen.« Der raue, tiefe Ton seiner Stimme lässt erneut Schmetterlinge in meinem Bauch ausbrechen und mein Puls zieht noch etwas an. Ich beiße mir auf die Unterlippe und senke die Lider, dabei spüre ich, wie sich die Intimität des Moments um mich legt.

Als ich ein Knurren höre, schlage ich die Augen auf und erkenne, dass sein Blick auf meinen Mund gerichtet ist.

»Schließ deine Augen«, wiederholt er.

Ich tue es und atme scharf ein, als ich die Berührung seiner Finger auf meiner Unterlippe spüre.

»Aufmachen«, sagt er und zieht leicht an meinem Kinn.

Meine Lippen teilen sich wie von selbst, dann spüre ich etwas Kaltes, Süßes auf meiner Zunge und der Geschmack von einer reifen Ananas erfüllt mich.

»Magst du das?«, fragt er und ich nicke.

Ich habe Ananas schon immer gemocht, doch seit ich auf Hawaii bin, habe ich herausgefunden, dass die Früchte hier nicht mit unseren aus dem Supermarkt zu vergleichen sind. Alles hier ist süßer und ich kann schwören, ab und an die Sonne zu schmecken, wenn ich einen Bissen nehme.

»Noch mal aufmachen«, fordert er, nachdem ich das Stück geschluckt habe.

Ich tue es und dieses Mal schmecke ich Huhn und Ingwer. Ich kaue langsam und genieße die Konsistenz.

»Schmeckt es dir?«

»Ja«, flüstere ich, sobald ich runtergeschluckt habe.

»Noch mal«, weist er mich an.

Ich öffne meinen Lippen und der Geschmack von geräuchertem Fleisch erfüllt meinen Mund. Ich verdränge, was ich gesehen habe, und genieße einfach nur.

»So schmeckt jahrelange Tradition. Männern wird bereits in jungen Jahren beigebracht, wie sie das Kalua vor- und zubereiten.«

Ich spüre Kais Finger auf meiner Unterlippe und ich öffne die Augen. Ich sehe ihn an und atme tief ein. Sein Gesicht ist nur wenige Zentimeter von meinem entfernt und sein dunkler Blick ist auf meinen Mund gerichtet.

»Ich werde dich küssen.«

Ich kann nichts sagen. Kann nicht einmal mehr atmen. Seine Lippen streichen leicht über meine. Ich neige den Kopf, nicht gewillt, es schon wieder vorbei sein zu lassen. Kai schiebt seine Hand in mein Haar und stöhnt auf, als er mein Keuchen vernimmt. Dann fühle ich seine Zunge auf meiner Unterlippe. Ich öffne den Mund, verliere mich in seinem Geschmack, seinem Geruch.

Er schiebt mich zurück in den Sand, sein Körper halb über meinen. Seine Hand ist nicht länger in meinen Haaren, sondern hält mich an der Taille fest, sein Daumen berührt die Unterseite meiner Brust.

»Kai.« Ich stöhne in den Kuss, schiebe meine Finger unter sein Shirt und berühre glatte, feste Haut. Als er einen seiner Schenkel zwischen meine Beine schiebt, drücke ich die Nägel in seine Haut und hebe ihm die Hüften entgegen.

»*TU* Kai«, knurrt er, als er seinen Mund von meinem losreißt und seine Stirn gegen meine Schulter drückt. Damit beendet er das heißeste Herummachen meines Lebens, und ich frage mich, was er da soeben gesagt hat. Es klingt wie etwas typisch Hawaiianisches. »Stell deine Frage«, sagt er und ich kann fühlen, wie sich seine Brust schwer hebt und senkt.

Mein Verstand ist derart benebelt, dass ich einen Moment brauche, um zu begreifen, was er meint. Ich gehe in meinem Kopf all die Fragen durch, die ich stellen möchte, und entscheide mich für eine, die mich am ehesten weiterbringen wird. »Warum tust du das alles?«, flüstere ich und realisiere erst jetzt, dass ich tatsächlich laut gesprochen habe, als sein Körper erstarrt und sein Gesicht vor meinem auftaucht.

»Als du noch ganz klein warst, fand ich dich weinend in deinem Baumhaus. Ich war damals selbst noch sehr jung, aber in dem Moment, als ich dich dort mit Tränen in deinen großen blauen Augen sitzen sah, wusste ich, dass du beschützt werden musst.« Er sieht über mich hinweg auf das Wasser hinaus, ehe sein Blick wieder zu meinem zurückkehrt. Liebevoll streicht er über mein Haar. »Da war immer dieser Drang, dich zu beschützen«, sagt er sanft.

Erneut fühle ich, wie meine Welt aus den Fugen gerät. Ohne nachzudenken, drücke ich meinen Mund auf seinen. Er stöhnt und zieht mich fest in seine Arme. Das Geräusch des Ozeans in der Ferne und das Gefühl der Sonne auf meiner Haut lassen den Moment noch unwirklicher erscheinen.

Langsam löst er sich von mir und küsst ein letztes Mal meine Lippen, ehe er auf mich hinabsieht. Da ist etwas in seinen Augen, das mir bisher nicht aufgefallen ist, doch bevor ich es benennen kann, sieht er weg, setzt sich auf und zieht mich mit sich.

»Ich denke nicht, dass wir das noch essen können«, sage ich lachend und betrachte unsere mit Sand besprenkelten Teller.

»Ich denke, wir sollten nach Hause fahren«, erwidert er, meinen Kommentar ignorierend.

Er kommt auf die Beine, ohne mich noch einmal anzusehen, und plötzlich fühle ich mich seltsam.

Ich stehe ebenfalls auf, klopfe meine Kleidung ab und hebe meine Sandalen sowie die Teller auf, dann gehe ich auf den Mülleimer zu. Ich habe keine Ahnung, wie es Kai schafft, diesen Wirbelsturm an Gefühlen in mir zu erschaffen. Es gefällt mir nicht, dass er die Fähigkeit besitzt, mich durch einen Kuss zum Dahinschmelzen zu bringen oder mich dermaßen wütend zu machen, dass ich Feuer spucken könnte. In seiner Nähe fühle ich mich, als würden zwei verschiedene Personen in mir stecken. Und ich weiß nicht mal, ob ich diese Personen mag.

»Bist du bereit?«, fragt er und nimmt meine Hand, sobald ich die Teller in den Mülleimer geworfen habe.

Ich sehe mich um und bemerke, dass wir beobachtet werden. Mein Magen macht einen unangenehmen Satz, als mir klar wird, dass das für ihn vermutlich alles nur eine Show ist.

»Klar.« Ich schüttle den Kopf und wünschte, ich hätte eine Sonnenbrille bei mir, um ihn auszusperren. Mir ist bewusst, dass er in meinen Augen mehr lesen kann, als ich ihn wissen lassen möchte.

4. KAPITEL

Myla

Popcorn

»Wie lang willst du noch sauer sein?«, fragt Aye.

Ich funkle ihn an. Es ist eine Woche vergangen, seit ich mit Kai zum Strand gefahren bin und seine Familie kennengelernt habe. Man könnte meinen, dass sich die Dinge nach unserem heiklen Moment geändert hätten, aber das ist nicht der Fall.

Der Mann verwirrt mich über alle Maßen. Im einen Moment küsst er mich um den Verstand, im nächsten verhält er sich reserviert und gibt mir das Gefühl, als hätte ich einen riesigen Fehler gemacht. Dann kehrt er zu seinem üblichen charmanten Ich zurück und verhält sich, als hätte er nicht gerade meine gesamte Welt aus den Angeln gehoben.

»Ich bin nicht sauer.« Ich seufze.

»Deine Unterlippe erzählt eine andere Geschichte. Und jetzt sei ein großes Mädchen und erzähl Daddy, was los ist«, sagt er und setzt sich zu mir auf einen der übergroßen Loungestühle, während ich das Grinsen zurückkämpfe, das mein Gesicht erobern möchte.

»Bitte hör auf, dich selbst Daddy zu nennen«, sage ich und muss schließlich doch lachen, was ihn zum Lächeln bringt.

»Bitte hör auf, meiner Frau zu sagen, sie solle dich Daddy nennen«, knurrt Kai hinter uns und ich zucke zusammen.

»Ja, Sir«, sagt Aye und erhebt sich sofort.

Ich lehne mich zurück und schirme mit der Hand die Sonne ab, um zu Kai hochzusehen.

»Bist du noch immer sauer?«, fragt er und hebt sein Kinn Richtung Aye, als Zeichen, uns allein zu lassen.

»Nein«, sage ich zu ihm und schaue Aye nach, wie er davongeht. Und dennoch spüre ich noch immer etwas Wut über die Neuigkeiten, die er heute Morgen für mich parat hatte.

»Es wird das Beste sein«, versucht Kai, mich zu überzeugen.

»Ist es das?«, frage ich und neige den Kopf, als er sich neben mich setzt.

»Ja. Deine Mutter und dein Vater haben sich Sorgen gemacht, Myla.«

»Also hast du«, ich drücke ihm meinen Finger in die Brust, »einfach entschieden, dass du ihnen sagst, ich sei durchgebrannt und habe geheiratet. Nur um ihnen dann auch noch ein Flugticket zu bezahlen, damit sie mich besuchen können. Nun bin ich nicht nur gezwungen, deine Familie zu belügen, sondern auch noch die, die mich aufgezogen hat. Nicht zu vergessen, dass ihr Sohn Thad ist, womit du ihn auch noch hast wissen lassen, wo ich bin«, sage ich und versuche, die Angst aus meiner Stimme herauszuhalten.

»Thad wird nicht in deine Nähe kommen«, knurrt er und packt meinen Schenkel.

»Okay, Kai. Du weißt alles.« Kopfschüttelnd sehe ich zum Ozean. Dabei gebe ich mir Mühe, das Gefühl zu ignorieren, das seine Hand auf meiner Haut auslöst.

»Es ist nur für ein paar Tage, Myla«, sagt er ruhig.

»Nur ein paar Tage, in denen ich ihnen ins Gesicht lügen muss«, stelle ich klar. »Wie werden wir die Sache mit den getrennten Schlafzimmern erklären?«, frage ich und ziehe eine Braue nach oben.

»Wir werden in einem Zimmer schlafen, solang sie da sind.« Er zuckt die Achseln, als sei das keine große Sache.

»Was?«, flüstere ich und fühle, wie alle Farbe aus meinem Gesicht weicht. Es ist schwierig genug, ihn jeden Tag zu sehen. Ich habe ja schon keine Ahnung, wie ich damit umgehen soll, wenn er im selben Raum ist wie ich, ganz zu schweigen davon, wenn wir ein Bett teilen.

»Alles wird gut, du wirst sehen.«

»Du leidest unter Wahnvorstellungen«, sage ich leise.

»Wie bitte?«, fragt er im selben Tonfall, den er auch für seine Männer benutzt.

Ich raffe all meinen nicht vorhandenen Mut zusammen und sehe ihm direkt in die Augen, ehe ich mich noch einmal langsam wiederhole. »Ich sagte, du leidest unter Wahnvorstellungen. Du denkst, dass alles gut ablaufen wird, obwohl ich weiß, dass es anders kommen wird. Hast du nie zuvor einen Film angeguckt? Da gibt es zuerst immer eine große Lüge, die geheim gehalten wird, und im Endeffekt kommt die Wahrheit doch ans Licht.« Ich nehme einen Atemzug. »Ich will nicht dabei sein, wenn alles über uns zusammenbricht.«

»Der Unterschied ist, Myla, dass das hier kein Film ist und ich weiß, was ich tue.«

»Wenn du das sagst.« Ich reiße den Blick von ihm los.

Solang wir uns nur gegenseitig angelogen haben, konnte ich damit umgehen, aber nun sind Menschen beteiligt, die uns beiden wichtig sind, und ich weiß, dass ich diese Sache irgendwann bereuen werde. Ich hoffe nur, dass ich es nicht für den Rest meines Lebens bereuen muss oder meine Entscheidung einen negativen Einfluss auf die Menschen hat, die in die Sache unschuldig involviert sind.

»Deine Mom vermisst dich«, sagt Kai und durchbricht meine Gedanken.

»Das weiß ich und ich vermisse sie auch, Kai, aber das ist weder der richtige Ort noch der passende Zeitpunkt für eine Familienzusammenführung.«

»Du musst anfangen, mir zu vertrauen.«

»Und du musst anfangen, mit mir zu sprechen, bevor du Entscheidungen triffst, die dir nicht zustehen«, argumentiere ich.

»Du hast recht«, sagt er und überrascht mich mit der Tatsache, dass er mir zustimmt. »Du hast recht, aber das habe ich ebenfalls.«

Ich atme geschlagen aus, einmal mehr realisierend, dass er es einfach nicht verstanden hat. »So viel dazu«, denke ich und begreife erst, laut gesprochen zu haben, als ich sehe, wie sich seine Lippen verziehen.

»Es wird alles gut werden.«

»Das sagst du immer wieder, Kai, aber du und ich wissen beide, dass deine Mutter fest davon überzeugt ist, dass der

Traum meiner Mom Realität wurde. Sie ist so glücklich mit dieser Beziehung, weil sie damit eine Verbindung zu ihrer Freundin herstellen kann, die schon lang nicht mehr lebt. Deine Mutter wird nicht sonderlich erfreut sein, wenn sie erfährt, dass wir sie und alle anderen belogen haben.«

Kai betrachtet mein Gesicht und zum ersten Mal habe ich das Gefühl, er versteht endlich, was ich ihm die ganze Zeit über klarmachen will. »Also werden wir versuchen, eine echte Beziehung daraus zu machen.«

Meine Lunge friert ein und mein Mund wird trocken, während ich erstaunt dasitze, ihn ansehe und nach Worten ringe, um etwas darauf zu erwidern. Nach einem Moment setze ich mich aufrechter hin. »Bist du verrückt geworden?«, quietsche ich.

»Du fühlst dich von mir angezogen«, gibt er zu bedenken.

»Ich ... ich ... fühle mich von dir angezogen?«, stottere ich dahin.

»Und ich fühle mich zu dir hingezogen«, sagt er und lässt seinen Blick über meinen Körper wandern.

Augenblicklich spüre ich, wie meine Nippel gegen das dünne Material meines Bikinis reiben. »Bleib ernst.«

»Ich meine das sehr ernst.«

»Es wird nicht funktionieren«, bringe ich vor.

»Warum nicht? Jede Beziehung beginnt mit einer gewissen Anziehung. Du findest mich anziehend, ich dich.«

»Hör auf, mir zu sagen, dass ich dich anziehend finde«, grummle ich und versuche, aufzustehen, doch bevor ich es schaffe, ist Kai bereits über mir, sein Gesicht nur Zentimeter von meinem entfernt.

»Warum nicht versuchen, Myla?«

»Weil es eine sehr, sehr dumme Idee ist, Kai.« Ich verdrehe die Augen.

»Wir müssen nicht mal Sex haben, bis du dich dazu bereit fühlst«, sagt er, ignoriert einfach, was ich angemerkt habe, und kommt mir noch näher. »Lass es uns versuchen, solang deine Familie in der Stadt ist. Sobald sie wieder weg ist, besprechen wir alles und entscheiden, ob wir unsere Beziehung ausbauen möchten oder nicht.«

»Ich kann nicht glauben, dass ich überhaupt darüber nachdenke«, sage ich.

Ein kleines Lächeln erscheint auf seinem Gesicht, ehe er meinen Mund mit einem so heißen Kuss in Besitz nimmt, dass ich ihn bis in meine Zehenspitzen spüre. Er zieht sich ein Stück zurück, drückt seine Lippen auf meine Stirn, meine Nase, mein Kinn. Ich bin überrascht von dem plötzlichen Gefühl, das von dieser süßen Geste in meiner Brust erwacht.

»Wir brauchen ein erstes Date«, erklärt er mir und nun bemühe ich mich nicht einmal, mein Lächeln zurückzuhalten. »Was?«, fragt er und seine Brauen ziehen sich zusammen.

»Ich werde unser erstes Date organisieren«, sage ich und beiße mir auf die Unterlippe, als er die Augen zusammenkneift.

»Alles klar, Myla. Du organisierst unser erstes Date«, stimmt er zu.

Ich erkenne, dass er herauszufinden versucht, was ich vorhabe, und es verlangt mir alles ab, nicht zu lächeln oder zu sagen, dass er damit angefangen hat.

»Willst du dir in der Zwischenzeit einen Film ansehen?«, fragt er und erwischt mich damit kalt.

»Ich ...« Ich halte inne und mustere sein Gesicht, ehe ich meine Stimme senke und nachhake: »Einen Film?«

Aye, Pika und ich sehen uns oft einen Film an, doch Kai hat nie gefragt, ob wir es gemeinsam tun wollen. Er wirkt eher genervt, wenn er uns dabei erwischt, wie wir zusammen auf der Couch liegen.

»Heute ist Samstag. Es ist nicht viel los und ich muss nicht arbeiten, von daher ...«

»Okay«, unterbreche ich ihn, als ich erkenne, wie unangenehm es ihm ist, zu fragen. »Aber ich suche den Film aus.«

»Nein.« Er schüttelt den Kopf. »Ich sehe mir keinen Mädchenfilm an.«

»Ich habe kein Wort davon gesagt, dass wir uns einen Mädchenfilm ansehen werden. Ich sagte nur, dass ich den Film aussuche.«

»Nein. Ich suche uns einen aus«, sagt er entschieden.

Ich springe von der Liege, bevor er mich noch einmal davon abhalten kann. Über meine Schulter hinweg sehe ich ihn an. »Kommst du?«

»Jepp«, murmelt er und betrachtet meinen Bikini auf Höhe meiner Taille.

»Was stimmt nicht?«, will ich wissen und sehe mir die Stelle ebenfalls an.

»Dein Teint verändert sich«, sagt er und lässt seinen Blick auf eine Weise über meinen Körper wandern, dass ich das Gefühl habe, nackt zu sein.

»Ich habe Sonnenmilch verwendet«, erkläre ich, doch sein Gesichtsausdruck bleibt gleich.

»Das sehe ich«, sagt er so leise, dass ich ihn beinah nicht verstehe.

Ich bin kurz davor, zu fragen, was sein Problem ist, als er nach meiner Taille fasst und den Bikini nach unten zieht.

»Was tust du da?« Ich mache einen Schritt zurück.

»Deine Bräunungslinien ...« Er schüttelt den Kopf, als würde er aus einer Art Trance erwachen.

»Wie bitte?«, frage ich verwirrt.

»Nichts. Bist du fertig?«

»Klar.« Ich beiße mir auf die Lippe und gehe vor ihm auf das Haus zu. Ich schwöre, ich spüre den gesamten Weg über seinen Blick auf meiner Haut. »Ich bin gleich wieder da.« Damit renne ich die Treppe nach oben in mein Zimmer, wo ich mir ein übergroßes T-Shirt schnappe, das ich überziehe, ehe ich wieder nach unten in das Fernsehzimmer laufe. »Was hast du ausgesucht?« Ich lasse mich auf das mit Kissen überfüllte Sofa fallen.

»Wirst du gleich sehen.« Er lächelt mich über seine Schulter hinweg an, was allein Grund genug dafür ist, in mir den Wunsch zu wecken, zu ihm zu gehen und dieses Lächeln von seinem Gesicht zu küssen. Für jemanden, der selten lächelt, wirkt es jedes Mal unglaublich anziehend. Es verblüfft mich immer wieder, welche Empfindungen er mir entlockt. Einerseits verströmt er eine solche Energie, dass man ihm besser nicht über den Weg laufen möchte, andererseits betet man für seine Aufmerksamkeit, und sei es nur für einen Moment, um herauszufinden, ob man ihm ein Lächeln entlocken kann.

»Myla?«

»Hm?«

»Ich habe dich gefragt, ob du etwas trinken möchtest?«

Als mir klar wird, dass ich ihn anstarre, fühle ich gleichzeitig, wie mein Gesicht heiß wird. Ich brauche dringend einen Moment, um mich in den Griff zu bekommen, ehe wir zusammen in einem Zimmer sitzen. »Oh, ich kann etwas holen.« Ich springe von der Couch und gehe bis zum Durchgang, wo ich mich noch einmal umdrehe. »Willst du auch etwas?«

»Ein Bier.« Er lächelt und ich spüre, wie meine ohnehin schon heißen Wangen noch heißer werden.

»Verstanden. Ein Bier«, sage ich atemlos und renne in die Küche.

Es dauert gut fünfzehn Minuten, bis ich es zurückschaffe. Ich habe uns Drinks besorgt, Popcorn gemacht und in den Schubladen herumgekramt, bis ich Süßigkeiten und Schokolade gefunden habe. Ich habe Zeit totgeschlagen, aber in seiner Gegenwart brauche ich ausreichend Sachen, die meinen Mund und meine Hände beschäftigen. Vor allem, wenn ich ihm so nah komme.

»Also, was hast du dir ausgesucht?«, frage ich erneut, nehme eine Handvoll Popcorn und schiebe es mir in den Mund.

»Wirst du gleich sehen«, erwidert er zum zweiten Mal und kommt zu mir, um sich neben mich zu setzen.

Ich versuche, ihn nicht anzusehen, aber es fällt mir schwer. Ich schwöre, meine Augen haben ein Eigenleben. Ich neige nur ein Stück meinen Kopf. Er sitzt mit einem *iPad* in der Hand neben mir und drückt auf dem Display herum. Er ist völlig in seinem Tun versunken und ich betrachte ihn für einen Moment. Sein Haar ist wie immer nach hinten gebunden, sein Kiefer in voller Konzentration angespannt. Wenn er das Kinn gesenkt hält, sticht die Kerbe auf seiner Nase noch deutlicher hervor. Mein Blick bleibt an seinen Lippen hängen, sie wirken voll und als wären sie es wert, geküsst zu werden.

»Du starrst mich an.«

»Tue ich nicht«, erwidere ich, stecke mir Popcorn in den Mund und wende mich dem Fernseher zu.

»Ich sagte dir ja, dass du mich anziehend findest«, murmelt er.

»Wie du meinst.« Ich lächle und spüre, dass er mich betrachtet. »Was ist?«

»Nichts.« Er grinst und mein Magen macht einen Satz.

»Nun, womit willst du mich quälen?« Meine Worte entfachen ein Feuer in seinen Augen, was mich dazu bringt, hin und her zu rutschen. Ohne zu antworten, drückt er auf einen anderen Knopf. Im nächsten Moment wird der Fernseher hell und *Stirb langsam* startet. »Oh mein Gott! Ich liebe diesen Film.« Ich strahle ihn an.

Er streicht mir mit dem Finger über die Lippen, ehe er sich wieder dem Fernseher widmet.

Ich nehme einen tiefen Atemzug und lasse ihn auf mich wirken, bevor ich mich ebenfalls dem Flachbildschirm zuwende.

Den restlichen Tag verbringen wir damit, Filme zu sehen und uns zu entspannen. Als wir bereit für das Bett sind, habe ich eine Sache über Kai herausgefunden, die ich niemals erwartet hätte: Er ist definitiv jemand, in den ich mich Hals über Kopf verlieben könnte. Mir wurde außerdem klar, dass es mit ihm nie einfach nur Liebe sein würde. Liebe scheint mir zu simpel als Beschreibung für die Emotionen zu sein, die ich fühlen könnte, würde ich ihnen erlauben, zu erwachen.

5. KAPITEL

Myla

Swimming with the Sharks

»Bist du sicher, dass du das tun willst?«

Nein, bin ich nicht, aber da wir uns nun mitten auf dem Ozean befinden, gibt es keinen Weg, da wieder rauszukommen. Als ich heute Morgen aufwachte, war ich ziemlich überrascht, Kai am Rand meines Betts vorzufinden, wo er saß, um mich zu beobachten. Noch mehr überraschte er mich, als er mir sagte, dass wir heute unser Date hätten, da meine Eltern bereits in zwei Tagen hier sein würden und wir unter der Woche wenig Zeit hätten.

Obwohl ich mich sehr darauf freue, meine Eltern bei mir zu haben, spüre ich zugleich ein großes Unbehagen wegen ihres Besuchs. Selbst nachdem Kai und ich beschlossen haben, zu sehen, wohin uns diese Sachen zwischen uns führt, weiß ich nicht, wie das auf zwei Menschen wirken wird, wenn sie in der vordersten Reihe sitzen dürfen, um unsere Beziehung zu beobachten.

Ich reiße den Blick vom Wasser und dem Käfig los, der darin platziert wurde, und nicke Kai zu.

Ich war zehn Jahre alt, als ich zum ersten Mal *Der weiße Hai* sah und augenblicklich süchtig nach dem Meer und all den Kreaturen wurde, die darin leben. Eins der Dinge, die ich am meisten liebe, sind Haifische und ich schwor mir, wenn sich mir die Gelegenheit böte, würde ich mit ihnen schwimmen.

Die Idee schien mir immer eine ziemlich gute zu sein. Doch das war, bevor ich auf einem riesigen Boot saß, einen Neoprenanzug trug und mich bereit machte, um in einen Unterwasserkäfig zu steigen, während Blut und Fischreste ins Meer geworfen wurden, um Haie anzulocken. Ich werde dem größten Raubtier aller Zeiten begegnen.

»Ich verspreche dir, du wirst es lieben«, sagt Kai, nimmt meine Hand und streicht mit dem Daumen über meine Haut.

»Das möchte ich.« Ich schlucke schwer.

Als ich Kai sagte, was ich mir für unser erstes Date ausgesucht habe, leuchtete sein Gesicht auf, als hätte ich ihm ein Geschenk überreicht. Er meinte, nach Haifischen zu tauchen, wäre neben dem Surfen eine seiner Lieblingsbeschäftigungen. Er erzählte mir, dass er zwar nicht oft dazu komme, aber sein Freund sei sicherlich bereit, uns auf seinem Boot rauszubringen. Ich kann nicht glauben, wie schnell alles organisiert war. Es fühlt sich an, als hätte ich bloß mit dem Finger geschnippt, und schon befinde ich mich auf diesem Boot und in diesem Neoprenanzug.

»Erinnerst du dich, was zu tun ist, sobald du dich in dem Käfig befindest?«, fragt Kai.

Ich nicke erneut, meine Stimme scheint mir abhandengekommen zu sein. Glücklicherweise habe ich vor einigen Jahren Tauchunterricht genommen, sodass ich alle Fragen, die Kai und sein Freund hatten, beantworten konnte. Beispielsweise, wie ich mich bei einem Unfall verhalten würde.

»Na gut. Dann vervollständigen wir jetzt deine Ausrüstung, *Makamae*.«

Er führt mich zu der äußersten Stelle, wo mir die Sauerstoffflasche und der Rest der Ausrüstung gereicht wird. Nachdem mir Kai geholfen hat, mich fertig zu machen, und alles noch drei weitere Male kontrolliert hat, macht auch er sich bereit und hält seinen Daumen in die Höhe, was so viel bedeutet, dass ich das Gerät für die Sauerstoffversorgung in den Mund nehmen kann. Ich tue es und spüre sofort den Luftfluss, der es mir erlauben wird, unter Wasser zu atmen.

Sobald wir startklar sind, bringt mich Kai auf die Seite des Bootes, wo sich eine Stiege befindet, die hinunter ins Wasser und direkt in den Käfig führt. Er geht zuerst und wartet am Ende der Treppe darauf, dass ich ihm folge. Sobald ich die Stufe erreiche, auf der ich mich halb im Wasser befinde, werde ich mir seiner Nähe durch und durch bewusst.

Er drückt mich aufmunternd und taucht vollständig unter.

Ich folge ihm und werde augenblicklich von der Klarheit des Wassers gefangen genommen. Der Ozean ist so blau, so klar, ich habe das Gefühl, kilometerweit sehen zu können. Eine solche Stille habe ich noch nie zuvor erlebt. Das einzige Geräusch wird von meinem konzentrierten Atmen ausgelöst. Ich drehe mich um und sehe mich Kai gegenüber, der auf seine Augen zeigt und dann noch oben. Ich folge seinem Blick, als sich das Wasser über uns auch bereits rot zu färben beginnt, durchzogen von einem weißen Schleier, der aus winzigen Fischstückchen gebildet wird. Obwohl ich weiß, was uns erwartet, bin ich völlig hingerissen, als sich kleine Fische um unseren Käfig versammeln und zu essen beginnen.

Ich beobachte sie und mir fällt auf, dass sie sich beinah in Zeitlupe bewegen, bis sie plötzlich den Mund aufmachen und sich das Futter schnappen. Ich kann nicht sagen, wie lang es dauert – es kann sich um Minuten handeln oder auch um Stunden –, bis mir Kai plötzlich auf die Schulter tippt. Ich wende mich ihm zu und er zeigt an das andere Ende des Käfigs, von wo aus ein schwarzes, großes Etwas auf uns zukommt. Als das Bild klarer wird, erkenne ich einen riesigen Hai und greife nach Kais Hand. Ich weiß sofort, dass es sich dabei um einen Tigerhai handelt, eines der tödlichsten Raubtiere dieser Welt. Ich halte Kais Hand noch etwas fester, während der Hai einige Runden um den Käfig schwimmt. Mir ist, als würde die Zeit stehen bleiben, doch ehe ich mich versehe, ist die wundervolle Kreatur auch schon wieder verschwunden. Wir lassen uns noch etwas treiben. Als Kai meinen Arm berührt, weiß ich, dass es Zeit ist, wieder aufzutauchen.

Sobald wir die Oberfläche erreichen, hilft mir Kais Freund auf das Boot zurück und beginnt damit, mir die Ausrüstung abzunehmen. Ich atme tief die salzige Meeresluft ein und sehe mich nach Kai um. Als sich unsere Blicke treffen, versuche ich, ihm auf diesem Weg zu sagen, was mir dieser Moment mit ihm bedeutet hat. Es kommt nicht alle Tage vor, dass du dir einen Kindheitstraum erfüllen kannst. Ich bin unglaublich dankbar, dass er das für mich gemacht hat.

Ich helfe dabei, die Sachen zu verstauen und versuche, die Gefühle zu benennen, die mich durchströmen. Erst als mich Kai von meinem Sitzplatz hochhebt und zu einer Lounge auf der anderen Seite des Bootes bringt, realisiere ich, dass ich glücklich bin. Ich habe mich immer für eine glückliche Person gehalten, dabei war mir nicht klar, dass ich es ganz tief in mir nicht war. Erst seit ich hier auf Hawaii angekommen bin, bin ich wirklich glücklich. Ich vermisse meine Lieblingsläden und meine Mädchen, aber ich – für mich selbst – habe nur existiert.

Während sich mein Leben durch alles hier so sehr verändert hat, war ich gezwungen, Dinge zu tun, die ich zuvor nie getan hätte – meinen sicheren Hafen zu verlassen, von dem ich dachte, dort wäre ich sicher. Doch erst jetzt fühle ich mich wirklich gut aufgehoben und zufrieden.

Mit diesem Gedanken kuschle ich mich an Kai, lege den Kopf auf seine Brust und lasse mich von dem Geruch des Ozeans und dem Schaukeln des Boots ins Traumland tragen.

Ich wache auf und will mich zur Seite drehen, als ich feststelle, dass ich von einem Arm um meine Mitte festgehalten werde; muskulöse Männerbeine sind mit meinen verschlungen. Mir fällt wieder ein, dass meine Eltern auf Hawaii sind und sich nur ein paar Türen entfernt aufhalten.

»Schlaf noch ein bisschen«, grummelt Kai gegen meinen Nacken und löst eine Gänsehaut auf meinem Körper aus.

»Ich dachte, du wolltest auf deiner Seite des Betts bleiben«, flüstere ich und reibe meine Beine aneinander, in denen ich plötzlich eine seltsame Unruhe spüre.

»Mir wurde kalt. Ich habe deinen Körper gebraucht, um mich aufzuwärmen.«

Seine Antwort bringt mich zum Lächeln. Ich drehe mich in seinen Armen um, damit ich ihn ansehen kann. Dabei bemerke ich, dass es im Zimmer kälter als üblich ist. Sobald wir Gesicht an Gesicht liegen, holt mich Kai mit einem Bein noch näher und beginnt, mit meinem Haar zu spielen.

Es wurde die letzten Tage einfacher für mich, ihm so nah zu sein. Wenn ich ganz ehrlich mit mir selbst sein soll, sehne ich mich ständig nach seiner Gegenwart und seinen Berührungen. Er ist wie eine Droge: Mir ist klar, dass mir das nicht guttut, und dennoch will ich mehr davon.

Nachdem ich die Leichtigkeit des Moments eine Weile genossen habe, neige ich den Kopf. »Meinst du, es wird heute seltsam werden, wenn meine und deine Eltern zusammen hier sind?«

Sein Blick wandert kurz von meiner Haarsträhne zu mir, dann sieht er über mich hinweg und antwortet: »Nein. Ich habe mit meiner Mom gesprochen. Sie wird die Tatsache, dass sie deine Mutter kannte, nicht erwähnen.« Er schiebt mein Gesicht unter sein Kinn und zwingt mich damit, meine Lunge mit seinem Duft zu füllen.

»Ich denke trotzdem, dass es unangenehm werden wird.«

»Ich werde die meiste Zeit des Tages mit dir verbringen. Ich muss nur gegen Mittag kurz weg, aber danach gehöre ich nur dir«, sagt er.

Ich ignoriere das Gefühl, das bei den Worten *er gehöre ganz mir* aufkommt, und sehe zu ihm hoch. »Dir ist klar, dass wir aufgeschmissen sind, wenn deine Mom meiner gegenüber erwähnt, dass wir eine Hochzeit planen.« Ich seufze.

»Sollte das passieren, werden wir zu gegebener Zeit eine Lösung dafür finden.«

»Du tust schon wieder so, als wäre das keine große Sache, Kai. Ich finde es schon schlimm genug, ein Mal geheiratet zu haben, obwohl es nicht echt war. Das will ich nicht wiederholen, schon gar nicht mit dem Unterschied, dass ich ein weißes Kleid anhabe und es vor meinen Eltern tue.«

»Mach dir darüber jetzt keinen Kopf. Genieß einfach die Zeit mit deinen Eltern, solang sie hier sind«, ermutigt er mich.

Ich beiße mir auf die Innenseite meiner Wange, um mich davon abzuhalten, etwas zu erwidern. Es scheint, als würde er – ganz egal, was ich auch sage – nicht begreifen, dass ich mit all den Dingen im Augenblick nicht umgehen kann. Ich war nie eine gute Lügnerin und will darin auch nicht wirklich gut werden.

»Wir sollten vielleicht aufstehen.« Ich ziehe mich zurück, schiebe die Decke zur Seite und erzittere, als die Kälte meine Haut berührt. »Hast du die Klimaanlage voll aufgedreht?«

Ich sehe über meine Schulter und obwohl er mir den Rücken zugewandt hat, höre ich ihn ein *Nein* murmeln. Ich versuche, mich vom Anblick seiner Muskeln loszureißen, davon, wie sie sich bewegen, als er den Arm über seinen Kopf hebt, doch ich schaffe es nicht.

»Willst du duschen gehen?«, fragt er und grinst, als er bemerkt, dass ich ihn anstarre.

»Ja.« *Kalt*, denke ich, spreche es aber nicht aus, sondern gehe auf das Badezimmer zu. Ich schließe die Tür, gehe zum Waschbecken, nehme meine Zahnbürste und bemerke, dass Kais Zahnbürste gleich neben meiner steckt. Ich ignoriere, was auch immer ich gerade empfinde, trage etwas Zahnpasta auf und putze mir die Zähne, ehe ich mich unter die Dusche stelle. »Was machst du da?«, frage ich, als Kai ins Badezimmer kommt, nachdem ich das Wasser aufgedreht habe.

Er ignoriert meine Frage, geht hinüber zum Waschbecken und nimmt seine Zahnbürste zur Hand.

»Ich werde mich jetzt duschen«, sage ich in Richtung des Spiegels und ziehe die Brauen zusammen, als er beginnt, seine Zähne zu putzen. »Musst du das genau jetzt machen?«

Unsere Blicke treffen sich und er lässt seine Hand sinken. »Dusch doch einfach«, gibt er zurück und ich höre die Herausforderung in seiner Stimme.

Irgendwas in mir macht *Klick*. Ich ziehe mein Höschen aus, dann mein Nachtshirt und stelle mich mit dem Rücken zu ihm unter die Dusche. Die Glastüren beschlagen schnell, dennoch weiß ich, dass er mich noch immer sehen kann. Ich kann nicht glauben, dass ich etwas so Draufgängerisches tue, aber ich habe das Gefühl, er schubst mich absichtlich dorthin. Vielleicht testet er mich auch. Ich linse über meine Schulter und bemerke, dass sein Blick noch immer über den Spiegel auf mich gerichtet ist. Meine Nippel werden hart und ich spüre, wie sich meine Pussy zusammenzieht. Kai starrt mich nur an und langsam beginne ich, mir wie eine Idiotin vorzukommen. Als wüsste er, was in mir vorgeht, wendet er sich mir zu. Er macht einen Schritt vorwärts, bleibt dann jedoch kopfschüttelnd stehen und richtet lediglich die Beule in seinen Shorts, ehe er das Badezimmer verlässt und die Tür hinter sich schließt.

Ich entlasse die Luft aus meiner Lunge, die ich die ganze Zeit über festgehalten habe, und drehe das Wasser auf eisig, um runterzukommen. Erst nach und nach regle ich es auf eine vernünftige Temperatur zurück. Ich wasche mich rasch und verlasse die Dusche.

Als ich ins Schlafzimmer komme, ist Kai verschwunden; ich rieche nur noch den Duft seines Parfüms.

Ich ziehe navyblaue Shorts an, die am Saum einmal eingeschlagen sind, ein ebenfalls navyblaues Bikini-Oberteil und darüber ein weißes Leinenhemd, dann schlüpfe ich in weiße, mit Strass besetzte Flip-Flops und flechte meine Haare zu einem lockeren Zopf.

»Hey, Pika«, sage ich, als ich die Zimmertür öffne und ihn gegenüber an der Wand lehnen sehe.

»Kai hat mich gebeten, dich ins Esszimmer zu bringen.«

Ich nicke und folge ihm den Flur entlang. Die Dinge zwischen Pika und mir haben sich ein wenig gebessert, ich hasse dennoch diesen Ausdruck von Mitleid, den ich hin und wieder auf seinem Gesicht entdecke, wenn er mich ansieht. Ich schätze, es hilft, dass er nicht viel redet; so vergesse ich die halbe Zeit über, dass er um mich herum ist.

»Wie hast du deine freie Nacht verbracht?«, frage ich, in dem Versuch, die Stille zwischen uns zu füllen.

Er zuckt mit den Schultern. »Habe nicht viel gemacht«, erwidert er und marschiert weiter.

»Klingt lustig«, murmle ich und beiße mir auf die Innenseite meiner Wange, dabei frage ich mich, warum ich das gesagt habe.

Normalerweise ist Aye mit uns zusammen, dann ist es einfacher, mit Pika und seiner kühlen Art umzugehen. Er scheint ein angenehmer Kerl zu sein, solang man kein Problem mit dem schweigsamen, grüblerischen Typen hat, der gedanklich lieber Bilder in die Luft malt, als sich mit einem zu unterhalten.

Wir gehen den restlichen Weg schweigend. Sobald ich den Eingang des Esszimmers erreiche, höre ich bereits meine Mom, die Kai fragt, ob ich ebenfalls runterkomme. Kai erwidert, dass ich gerade aus der Dusche raus sei, als er das Zimmer verlassen habe. Ich erinnere mich, was ich provoziert habe, und kämpfe die Röte zurück, die mein Gesicht vereinnahmen will.

Als wir das Esszimmer betreten, nehme ich den Anblick meiner Mom in mich auf, die neben der großen offenen Balkontür sitzt. Wüsste man es nicht besser, würde man meinen, ich wäre ihre biologische Tochter. Wir haben dieselben blonden Haare und blauen Augen und auch sie ist groß und schlank. Mein Dad sitzt ebenfalls an dem Tisch, eine aufgeschlagene Zeitung liegt vor ihm. Als ich fünfzehn Jahre alt war, hat er sich das Haar abrasiert, es ist bis heute nicht nachgewachsen. Er ist auch groß, aber sein Körper ist korpulenter und die Stellen, an denen er früher trainiert war, werden nun mit dem Alter weicher.

Er richtet den Blick aus seinen dunkelbraunen Augen auf mich. Mit einem Lächeln erhebt er sich und kommt auf mich zu. »Da ist ja unser Mädchen«, sagt er leise und umarmt mich.

»Hey, Dad«, gebe ich genauso liebevoll zurück und schlinge meine Arme um ihn, während ich das wundervolle Gefühl seiner Umarmung in mich aufnehme – eins meiner liebsten Dinge auf der Welt.

»Geht es dir gut?«

»Ja.« Ich lehne mich zurück und lächle zu ihm hoch.

Sein Ausdruck wird weich, ehe er mich auf die Stirn küsst.

»Ich kann es immer noch nicht fassen, wie wunderschön du geworden bist«, flüstert meine Mom und nimmt mich ebenfalls in den Arm. Obwohl sie gestern, als wir sie vom Flughafen abholten, genau dasselbe sagte, erwärmen mich ihre Worte. Ich wusste nicht, wie sehr ich die zwei vermisst habe. Sie sind die einzigen Eltern, die ich wirklich kenne. Es gab nie einen Moment während meiner Kindheit, in dem ich mich nicht willkommen und geliebt fühlte.

»Ich freue mich, dass ihr hier seid«, gebe ich aufrichtig zurück.

»Du weißt, dass ich – egal, wo du dich befindest – immer zu dir kommen würde, wenn du mich brauchst, Liebes.«

Ein Schluchzen klettert meine Kehle hoch. Mir ist klar, dass sie das ernst meint, und das ist auch der Grund, warum ich immer versucht habe, meine Eltern zu beschützen. Der Gedanke, dass ihnen etwas wegen der Dinge, die ihr Sohn getan hat, zustoßen könnte, hat mir stets Angst gemacht.

»Nicht weinen. Wir sind ja jetzt hier.« Sie hält mich ein bisschen fester und flüstert in mein Ohr: »Dein Ehemann sieht aus, als würde er gleich jemanden umbringen. Er scheint es nicht zu mögen, wenn du weinst.«

Ich hebe den Kopf von ihrer Brust und mein Blick trifft auf den von Kai. »Mir geht es gut.« Mein Dad reicht mir ein Taschentuch und ich wische damit über mein Gesicht.

Kai legt mir einen Arm um die Taille und küsst mich auf die Schläfe. »Ich habe deiner Mom von unserem Tauchausflug zu den Haien erzählt.« Er sieht mit einem Lächeln auf mich herab, da schaltet sich mein Dad ein.

»Ich habe ihm erzählt, dass du schon als Kind vom Meer fasziniert warst, du aber nie näher rangekommen bist als in das Aquarium.«

»Dad hat mich gern damit aufgezogen, dass er so viele Überstunden machen müsse, um sich meine Besessenheit für das Aquarium leisten zu können.« Die Erinnerung bringt mich zum Lächeln.

»Ich habe diese Zeit mit dir sehr geliebt«, sagt Dad und blickt zu Kai. »Meine Söhne haben ständig den einen oder anderen Sport betrieben; unser Leben war hektisch. Es war schön, ein Mal im Monat einen ruhigen Nachmittag mit einem kleinen Mädchen in der Sternwarte des Aquariums zu sitzen, das nichts anderes tun wollte, als die Fische zu beobachten.«

»Ich habe diese Momente mit dir auch sehr geliebt – genauso sehr, wie dir später – als ich älter wurde – an den Samstagen in der Bäckerei zu helfen«, gebe ich zurück.

»Du warst immer ein gutes Mädchen.« Er sieht mich voller Traurigkeit an und fasst nach Moms Hand. »Ich weiß nicht, was wir getan haben, aber egal, was es war, es tut uns leid. Wir haben versucht, gute Eltern zu sein.«

»Oh Gott«, presse ich hervor. »Ihr habt gar nichts getan.« Ich versuche, den Klumpen in meinem Hals loszuwerden. »Ihr wart großartige Eltern – die besten. Ich ... ich ...« Ich halte inne, weil ich nicht weiß, was ich sagen soll. Ich kann ihnen nicht erklären, warum ich mein Zuhause verlassen und nie wieder einen Blick zurückgeworfen habe. Ich bin nicht bereit, ihnen zu sagen, was mir ihr Sohn angetan hat.

»Mir ist klar, dass es viel zu bereden gibt, aber ich wäre dankbar, wenn wir das auf später verschieben könnten. Myla hatte ständig Stress, seit wir geheiratet haben. Ich will nicht, dass meine Frau schon die ersten Wochen nach unserer Hochzeit überfordert ist«, schreitet Kai ein.

Ich lehne mich näher an ihn.

»Das soll eine schöne Zeit für uns werden, *Makamae*«, fügt er hinzu.

Ich sehe zu ihm hoch und mir wird bewusst, dass das hier nur ein weiterer Grund ist, warum ich mich in ihn verlieben könnte. Er versteht mich auf eine Weise, wie es noch keiner zuvor getan hat.

»Da stimme ich zu«, sagt Mom leise. Sie strahlt Kai an. »Wir haben genug Zeit, um über alles zu reden. Lasst uns ein paar schöne Momente haben, solang wir hier sind.«

»Danke, Mom«, flüstere ich.

Sie lächelt und streichelt über meine Wange.

»Ich, für meinen Teil, verhungere gleich«, meint Dad und erfüllt die Atmosphäre mit mehr Leichtigkeit.

Kai gibt mir noch einen Kuss auf die Schläfe, dann führt er mich zum Esstisch, zieht einen Stuhl für mich hervor und setzt sich neben mich.

»Ich danke dir«, flüstere ich, als auch schon das Frühstück serviert wird.

»Jederzeit.«

Er kommt näher und ich neige, ohne darüber nachzudenken, den Kopf in seine Richtung, um den Kuss, den er mir anbietet, zu akzeptieren. Als sich unsere Lippen trennen, halten wir einander mit Blicken fest. Wieder blitzt etwas in seinen Augen auf, das ich versuche, zu entschlüsseln, doch er wendet sich ab, bevor es mir dieses Mal gelingt.

»Ich bin froh, dass du einen guten Mann gefunden hast.« Mein Dad lächelt mich an, während wir zum Strand hinuntergehen.

Nach dem Frühstück haben wir uns entschieden, einen kleinen Spaziergang zu machen; Mom wollte sich währenddessen sonnen.

»Du hast dich immer zuerst um alle anderen gekümmert. Ich bin froh, dass du einen Mann gefunden hast, der sich um dich kümmert.«

»Er tut mir gut«, sage ich und atme tief die frische Meeresluft ein.

»Immer, wenn er dich ansieht, erkennt man, dass er dich sehr gern hat.«

»Ach ja?«, frage ich, hätte aber vielleicht besser etwas anderes erwidert.

»Als ihr uns gestern am Flughafen abgeholt habt, haben wir euch von der Gepäckausgabe aus eine Weile beobachtet. Wir waren ziemlich überrascht. Kai wirkt ... nun ja, überaus einschüchternd.«

»Das ist er nicht.« Für mich ist Kai wunderschön.

»Das ist er, aber wenn er dich ansieht, ist da eine Sanftheit in seinen Augen, die ich erst ein Mal zuvor gesehen habe. Bei deinem Vater, als er dich oder deine Mutter angesehen hat«, flüstert Dad und geht beschwingt neben mir her.

Ich bin geschockt, denn wir haben noch nie zuvor ein Wort über meinen Vater gewechselt.

»Du warst sein kleiner Stern.« Er blickt eine Weile auf das Meer hinaus und als er mich wieder ansieht, entdecke ich eine tiefe Traurigkeit in seinem Gesicht. »Als er mich bat, dich bei mir aufzunehmen, wusste ich, wie schwer ihm das fiel. Deine Mutter und er haben dich geliebt. Du warst der Grund, warum die zwei hier auf Erden waren.«

»Ich hasse es, dass ich mich nicht an sie erinnern kann«, sage ich tränenerstickt.

»Das tust du ...« Er nimmt meine Hand und drückt sie auf mein Herz. »Hier drinnen erinnerst du dich an sie. Sie waren immer bei dir und werden immer bei dir sein.«

»Ich weiß, dass sie mich geliebt haben«, sage ich nach einem Moment, sobald ich meine Stimme wiedergefunden habe.

»Das weiß ich auch«, sagt er liebevoll.

»Nein, das weiß ich, weil sie mir dich und Mom geschickt haben.«

»Oh Myla.« Er zieht mich in seine Arme. »Wir vermissen dich, Mädchen.« Ich kann Tränen in seiner Stimme hören. Es bringt mich um, zu wissen, dass ich dafür verantwortlich bin.

»Ich vermisse euch auch.« Schluchzend schlinge ich die Arme enger um ihn.

»Lass uns nicht mehr so viel Zeit zwischen unseren Besuchen verstreichen.«

»Okay«, stimme ich zu und halte ihn noch ein kleines bisschen fester.

Wir stehen einen langen Moment so da. Ich habe meine Eltern vermisst, aber Dad und ich standen uns immer besonders nah. Ihn die letzten Jahre nicht in meinem Leben gehabt zu haben, hat wehgetan.

»Ich liebe dich, Dad.«

»Ich liebe dich auch.« Er zieht sich zurück und betrachtet mein tränennasses Gesicht. »Du solltest aufhören, zu weinen, bevor wir zurück zum Haus gehen und dich dein Ehemann so sieht.«

»Ich höre schon auf.« Ich lächle ihn an.

Dad legt einen Arm um meine Schultern. Den Weg zurück zum Haus gehen wir schweigend nebeneinander her.

Mir ist, als wäre ich die letzten Wochen mit so vielen Dingen aus meiner Vergangenheit bombardiert worden – mit guten und mit schlechten. Und dennoch bin ich dankbar, all das für mich aufarbeiten zu können.

6. Kapitel

Myla

Tethered to Him

»Ich habe dir schon vorher gesagt, dass es kritisch wird, sobald wir die beiden zusammenbringen«, knurre ich Kai an, der den Nerv besitzt, mich anzugrinsen.

Als mein Dad und ich von unserem Spaziergang zurückkamen, war Kais Mom hier und hat bereits mit meiner Mom über die Hochzeit gesprochen; darüber, dass alle dabei sein können, wenn wir unsere Gelübde erneuern. Meine Mom meinte, sie können nur bis zum Wochenende bleiben, aber es würde ihr sehr viel bedeuten, wenn wir eine Feier organisieren könnten, ehe sie nach Hause fahren. Nun erklärten uns unsere Mütter gerade, dass wir eine Party mit über hundertfünfzig Leuten haben werden.

Kai zuckt die Schultern. »Es ist nur eine Party.«

»Hast du ihnen zugehört?«, schreie ich förmlich. »Sie sagten *hundertfünfzig* Leute. Hundertfünfzig Leute sind mehr als eine Party. Das ist wie ... ein Konzert oder so was.«

Er zieht eine Braue nach oben. »Auf welcher Art von Konzert warst du bisher?«

»Das spielt keine Rolle.« Ich verdrehe genervt die Augen.

»Ich weiß, dass du das nicht tun willst, aber sieh dir unsere Mütter an und wie glücklich sie im Moment sind. Außerdem soll jeder meine Frau kennenlernen. Ich hätte so etwas bereits tun sollen, als wir nach Hause kamen, aber nach all den Dingen, die vorgefallen sind, wollte ich dich nicht so unter Druck setzen.«

»Ich muss nicht jeden kennenlernen, Kai«, sage ich; schon der Gedanke daran macht mich nervös. »Wir wissen nicht mal, was wir hier tun. Die Dinge zwischen uns hängen noch immer in der Luft.«

»Hör auf«, knurrt er. »Jedes Mal, wenn du über uns sprichst, tust du es, als gäbe es ein Verfallsdatum. Wir haben beschlossen, dass wir einen Versuch starten, das mit uns hinzubekommen. Aber damit das funktioniert, müssen wir beide daran arbeiten. Du kannst nicht schon einen Schritt Richtung Ausgang machen, Myla.«

Ich schlucke und lehne mit geschlossenen Augen meine Stirn an seine Brust. Er hat recht. Ich habe zugestimmt, mir anzusehen, wo das mit uns hinführt, und zugleich bin ich davon ausgegangen, dass die Dinge zwischen uns ohnehin bald enden werden. »Du hast recht.« Ich öffne die Augen und sehe zu ihm hoch. »Es tut mir leid.«

Er nimmt mein Gesicht in seine Hände. »Lass uns immer nur Gedanken wegen einer Sache zur selben Zeit machen.« Er küsst mich zärtlich, dann lehnt er sich zurück, um mich wieder zu betrachten. »Lass unsere Mütter diese Party organisieren. Ich weiß, dass es beiden sehr viel bedeuten würde.«

Ich nicke und schmiege mich in seine Berührung.

»Ich werde die ganze Nacht bei dir sein.« Er küsst mich erneut, doch dieses Mal knabbere ich an seiner Unterlippe, ehe er sich zurückziehen kann.

Ein tiefes Brummen dringt aus seiner Kehle. Er greift in mein Haar und neigt meinen Kopf zur Seite. Mein Mund öffnet sich unter seinem und als seine Zunge die meine berührt, wimmere ich auf. Ich war nie mit jemandem zusammen, der so ist wie er, und obwohl mich das ängstigt, will ich diesen Mann mehr, als ich lange Zeit etwas haben wollte.

Er unterbricht den Kuss und lehnt die Stirn gegen meine.

»Es stimmt, was du gesagt hast.«

»Ach ja?«, fragt er überrascht.

»Nun ja, es würde meiner Mom viel bedeuten, in diese Sache involviert zu sein, und wenn es nur für diese Party ist.«

»Und mit uns?«

Ich überlege einen Moment, wie ich antworten soll, ehe ich meine Brust gegen seine drücke. »Mir ist klar, dass du denkst, ich würde uns keine Chance geben, aber das tue ich. Ich war nur nie mit jemandem wie dir zusammen. Du machst mir

Angst.«

»Myl...«

»Oh Liebes, ich bin so aufgeregt!«, sagt meine Mom und unterbricht Kai. »Denkst du, wir sollten einen Fotografen engagieren?«

»Ich denke nicht, dass das nötig sein wird«, murmle ich und spüre, wie Kai meine Taille drückt.

»Ich bin sicher, deine Brüder würden gern ein paar Bilder von dir sehen.«

Mein Körper erstarrt und ich fühle, wie alles Blut aus meinem Gesicht fließt, während sich Kais Arm um mich anspannt.

»Du siehst nicht so gut aus. Alles in Ordnung, Liebes?«, fragt Mom.

Ich nicke, unfähig, zu sprechen.

»Sie hatte einen langen Tag. Ich werde sie ins Bett bringen. Morgen stehen wieder einige Dinge an«, sagt Kai.

»Natürlich«, murmelt Mom und betrachtet mich.

Ich schenke ihr ein zittriges Lächeln und gebe ihr eine schnelle Umarmung, dann bringt mich Kai zu unserem Zimmer. Sobald wir drinnen sind, höre ich, wie sich die Tür hinter uns schließt. Ich setze mich auf das Bett, kicke mir die Schuhe von den Füßen und rolle mich auf der Decke zusammen.

»Wusstest du, dass Royce einst mein bester Freund war?«, frage ich Kai und sehe ihm dabei zu, wie er sein Shirt und seine Hose auszieht. Nur noch in Boxershorts kann ich sein Tattoo auf der rechten Hüfte erkennen, das unter den Shorts verschwindet und bis zu seinem Knie reicht. Ich wünschte, ich könnte das gesamte Kunstwerk betrachten, es wirkt sehr detailverliebt.

»Thads Bruder?«, fragt er und reißt mich aus meinen Gedanken. Er kommt mit einem T-Shirt in der Hand auf mich zu.

Ich beobachte, wie sich seine Bauchmuskeln bewegen, und nicke.

»Hast du noch immer Kontakt zu ihm?«

»Nein. Als ich von Nevada weggezogen bin, habe ich alles hinter mir gelassen«, sage ich und setze mich wieder auf.

Er murmelt ein leises *Auf mit dir* und fasst nach meinem Shirt, das er mir auszieht, und streift mir das neue über.

Ich fasse nach hinten und öffne meinen BH, den ich durch die Ärmel ausziehe.

»Warum bist du nach deinem Abschluss abgehauen?«, will er wissen.

Ich sehe zu ihm hoch und bemerke, dass er mein Gesicht studiert. Ein Teil von mir fragt sich, woher er diese Information hat, doch langsam verstehe ich, dass Kai um einiges mehr weiß, als mir im Moment klar ist. Vermutlich ist diese Frage mehr ein Test und nicht bloß Neugierde.

»Ich wurde in der Kochschule aufgenommen«, sage ich sanft und erkenne Enttäuschung in seinen Augen.

Ich ziehe rasch meine Hose aus, während Kai um das Bett herumgeht und sich hinter mich setzt. Ich weiß nicht, warum, aber ich erwarte, dass er mich ignoriert, mir den Rücken zudreht und schläft, doch stattdessen kommt er zu mir und zieht mich an seine Brust. Er schlingt einen Arm um meine Mitte und einen um meine Schultern.

»Also, ihr zwei wart Freunde?«, fragt er nach einem Moment liebevoll.

Ich kann seinen Atem auf meinen Nacken fühlen, schließe kurz meine Augen und versuche, das Gefühl zu verinnerlichen.

»Wir hatten damals alle die gleichen Freunde und auch zu Hause hat es sich angefühlt, als würde ich mit meinem besten Freund zusammenwohnen. Ihn zurückzulassen, war härter als alles andere.«

»Hm«, grummelt Kai und ein kleines Zittern durchfährt mich bei dem Gedanken, er könne eifersüchtig sein. Ich schiebe ihn sofort beiseite; so ist Kai nicht.

»Ich habe vor ungefähr einem Jahr eine Verlobungsanzeige von ihm bekommen und eine Glückwunschkarte zurückgeschickt. Ich hatte mich nicht durchringen können, das Telefon in die Hand zu nehmen und ihn anzurufen.«

»Etwas muss vorgefallen sein, dass du diesen Schnitt bei den Menschen gemacht hast, die du deine Familie nennst.«

»Ich denke, ich wollte einfach meinen eigenen Weg finden«, lüge ich und er drückt mich an sich.

»Ich wünschte, du würdest offen mit mir sprechen«, sagt er leise.

Ich drehe mich zu ihm und schmiege mein Gesicht an seine Brust. Ich wünschte, ich besäße die Courage, ihm zu sagen, was zwischen Thad und mir vorgefallen ist. »Ich bin so müde«, sage ich stattdessen und atme seinen Geruch ein.

»Schlaf, *Makamae*«, erwidert er und zieht mich noch enger an sich.

Obwohl ich mir etwas anderes einzureden versuche und mir klar ist, dass es ein großer Fehler ist, schlafe ich mit dem Gefühl ein, in Sicherheit und gewollt zu sein.

Kais Gesicht befindet sich zwischen meinen Beinen, mit einem seiner Arme hält er mich fest, meine Hände sind an meine Schenkel gepresst, sodass ich unfähig bin, ihn zu anzufassen. Ich heule frustriert auf, als ich meine Klit in seinem Mund pulsieren fühle.

Schwer atmend wache ich auf, den Traum noch immer im Kopf. Ich habe ihn angebettelt, Liebe mit mir zu machen, aber er hielt mich an der Klippe fest. Ich will aufstehen, doch Kais Hand hält mich auf Höhe meines Höschens fest, und ich spüre seine Länge, die sich in meinen Rücken drückt.

»Oh Gott«, stöhne ich leise und presse die Lider zusammen. Ich bräuchte nur den kleinsten Hauch einer Berührung auf meiner Klit und ich würde explodieren. Ich versuche erneut, mich zu bewegen, doch er hält mich nur fester. »Kai«, flüstere ich und stoße meine Hüfte unabsichtlich gegen seine Hand.

»*TU* Kai«, grummelt er wieder dieses hawaiianische Sprichwort, das irgendwas mit den Göttern zu tun haben soll, und kommt mir und meinem Rücken noch näher.

Als seine Finger mein Höschen zur Seite schieben und sein Mittelfinger über meine Klit streicht, drücke ich ihm meine Nägel in den Oberschenkel. »Völlig durchnässt«, knurrt er gegen meinen Nacken und kreist ein weiteres Mal um meine intimste Stelle.

Ich lasse seinen Schenkel los und schiebe meine Hand in seine Boxershorts. Hauchzart streiche ich mit den Fingerspitzen über seine gesamte Länge. Die Berührung reicht aus, um zu sagen, wie groß und wunderschön er ist. Ich streiche noch einmal auf und ab und erhalte ein Knurren, ehe er mir in den Nacken beißt.

Er fühlt sich an wie Stahl, umgeben von reiner Seide. Vorsichtig umkreise ich mit dem Daumen die Spitze und erwische den ersten Lusttropfen, ehe ich wieder nach unten wandere.

»*Makamae*«, sagt er und schiebt ohne Vorwarnung zwei Finger in mich.

»Kai«, rufe ich und wende mich ihm zu, als er bereits meinen Mund in einem Kuss vereinnahmt, der mir den Atem raubt.

Seine Finger bewegen sich im selben Rhythmus wie meine Hand. Ich unterbreche den Kuss und keuche auf, als sein Daumen auf meiner Klit den Orgasmus auslöst, der sich seit dem Aufwachen in mir angekündigt hat.

Ich halte meine Augen geschlossen, während sich meine Pussy um seine Finger zusammenzieht, und spüre, wie sich seine Zähne in meinen Nacken graben und sich seine Erlösung über meine Hand ergießt.

Es dauert einen Moment, bis ich wieder zu mir zurückfinde. Beschämung erhitzt mein Gesicht. Ich hätte nie erwartet, dass so etwas passiert. Es dauert normalerweise eine Weile, bis irgendeine Form der Intimität für mich infrage kommt, aber wie bei allen Dingen bringt mich Kai so leicht aus der Fassung.

»Ich könnte noch mal«, sagt er und ich spüre seinen Schwanz, der schon wieder halb hart ist. Als mir klar wird, dass ich ihn noch immer festhalte, lasse ich ihn los.

Kai dreht mich auf den Rücken und schiebt seine Finger tiefer in mich, was mir ein letztes Zucken meines Orgasmus und ein lautes Stöhnen entlockt.

»Du bist meine Frau, Myla.«

»Das weiß ich.« Ich halte meine Lider geschlossen.

»Das ist natürlich.«

»Ich bin hierfür nicht bereit«, sage ich und mir ist, als würde sich das Bett bewegen. »Lachst du etwa?«, frage ich ungläubig und öffne ein Auge.

»Du meinst, dass du nicht bereit bist, aber du bettelst darum ... selbst wenn du schläfst.«

»Nein«, flüstere ich, reiße die Augen auf und spüre, wie ich noch röter werde.

»Ich war dreizehn, als ich das letzte Mal auf diese Weise gekommen bin. Ich bin genauso überrascht, was gerade passiert ist, wie du. Aber ich bereue es nicht. Ich bereue nicht eine Sache, die bisher zwischen uns gewesen ist.«

Ich lehne mich zu ihm, drücke ihm einen Kuss auf den Mund und stöhne auf, als er beginnt, seine Finger in mir zu bewegen. Er unterbricht den Kuss und sieht mir ins Gesicht. »Dieses Mal will ich dich ansehen, wenn du kommst. Ich habe es mir Hunderte Male vorgestellt, ab jetzt werde ich wissen, wie du aussiehst, riechst und schmeckst«, sagt er, rutscht weiter nach unten und schiebt mit den Zähnen mein T-Shirt hoch; entblößt meine Brüste. »Ich bin süchtig nach deinen Bräunungsstreifen«, sagt er, leckt über meine Brüste und bringt mich zum Wimmern. »Eines Tages entblöße ich dich vollständig und verfolge jeden einzelnen mit meiner Zunge und meinen Zähnen.«

Er widmet sich der anderen Brust und leckt darüber, ohne dabei nur ein Mal meine Nippel zu berühren. »Kai!«, heule ich auf und greife in sein Haar, als seine Lippen meine Brustspitze umfassen. Er streicht mit der Zunge darüber und erhöht zugleich das Tempo seiner Finger in mir; sein Daumen kreist um meine Klit.

Ich drücke den Kopf in das Kissen und schließe meine Augen, öffne sie jedoch gleich wieder, als er mich dazu auffordert.

Als sich unsere Blicke treffen, zersplittere ich innerlich und ein weiterer Orgasmus schießt durch meinen Körper. Noch immer sehe ich ihn an, während ich langsam wieder zu mir komme.

»Nun verstehe ich, was Schönheit wirklich bedeutet«, sagt er, zieht seine Hand aus meinem Höschen und mich an sich.

»Danke«, flüstere ich.

Er bringt etwas Abstand zwischen uns, um mich anzusehen. »Ich werde das immer für dich tun.«

Ich will gerade etwas erwidern, als ein lautes Klopfen an der Tür erklingt. »Kai!«, ruft eine Frau. »Lass Myla aufstehen! Ich habe die strikte Anordnung, sie dir heute wegzunehmen, und wenn es sein muss mit Gewalt. Ich muss sie für die Party heute Abend fertig machen.«

»Komm später wieder«, gibt Kai zurück und rollt uns herum, sodass ich auf ihm sitze.

»Das sage ich Mom!«, ruft sie in dramatischem Tonfall.

Ich beginne zu lachen, ringe aber sofort um Atem, als Kai seine Hand unter mein Shirt und die andere in mein Höschen schiebt, um meine Pobacke zu umfassen.

»Ich sollte aufstehen«, sage ich leise und sehe zu ihm hinunter.

Er berührt mein Gesicht, streicht über meine Wange, meinen Nacken, wo er mich liebevoll umfasst und meinen Mund auf seinen zwingt. Er beißt in meine Unterlippe, um mit der Zunge darüber zu lecken. »Du solltest diesen Tag mit mir im Bett verbringen«, sagt er und löst ein Prickeln in mir aus, das durch meine Mitte schießt.

»Myla, wenn du mich hören kannst – ich muss dich da wirklich rausholen«, ruft Meka.

Ich beginne, an Kais Mund zu lachen. »Wir sehen uns später.«

Er drückt meinen Hintern und hebt seine Hüften an. Während er uns einmal herumdreht, spüre ich seine harte Länge an meinem Bauch, dann ist er über mir; sein Haar wie ein Vorhang, der uns von allem abgrenzt. Er küsst mich noch einmal innig, bevor er das Bett verlässt, um sich eine Hose zu besorgen, die er anzieht, um Meka die Tür zu öffnen.

»Oh Gott, danke. Ich dachte schon, ich würde stören«, sagt sie und ich beiße mir auf die Innenseite meiner Wange. Offenbar hat sie keinen blassen Schimmer.

»Du hast uns gestört«, knurrt Kai und wirft mir einen Blick zu, in dem ich ein stummes Versprechen erkenne.

»Fährst du weg?«, fragt sie, seinen letzten Kommentar ignorierend, und kommt auf das Bett zu, wo sie sich neben mich fallen lässt.

Kai gibt ein Grummeln von sich. Er sieht zwischen uns hin und her und sein Blick wird sanfter, als er auf mir landet. »Wir sehen uns später auf der Party.«

»Wir sehen uns später auf der Party«, wiederhole ich.

Er sieht mich eine Weile an, dann wendet er sich seiner Schwester zu. »Gib auf meine Frau acht.«

»Das werde ich«, erwidert sie leise.

Ich schaue ihm nach, bis mir Meka einen Klaps auf ein Bein gibt.

»Es wird eine Weile dauern, bis ich daran gewöhnt bin, dass er verliebt ist«, sagt sie.

»Wie bitte?«

»Ich habe nie zuvor gesehen, dass er jemanden auf diese Weise ansieht, wie er es bei dir tut.«

Ich starre sie an, unsicher, was ich sagen soll, und nicht gewillt, mir etwas darauf einzubilden. Aber das Gefühl, das ich in meinem Bauch habe, seit dem ersten Moment, als ich Kai getroffen habe, lässt eine angenehme Wärme durch meinen Körper rauschen.

»Wie auch immer, du weißt ja, dass er in dich verliebt ist.« Sie lächelt und springt vom Bett. »Okay, geh duschen. Wir haben einiges zu tun.«

Ich verlasse das Bett, stolpere ins Badezimmer und dusche mich rasch. Sobald ich zurückkomme, wartet nicht mehr nur Meka, sondern auch meine Mom, Kais Mom und eine große Frau auf mich, die ein sehr fröhliches Kleid mit Blumenmuster trägt, das ihre dunkle Haut und ihre Kurven unterstreicht.

»Du bist zurück, jetzt kann es endlich losgehen.«

Als die Fremde mit einem Beutel auf mich zukommt, mache ich automatisch einen Schritt zurück. »Komm schon, Mädchen. Wir haben nicht den ganzen Tag Zeit.« Sie verdreht die Augen.

Ich sehe zu Kais Mom, aber sie lächelt nur.

»Marcy wird dich ankleiden und sichergehen, dass dein Kleid richtig sitzt. Sie kann es ändern, während wir dein Haar und dein Make-up machen.«

»Ähm, ich dachte, das wird bloß ein kleines Zusammentreffen.«

»Das ist richtig. Aber es wird auch ein Fotograf da sein, denn ich möchte ein paar Bilder von dir und Kai haben«, sagt meine Mom und macht mir sofort ein schlechtes Gewissen.

Ich schlucke meine Gefühle hinunter und gehe auf die Frau zu. »Wo soll ich hin?«

»Genau hier ist es gut.« Sie bleibt vor mir stehen, nimmt meine Maße und öffnet schließlich einen Kleidersack, aus dem sie ein weißes Kleid hervorzieht. »Du bist viel kleiner, als er es für gewöhnlich bevorzugt«, murmelt sie wohl mehr zu sich selbst.

Ich schüttle das Empfinden ab, das mich bei ihren Worten überkommt, und sehe zu meiner Mom.

»Du siehst wunderschön aus.« Meine Mom lächelt, dann beginnt sie eine Diskussion mit Kais Mom und seiner Schwester.

Obwohl ich mich in einem Raum voller Menschen befinde, fühle ich mich allein. Ich schließe die Augen und wünsche mich zurück ins Bett zusammen mit Kai.

»*Makamae.*«

Ich hebe den Kopf und sehe direkt in Kais Augen. Er lässt seinen Blick über mein Haar, meinen Körper, bis zu meinen Füßen wandern und sieht dann zurück zu mir. Als ich mein Spiegelbild betrachtete, nachdem Kais Schwester und Marcy mit mir fertig gewesen waren, war ich schockiert. Ich sah aus wie ein Model – kein bisschen mehr wie ich selbst.

Mein langes blondes Haar wurde etwas aufgehellt, mit karamellfarbenen Highlights versehen und geglättet, sodass es mir nun bis zur Mitte meines Rückens reicht. Meine Haut, die auf Hawaii dunkler geworden ist, glänzt von der Ölcreme, die sie benutzt haben. Das Kleid, das ich trage, umschmeichelt meine Figur und hebt auf eine verrückte Weise meine Brüste, was aussieht, als wären sie nicht echt. Die Schuhe, die ich trage, lassen meine Beine kilometerlang wirken.

Nachdem Kai mich ausgiebig betrachtet hat, sehe ich Hitze in seinen Augen auflodern.

Ich nehme einen tiefen Atemzug und betrachte auch ihn genauer. Sein Haar ist zurückgebunden und auf seinem Kinn ist ein Bartschatten zu erkennen, was ihm noch mehr das Aussehen eines Kriegers verpasst. Er ballt die Hände an seinen Seiten zu Fäusten und ich erkenne, dass er nicht seinen typischen Anzug trägt, sondern eine helle Anzughose mit einem weißen Hemd; die obersten zwei Knöpfe sind geöffnet. Er zieht die Augenbrauen zusammen und kommt auf mich zu, als er scheinbar bemerkt, dass ich es nicht tue.

»Was stimmt nicht?«, fragt er und stellt sich zu mir.

»Ich ... nun ja ...« Ich halte inne und sehe hinter ihm zu der geschlossenen Tür. Als ich vorhin beschloss, das hier durchzuziehen, schien es mir eine gute Idee zu sein, doch in diesem Moment bin ich mir nicht mehr so sicher.

»Wenn du nicht raus willst, können wir uns auch umziehen, einen Film einwerfen, zusperren und Aye und Pika vor die Tür stellen«, sagt er und wirkt besorgt.

Ich spüre, wie sich das Gefühl in meinem Magen auflöst und durch Wärme ersetzt wird. »Das würdest du tatsächlich tun, stimmt's?« Ich lehne mich zu ihm, lege eine Hand auf seine Brust und sehe in seine Augen.

»Natürlich.«

Ich lasse meine Emotionen durch mich hindurchrauschen und sich festsetzen, ehe ich etwas Distanz zwischen uns bringe.

»Wo gehst du hin?«, fragt er und schlingt einen Arm um mich, während er die freie Hand auf meine Wange legt und mit dem Daumen über meine Lippen streicht.

»Du ruinierst meinen Lipgloss«, werfe ich ein.

Er grinst, dann küsst er mich, bis ich atemlos bin. »Was sagst du jetzt?«

Ich wische ihm den Gloss von den Lippen. »Ich ...« Ich räuspere mich. Plötzlich bin ich nervös. »Ich habe etwas für dich.« Ich mache einen Schritt nach hinten. »Ich will nur, dass du weißt, du kannst immer Nein dazu sagen oder es verrückt nennen ...«

»Myla«, unterbricht er mich und zieht mich wieder an sich. »Worum geht es?«

Ich beiße mir auf die Unterlippe und mache mich wieder von ihm los. Dieses Mal gehe ich hinüber zum Kleiderschrank, öffne eine Lade und nehme ein kleines schwarzes Kästchen heraus, das ich vorhin dort platziert habe. Ich habe heute Morgen begriffen, dass mich der Ring, den Kai mir gegeben hat, an ihn gebunden hat. Ich wurde dadurch ständig an uns erinnert und je mehr ich darüber nachdachte, desto mehr wollte ich, dass auch er an mich gebunden ist und es jeder in seiner Gegenwart bemerkt. Ich würde lügen, würde ich behaupten, dass ich nicht enttäuscht wäre, würde er den Ring nicht annehmen, den ich ihm geben möchte, aber tief in mir weiß ich, dass dieser Moment uns und den Weg, den wir gehen, definieren wird.

Als ich schließlich wieder vor ihm stehe, reiche ich ihm das Kästchen. »Es ist okay, wenn du ihn nicht tragen möchtest«, flüstere ich, unsicher, was ich noch sagen soll. Ich kann den Ausdruck nicht deuten, als er den Ring aus dem Samtkissen zieht.

»Steck ihn mir an«, sagt er und hebt seinen Blick zu mir.

Ich atme tief ein, dann nehme ich ihm den Ring ab, spüre das Material und das Gewicht des Metalls zwischen meinen Fingern, ehe ich ihn ihm anstecke.

Als ich die Idee hatte, Kai einen Ring zu kaufen, war ich nicht sicher, was ich da überhaupt vorhatte. Ich ging zum Juwelier, wo man mir die goldenen Ehebänder zeigte, die die Männer heutzutage tragen, doch nichts davon schien mir passend für Kai. Ich gab auf und wollte den Laden gerade verlassen, als ich einen Ring in der Auslage bemerkte, in den ein traditioneller hawaiianischer Stein eingefasst war. In dem breiten Silberring ist ein schwarzes Design eingraviert, das dem Tattoo auf seinem Arm ähnelt. Ich konnte mir den Ring gut an ihm vorstellen.

Ich bin so in Gedanken versunken, dass ich erst bemerke, dass ich mich bewege, als ich das Bett in den Kniekehlen spüre – da falle ich bereits rückwärst auf die Matratze, mit Kai über mir.

»Du hast mir einen Ring gekauft«, knurrt er.

Noch immer kann ich den Ausdruck auf seinem Gesicht nicht deuten, also nicke ich nur.

»Danke«, flüstert er, küsst mich auf die Lippen und wandert weiter zu meinem Nacken und schließlich zum Ansatz meiner Brüste.

»Kai«, wimmere ich.

»Ja, *Makamae*?« Er liebkost mich, bis er wieder bei meinem Mund angelangt ist.

»Die Party«, flüstere ich, versinke aber völlig im Moment.

»Ich werde jetzt mit meiner Frau Liebe machen«, gibt er zurück und ich spüre bereits Feuchtigkeit zwischen meinen Beinen.

»Okay«, sage ich und höre, wie er leise lacht, als seine Hand die Rückseite meines Kleides berührt.

»Kommt auf der Stelle da raus!«, ruft jemand, während gleichzeitig an die Tür gehämmert wird.

»Fuck!«, brüllt Kai.

Ich höre draußen jemanden kichern.

Kai sieht mich liebevoll an. »Nach der Party da draußen gehörst du mir«, sagt er leise und drückt einen sanften Kuss auf mein Kinn.

»Ja«, stimme ich sofort zu.

Er lächelt und küsst mich noch einmal, ehe er mich mit sich vom Bett hochzieht.

»Also ist der Ring okay?«, frage ich und sehe unsicher zu Boden.

Er legt einen Finger unter mein Kinn und hebt mein Gesicht zu ihm hoch. »Er ist perfekt.« Er küsst mich erneut und betrachtet schließlich mein Gesicht. »Du bist perfekt.«

Um nichts Dummes zu sagen oder ihn zurück zum Bett zu schubsen, beiße ich mir auf die Innenseite meiner Wange. »Ich muss nur noch etwas Lipgloss auftragen«, sage ich und ein Lächeln erscheint auf seinem Gesicht.

»Es wird nicht lang halten.« Ein weiterer Kuss bringt mich zum Lachen.

»Nur gut, dass ich ein ganzes Fläschchen davon habe.« Während ich zum Badezimmer gehe, kann ich hören, wie die Zimmertür geöffnet wird und seine Schwester reinkommt. Ich betrachte mich im Spiegel und der Glanz in meinen Augen bringt mich zum Lächeln.

»Bereit?«, fragt Kai, als ich zurückkomme.

»Jepp.« Ich lächle ihn an, als er meine Hand nimmt und mich aus dem Zimmer führt.

Als wir die Party erreichen, bin ich von der großen Anzahl an Menschen erstaunt. Hundertfünfzig Leute hört sich viel an, aber sie alle zu sehen, ist überwältigend.

»Wir haben uns schon gefragt, ob ihr noch auftauchen werdet«, sagt mein Dad, als er in der einen Hand mit einem Glas Wein und in der anderen mit einem Bier auf uns zukommt.

»Ich denke nicht, dass Mom es zugelassen hätte, dass ich hier nicht auftauche, selbst wenn ich es gewollt hätte.« Ich lächle und nehme das Glas Wein, das er mir entgegenhält. Dann umarme ich ihn.

»Du siehst wunderschön aus, Liebes.«

»Danke, Dad«, flüstere ich und lehne mich an Kai, nachdem er mich an sich gezogen hat.

»Kai.« Mein Dad lächelt, schüttelt Kais Hand und reicht ihm das Bier.

»Das wirst du brauchen«, erklärt ihm Dad.

Kais Mundwinkel heben sich. »Danke.«

»Ich suche mal nach deiner Mom. Wir sehen uns später«, sagt Dad und taucht in der Menschenmenge unter.

Ich nippe am Wein und sehe mich um. »Das wird eine lange Nacht.«

»Wem sagst du das«, murmelt Kai und sein Blick fällt auf meine Brüste.

Ich kann nicht anders und muss lachen, dann küsse ich ihn auf die Wange.

Es dauert nicht lang, bis unsere Anwesenheit bemerkt wird. Die Leute kommen auf uns zu und gratulieren uns. Es fühlt sich an, als würden wir ewig im Mittelpunkt stehen. Wir haben nur eine kleine Verschnaufpause, als meine Mom mit dem Fotografen auftaucht, der ein paar Bilder von uns macht. Als ich bemerke, dass Kai mit einer Gruppe Leuten spricht, entschuldige ich mich und flüchte in unser Badezimmer. Überall im Haus sind Menschen, selbst vor den Toiletten stehen sie Schlange, also gehe ich hoch in unser Schlafzimmer, erledige schnell alles und husche rasch wieder nach draußen.

»Möchten Sie ein Glas Wein?«, fragt mich eine der Servierkräfte.

Ich überlege einen Moment, dann entscheide ich mich für ein *Ja*, nehme ein Glas vom Tablett und bedanke mich, bevor ich einen Schluck trinke. Ich gehe zurück zu Kai, ändere aber meine Richtung, als ich seine Mom sehe, die sich mit jemandem unterhält. »Danke, dass du das alles für uns tust«, flüstere ich ihr ins Ohr.

Sie wendet sich mir zu und sieht mich liebevoll an. »Ich sollte dir danken. Als Mom willst du immer nur das Beste für deine Kinder und ich habe mir viele Jahre Sorgen um Kai gemacht, dass er niemanden finden könnte, der seiner wert ist. Ich bin froh, dass er dich gefunden hat«, wispert sie und ich spüre Tränen in meinen Augen. »Nicht weinen«, tadelt sie mich und umarmt mich, wobei sie mir unabsichtlich den Wein aus der Hand schlägt.

»Ist okay.« Sie entschuldigt sich und ich lächle sie an.

»Gott sei Dank habe ich den Wein nicht über deinem Kleid ausgeschüttet«, murmelt sie, hebt das Plastikglas auf und gibt es einem der Kellner. »Geh und such deinen Ehemann, auf dem

Weg bekommst du bestimmt ein neues Glas.«

»Vielleicht war das ein Zeichen, dass ich nichts mehr trinken soll.« Ich lache.

Ihr Ausdruck verändert sich. »Du erinnerst mich so sehr an sie.«

Das Thema ist ihr sichtlich unangenehm, doch ich habe immer noch so viele Fragen über meine Eltern. Nur ist das hier weder der richtige Ort noch der richtige Moment dafür. »Ich suche jetzt nach Kai, würde mich aber freuen, mit dir zusammen zu Mittag zu essen, wenn meine Mom nicht mehr da ist. Wenn das okay ist?«, frage ich und lege eine Hand auf meinen Magen, als dieser zu rumoren beginnt.

»Das würde mich freuen. Lass uns später noch mal darüber reden. Genieß jetzt erst mal den Abend.«

»Ich danke dir.«

Sie lächelt und lässt mich stehen, als mich Schwindel überkommt. Ich schiebe das Gefühl zur Seite, nehme einen tiefen Atemzug und gehe in Richtung Kai.

Sobald ich mich neben ihn stelle, erhellt ein kleines Lächeln sein Gesicht. Er beugt sich zu mir und küsst mich auf die Lippen. »Ich habe dich vermisst«, murmelt er an meinem Mund.

Ich will ihm antworten, habe aber plötzlich das Gefühl, ohnmächtig zu werden.

»Was ist los?«

Ich sehe hoch in sein verschwommenes Gesicht und alles kippt zur Seite, als ich gegen seine Brust falle.

»Was zum Teufel ...«, knurrt er.

Ich spüre, wie ich hochgehoben und weggetragen werde. Um mich wird Aufruhr laut. Ich will fragen, was los ist, doch da wird bereits alles schwarz um mich.

Ich nehme ein Piepen in der Ferne wahr, das anfängt, mir auf die Nerven zu gehen. Als ich es schaffe, die Augen zu öffnen, erkenne ich, dass ich mich in Kais und meinem Schlafzimmer befinde.

»Schalte den Wecker aus«, krächze ich und fasse an meine Kehle, die höllisch brennt. Ich will mich aufsetzen, doch starke Arme hindern mich daran.

»Langsam«, weist mich Kais raue Stimme an.

Ich sehe zu ihm hoch. Dunkle Ringe liegen unter seinen Augen; er sieht aus, als hätte er tagelang nicht geschlafen. Ich taumle innerlich, während ich versuche, mich zu erinnern, was vorgefallen ist. »Was ist passiert?«, frage ich.

Kai hilft mir, mich aufzusetzen und gegen die Kopfseite des Betts zu lehnen, dann beugt er sich über mich und greift nach dem Wasserglas, das auf dem Nachtkästchen steht. Als ich nach dem Glas greife, bemerke ich, dass mir eine Infusion über meinen Arm verabreicht wird.

Ich sehe zu Kai, versuche zu begreifen, was los ist, doch er schüttelt nur den Kopf und hält mir das Wasser an die Lippen.

Ich nehme ihm das Glas mit zitternden Händen ab und trinke einen Schluck, dabei sehe ich mich um. Alles sieht aus wie immer, bis auf die große Maschine, die neben meinem Bett steht und von der das konstante Piepsen ausgeht.

»Es tut mir leid«, sagt Kai und ich sehe wieder zu ihm.

»Was ist passiert?«, wiederhole ich durch den Schmerz in meiner Kehle.

»Du wurdest vergiftet.« Er reibt sich über den Nacken. »Es war nur eine kleine Menge, aber noch genug, um dich auszuschalten.«

»Oh Gott«, sage ich atemlos.

»Es musste dir der Magen ausgepumpt werden. Deshalb fühlt sich deine Kehle so wund an. Der Doc meinte, es würde in ein paar Tagen besser sein.«

»Wie?«, flüstere ich, noch immer entsetzt.

»Mom erzählte mir, du hättest ein Glas Wein auf der Party getrunken; doch keiner der regulären Kellner hat dir eins gegeben.« Er reibt sich über den Nasenrücken. »Sie meinte, sie hätte es dir unabsichtlich aus der Hand geschlagen, da war es beinah noch voll.«

»Ich habe nur daran genippt.«

»Kannst du dich an den Kellner erinnern, der es dir gegeben hat?«

»Nein.« Ich kann mich an nichts mehr erinnern. »Es waren so viele Leute da.«

»Das weiß ich.« Er klingt verärgert.

»Geht es dir gut?«, flüstere ich, da er mich nicht mehr ansieht.

»Ja. Ich bin bloß froh, dass du wach bist.« Er beugt sich zu mir und küsst mich auf die Wange. »Warum legst du dich nicht noch etwas hin und ich hole inzwischen deine Eltern.«

»Meine Eltern?«

»Sie haben sich Sorgen gemacht und wollten vor deinem Aufwachen nicht abreisen. Ich wollte allerdings vor ihnen mit dir reden «, murmelt er.

So, wie er aussieht und sich seine Stimme anhört, scheint er völlig erschöpft zu sein. »Du solltest dich hier zu mir legen. Du wirkst müde. Sie können ruhig noch etwas länger warten.« Ich mag das Gefühl nicht, das ich in meinem Bauch spüre.

Er schüttelt den Kopf und nimmt mir das Wasserglas ab, dann hilft er mir, mich wieder hinzulegen.

»Kai«, wispere ich, als mir klar wird, dass er es vermeidet, mich anzusehen.

Er hebt den Blick und ich erkenne Schmerz darin aufblitzen. »Es tut mir leid«, murmelt er an meinem Mund und lehnt seine Stirn für einen Moment gegen meine, bevor er ohne ein weiteres Wort den Raum verlässt.

Ich sehe ihm hinterher und Tränen füllen meine Augen. Das ist das Ende von uns.

»Oh Liebes, bitte weine nicht«, sagt Mom, als sie zu mir kommt. Ich habe mich klein zusammengerollt, Tränen rinnen auf mein Kissen. Sie schiebt das Haar aus meinem Gesicht und reicht mir ein Taschentuch. »Wir sind so erleichtert, dass es dir gut geht.«

»Ich hatte nur eine böse Lebensmittelvergiftung«, spreche ich eine neue Lüge aus, in dem Wissen, dass ich meinen Eltern nicht sagen kann, dass jemand versucht hat, mich umzubringen.

»Gott sei Dank hat dein Ehemann schnell reagiert«, sagt Dad.

Ich nicke.

»Fühlst du dich wieder gut?« Mom betrachtet die Maschine neben meinem Bett.

»Müde, aber okay«, beruhige ich sie.

»Wir sind froh, dass du aufgewacht bist, bevor wir abreisen.«

»Ihr reist ab?«

»Wir wünschten, wir könnten bleiben, aber in der Bäckerei ist einiges los und wir haben im Moment nicht viel Hilfe«, sagt Dad und wirkt betroffen.

»Natürlich.« Ich nehme seine Hand. »Ich werde euch bald besuchen kommen«, verspreche ich und meine es auch so.

»Vielleicht kommen wir vorher noch einmal vorbei. Wer weiß ... für eine Babyparty.« Meine Mom lächelt.

Erneut drängen Tränen aus mir heraus, doch ich halte sie zurück.

»Wir lieben dich, Honey.«

»Ich liebe euch auch, Mom«, flüstere ich an dem Kloß an Emotionen in meiner Kehle vorbei.

Sie macht meinem Dad Platz, der mich auf die Stirn küsst. »Erinnere dich daran, dass es immer einen sicheren Ort gibt, an den du zurückkehren kannst«, sagt er, küsst mich noch einmal und richtet sich wieder zu seiner vollen Größe auf.

»Wir rufen an, sobald wir in Nevada gelandet sind. Erhol dich gut und sieh zu, dass das dein Ehemann auch macht.«

»Das werde ich, Mom.« Sie umarmt mich und ich küsse sie auf die Wangen.

»Bye, Liebes.« Dad nimmt Moms Hand und führt sie aus dem Zimmer.

Ich starre für eine Weile die geschlossene Tür an, dann drehe ich mich auf die Seite und ziehe vorsichtig die Laken über meine Schulter nach oben.

Als ich aufwache, ist es dunkel im Zimmer. Ich fühle das Gewicht von Kais Arm um mich und die Wärme in meinem Rücken, also kuschle ich mich dichter an ihn. Seine Umarmung wird enger, während er etwas flüstert, das ich nicht verstehen kann. Ich versuche aufzuwachen, um zu fragen, was es bedeutet, doch meine Erschöpfung übermannt mich, ehe ich die Chance dazu bekomme.

Als ich das nächste Mal aufwache, scheint die Sonne auf das Bett. Hinter mir ist es leer. Ich hebe meine Hand. Die Infusion ist verschwunden und mit ihr auch diese Maschine. Ich drehe mich um und sehe zum Wecker. Es ist zwei Uhr am Nachmittag. Ich könnte fast denken, dass gestern nur ein böser Traum war, doch dann fällt mein Blick auf ein gefaltetes Stück Papier, das neben mir auf dem Kissen liegt. Ich nehme es mit zitternden Händen entgegen und falte es auf.

Ich hatte unrecht. Ich kann dich nicht beschützen. Mein Anwalt wird sich wegen der Scheidungspapiere mit dir in Verbindung setzen und meine Männer werden sich um dich kümmern, bis du wieder sicher nach Hause kannst.

xx
Kai

Meine Lunge zieht sich zusammen und ich ringe um Atem, während es sich anfühlt, als würde mir das Herz aus meiner Brust gerissen. Obwohl ich wusste, dass es so kommen würde, bringt es mich fast um.

Ich setze mich auf die Kante des Betts, als sich die Tür öffnet.

Pikas Blick trifft auf meinen. »Brauchst du Hilfe?«, fragt er sachte.

Ich will ihn anschreien, zu gehen, doch stattdessen schüttle ich nur den Kopf und stehe langsam auf.

»Lass mich dir helfen«, sagt er, ignoriert mich und kommt ins Zimmer.

Tränen rinnen über meine Wangen, ich wische sie mit meinem Handrücken weg.

»Alles wird gut werden«, versucht er, mich zu trösten.

Das Mitleid, das ich in seiner Stimme höre, löst Wut in meinem Bauch aus. Er schlingt einen Arm um meine Schultern, doch ich schlage ihn weg; dabei stolpere ich leicht zur Seite.

»Vorsichtig«, knurrt er und klingt dabei so sehr nach Kai, dass ich explodiere.

»Geh weg!«, rufe ich und schubse ihn von mir. »Verschwinde aus meinem Zimmer!«

Er legt erneut einen Arm um mich. Ich schlage gegen seine Brust, während immer mehr Tränen über meine Wangen laufen.

»Schh«, versucht er, mich zu beruhigen. Er packt meine Fäuste und zieht mich an seinen Köper. Ich vergrabe mein Gesicht an seiner Brust und weine nur noch stärker. »Es wird alles gut werden.« Er reibt über meinen Rücken und fängt mich auf, als meine Beine unter mir nachgeben. Vorsichtig hebt er mich hoch und bringt mich zurück zum Bett, wo er mich ablegt. »Willst du, dass ich bei dir bleibe?«, fragt er und zieht die Laken wieder hoch über meine Schultern.

»Nein, ich will nur allein sein«, wispere ich durch meine Tränen hindurch und gebe mir Mühe, mich zusammenzureißen.

»Es macht mir nichts aus«, flüstert er.

Ich schüttle den Kopf.

Er nickt. Ich bin sicher, dass er noch etwas sagen will, doch stattdessen küsst er mich auf die Stirn und richtet sich auf.

Wenig später schließt sich die Tür, doch ich starre weiterhin den Himmel durch das Fenster an.

Myla, das ist dumm. Du warst doch nicht mal richtig verliebt in ihn. Hör auf, dich wie eine liebeskranke Idiotin aufzuführen, sage ich zu mir in Gedanken, vergrabe mein Gesicht im Kissen und beginne zu weinen.

7. Kapitel

Myla

Limbo

»Was backst du da?«

Ich sehe zu der offenen Küchentür, wo Aye steht, und verenge meine Augen. »Nichts für dich, und wag es ja nicht, reinzukommen.« Ich deute mit dem Löffel in seine Richtung und versuche, mich ernst anzuhören. Er taucht immer auf, wenn ich gerade dabei bin, etwas zu backen.

»Willst du das deinem Daddy wirklich antun?«, fragt er und ich kann nicht anders, als ihn anzulächeln.

»Fein. Du darfst einen haben, aber zuerst versprichst du mir, dass du mich wo hinbringst.«

»Ich werde das machen«, sagt Pika, als er zu uns stößt.

»Du musst das nicht machen«, gebe ich zurück und sehe ihm dabei zu, wie er einen Finger in die Schüssel mit dem Keksteig steckt und ihn ableckt.

»Du weißt doch, es macht mir nichts aus.« Er sieht mich liebevoll an, was mich unsicher von einem Fuß auf den anderen treten lässt.

Seit Kai weg ist, sind Pika und Aye ständig an meiner Seite. Ehrlich gesagt, wäre ich verloren ohne die beiden, doch seit letzter Woche hat sich etwas an Pikas Blick verändert, wenn er mich ansieht.

»Ich mache das«, sagt Aye und rettet mich.

»Danke«, gebe ich zurück und forme weitere kleine Keksbällchen, die ich auf dem Backpapier verteile. Dabei ignoriere ich die Hitze, die von Pika neben mir ausgeht.

»Wohin wollt ihr denn?«, fragt er nach einer Weile.

Ich sehe ihn über meine Schulter hinweg an und überlege, wie ich ihm antworten soll. »Kais Anwalt sollte die Scheidungspapiere für mich vorbereiten, doch da ihr mir nichts darüber sagen wollt, werde ich mir einen eigenen Anwalt zulegen.«

»Myla«, sagt Aye.

Ich wende mich im rasch zu. »Nein«, sage ich kopfschüttelnd. »Ihr seid seine Freunde und ich verstehe, dass euch das in eine unangenehme Situation bringt, aber ich muss das tun. Ich will nicht in der Luft hängen.«

»Ich bringe dich hin, wenn Aye es nicht tut«, sagt Pika.

Ich sehe zu ihm und nicke einmal.

»Pika.« Aye wirft die Arme in die Luft.

»Ich fahre sie«, wiederholt Pika ruhig.

»Fuck!«, ruft Aye und verlässt die Küche.

»Komm einfach, sobald du fertig bist«, murmelt Pika.

Ich atme langsam aus, während ich Pika und Aye irgendwo im Haus miteinander streiten höre. Es gefällt mir nicht, dass ich diese Schlucht zwischen ihnen aufreiße, aber ich kann das hier nicht länger machen. Ich bin aus Kais Zimmer ausgezogen, als er das Haus verlassen hat, und kein einziges Mal zurückgekehrt. Ich kann nicht jeden Tag in seinem Bett, umhüllt von seinem Geruch, aufwachen.

Ich hasse es, dass ich jedes Mal diesen Schmerz fühle, wenn ich auch nur an ihn denke. Den Schmerz, den ich gefühlt habe, als ich diese Zeilen von ihm las. Ich hasse, was er getan hat, und dennoch kann ich mich nicht dazu bringen, *ihn* zu hassen. Ich habe viel zu spät bemerkt, wie sehr Kai mir bereits unter die Haut gegangen ist. Er ist in mein Leben gekommen, hat mich glauben gemacht, dass da etwas Wundervolles zwischen uns ist, und es mir ohne Vorwarnung wieder weggenommen.

Ich sehe hinunter auf die Schüssel und mein Blick trifft auf den Ring. Ich habe es bisher nicht geschafft, ihn abzunehmen. Ich entlasse meinen zittrigen Atem und weiß plötzlich genau, was ich tun muss. Ich muss nur stark genug sein, es durchzuziehen.

Ich sehe einen Moment hinaus auf das Meer, bevor ich mich wieder meinem Computer zuwende. Mein Blick landet auf dem Bild, das ich als Hintergrund verwende. Es ist eins der Fotos, das in jener Nacht auf der Party, die meine Mom für uns organisiert hat, gemacht wurde. Myla steht an meiner Seite, ihr Körper an meinen gedrückt. Meine Hand liegt auf ihrem Hintern, ihr Kopf ist zurückgeneigt und sie lächelt zu mir hoch, während ich zu ihr hinuntersehe. Von diesem Blickwinkel aus kann man es nicht erkennen, aber als ich in ihre Augen sah, konnte ich den Ausdruck purer Verwunderung nicht verstehen.

Myla ist die schönste Frau, die ich je in meinem Leben getroffen habe. Ich bereue, ihr nicht bei jeder Gelegenheit gesagt zu haben, wie wunderschön sie ist. Als ich sie das erste Mal getroffen habe, nahm ich an, dass sie – wie alle anderen Frauen, die so aussehen – weiß, welche Wirkung sie auf Männer hat. Ich habe bald verstanden, dass ihr nicht klar ist, welche Macht sie durch ihr bloßes Aussehen in der Hand hält. Sie weiß nicht, dass ein Lächeln ausreicht, um einen Mann in die Knie zu zwingen.

Ich betrachte den Ring an meinem Finger, ziehe ihn ab und stecke ihn in meine Hosentasche. Ich trage ihn nur, wenn ich für eine Weile allein sein kann.

Ich will, dass jeder glaubt, Myla und ich seien fertig miteinander, auch wenn das nicht so ist. Als ich Myla zurückgelassen habe, war mir klar, dass die Situation zwischen uns schwierig werden würde, aber wäre ich auf Hawaii geblieben, hätte ich riskiert, dass sie ein weiteres Mal verletzt wird.

Nachdem sie vergiftet wurde, fand ich heraus, dass der Täter einer meiner Feinde war. Gerüchten zufolge hieß es, dass ich nun eine Schwachstelle besäße. Vor Myla war das nicht der Fall. Um meine Geschwister musste ich mir nie Sorgen machen, denn jemand hatte immer ein Auge auf sie. Dasselbe galt für meine Eltern. Ich habe es nie in Betracht gezogen, dass man in Myla eine Möglichkeit sehen könnte, mich von meiner Position zu stürzen, bis zu dem Moment, als ich sie nach Atem ringend in meinen Armen gehalten habe. Da wurde mir schnell klar, dass ich sie so einem Risiko nicht aussetzen kann. Ich könnte nicht damit leben, stieße ihr wegen mir etwas zu. Schon gar nicht, nachdem ich sie aus den egoistischsten Gründen geheiratet habe.

Alles, was nun zählt, ist, ihre Sicherheit zu gewährleisten. Mir ist bewusst, dass meine Entscheidung, zu gehen, nicht genug ist, um sämtliche Anschläge auf sie abzuwenden, also muss ich an dem Kerl, der ihr das angetan hat, ein Exempel statuieren. Solang ich lebe und atme, wird niemals jemand die Chance bekommen, ihr Schaden zuzufügen.

»Herein«, rufe ich, als es an meiner Tür klopft, und rolle mit dem Stuhl etwas zurück.

Mein Bruder hat mir vor wenigen Augenblicken gesagt, dass Snider mit einem seiner Männer auf dem Weg zu mir hoch sei. Es kotzt mich an, denn damit deutet er an, dass ich keine Bedrohung für ihn darstelle.

Seit ich den Status meines Vaters übernommen habe, habe ich mich bedeckt gehalten und mich aus dem ganzen Hin und Her zwischen den Familien herausgehalten. Stattdessen habe ich mich darauf konzentriert, aus dem Familiengeschäft etwas zu machen, das eines Tages meine Kinder übernehmen können. Manche Leute haben daraus geschlussfolgert, ich sei schwach. Sie haben vergessen, dass meine Familie eine machtvolle Position innehat, die sich über Generationen zurück erstreckt. In der Vergangenheit hat es nicht viele Leute gegeben, die dumm genug gewesen wären, sich mit uns anzulegen. Der Tag, an dem Myla vergiftet wurde, hat das geändert.

Sobald sich die Tür öffnet, betritt Snider zusammen mit seinem Bodyguard den Raum. Ich stehe auf und betrachte ihn. Dabei frage ich mich, wie er annehmen kann, in der Lage zu sein, anderen Angst einzujagen. In den letzten Jahren hat er sich ganz schön gehen lassen. Scheinbar macht er sich weder über sein Auftreten noch über seine Gesundheit Gedanken, denn er trägt gut zwanzig Kilos extra mit sich herum. Einzelne lange

Strähnen verdecken den kahlen Fleck, der sich immer mehr zur Glatze entwickelt; ein trauriger Versuch, etwas aus seinem Haar zu machen. Der naviblaue Trainingsanzug aus Velours, all der Goldschmuck und die Sneakers wirken, als hätte er zu viele Folgen der *Sopranos* gesehen. »Nett, Digger«, sagt er und setzt sich auf einen der Stühle vor meinem Tisch. »Wie komme ich zu der Ehre für dieses Treffen?« Er lehnt sich zurück und faltet die Hände in seinem Schoß. Dabei sieht er aus, als würde er sich um nichts in der Welt scheren.

Ich setze mich ebenfalls, ziehe die Waffe unter meinem Tisch hervor und entsichere sie. »Meine Frau wurde vor einem Monat vergiftet. Ich habe gehört, dass du derjenige warst, der dafür verantwortlich ist.«

»Deine Ex-Frau meinst du?«, will er wissen und der Kerl neben ihm lacht. »Sie war heute bei einem Scheidungsanwalt.« Er lächelt. »Oh, das weißt du noch gar nicht? Du denkst wohl, wir sind alle Idioten, aber ich hatte wohl das richtige Gefühl, als ich dich sagen hörte, dass du mit ihr fertig seist.« Er wendet sich seinem Bodyguard zu und spricht auf Russisch weiter. »Ein solches Mädchen kannst du dein Leben lang ficken und immer neue Möglichkeiten finden, sie mit deiner Wichse zu füllen.«

»Ich würde ihrer schnell überdrüssig werden, sobald sie von meinen Kindern fett geworden ist«, erwidert der Bodyguard in derselben Sprache.

Ich sehe rot, hebe die Waffe und jage ihm eine Kugel durch den Kopf. Dann richte ich die Waffe auf Snider, während die Überreste seines Bodyguards auf den Boden fallen.

»Wen hast du auf sie angesetzt?«, knurre ich, bereit, auch ihm eine Kugel durch den Schädel zu schicken.

»Du kannst mich nicht umbringen, Kai, und das weißt du«, sagt er, holt ein Taschentuch aus seiner Hosentasche und wischt die Blutspritzer aus seinem Gesicht.

Angewidert schüttle ich den Kopf. »Du scheinst vergessen zu haben, wer ich bin und wer meine Familie ist.«

»Ich habe nichts vergessen. Aber nur weil du auf dem Thron deines Vaters sitzt, bist du nicht so machtvoll, wie er es war.«

Ich lächle, drücke den Abzug und jage ihm eine Kugel durch die Schulter. »Du hast wohl vergessen, dass ich jahrelang die rechte Hand meines Vaters war.«

Seine Augen werden groß. Er schreit auf, betrachtet seine Schulter und sieht schließlich wieder zu mir. »Das kannst du nicht machen!«

»Denkst du, ich würde dich oder andere fürchten?« Ich erhebe mich. »Ich fürchte niemanden außer die Götter und wenn die Zeit kommt, werde ich nur ihnen Rechenschaft ablegen. Und nun sag mir, wer meine Frau observiert!«

»Wenn du mich umbringst, bist auch du so gut wie tot«, sagt er, meine Frage ignorierend.

»Ah.« Ich gehe um den Tisch herum und setze mich auf die Kante. »Du bist dumm, Snider. Du warst schon immer voreilig, diese Situation ist keine Ausnahme. Du denkst nicht, sondern handelst gleich.«

»Wenn du mich umbringst, löst das einen Krieg aus.«

»In dem Moment, als du Myla in den Fokus gerückt hast, hast du bereits einen Krieg mit mir ausgelöst«, knurre ich und jage ihm auch durch die andere Schulter eine Kugel.

Sein Körper fällt in sich zusammen und er muss darum kämpfen, seinen Kopf zu heben, um mich anzusehen.

»Ich werde sichergehen, dass jedes Stück von dir fair unter deinen Freunden aufgeteilt wird.«

»Jeder weiß, wer sie ist. Paulie jr. will sie für sich haben«, presst er hervor.

Eiseskälte flutet durch meine Venen, aber ich dränge das Gefühl zur Seite. »Dann muss er zuerst an mir vorbei.« Ich drücke den Abzug und schieße ihm zwischen die Augen.

Einen Moment später wird die Tür geöffnet und mein Bruder kommt herein.

»Hat Myla heute einen Scheidungsanwalt aufgesucht?«, frage ich ihn.

Er betrachtet die Männer, die auf dem Boden liegen. »Das hat sie. Aye hat von Pika verlangt, sie nicht zu fahren, aber er hat nicht auf ihn gehört. Er denkt, dass Pika Gefühle für sie entwickelt«, erwidert er.

»Sie ist meine Frau!«, brause ich auf und wische alles von meinem Tisch.

»Nicht mehr lang«, sagt er leise.

Als ich Hawaii verlassen habe, habe ich alle meine Männer bei Myla gelassen, nur mein Bruder ist mit mir gegangen. Ich habe ihm erzählt, was mit Myla passiert ist; auch, dass es als Lüge begonnen hat, sich die Dinge aber inzwischen geändert haben.

»Was hat der Anwalt getan, den sie aufgesucht hat?«

Er sieht mich an und mir wird klar, dass er nicht antworten möchte. Ich weiß auch, warum. »Fuck.«

Es gibt nur zwei Anwälte, die zu dieser Jahreszeit verfügbar sind und einer, oder besser gesagt *eine*, davon würde mehr als bereit sein, Myla zu helfen, mir während einer Scheidung den Arsch aufzureißen. Diese Anwältin würde keine Zeit verschwenden und jeden Moment genießen.

»Kehren wir nach Hause zurück?«, fragt er und zieht sein Handy aus der Hosentasche.

»Ja. Ruf den Putztrupp an«, trage ich ihm auf. Ich ziehe Sniders Telefon aus dessen Hosentasche und scrolle durch die Anrufliste, bis ich die Nummer gefunden habe, nach der ich gesucht habe. Ich drücke auf Paulie jrs. Namen und halte mir das Telefon ans Ohr.

»Was ist?«, antwortet er nach einem Moment.

»Ich habe erfahren, dass du Interesse an meiner Frau hast.«

»Fuck«, murmelt er, dann höre ich, wie Bewegung ins Spiel kommt.

»Ich wollte dir nur sagen, dass Snider nicht mehr in der Lage ist, abzuliefern. Denk also nicht mal an meine Frau, sonst bist du der Nächste.«

»Kai«, sagt er und ich kann die Angst in seiner Stimme hören.

Ich kenne Paulie jr., seit wir beide zehn Jahre alt waren und unsere Väter begonnen haben, uns in das jeweilige Familiengeschäft zu integrieren. Während unseres ersten Treffens lernte ich, wie unterschiedlich unsere Väter uns erzogen haben. Mein

Vater zog mich mit strenger Hand und einer großen Menge Respekt auf, während ihn sein Vater das Fürchten lehrte, was bald dazu führte, dass sein Sohn den Posten seines Vaters stürzen wollte. Natürlich hinter seinem Rücken. Hätte sein Vater jemals Wind davon bekommen, hätte er seinen eigenen Sohn, ohne zu zögern, ausgeschaltet.

»Sei klug. Vergiss alles, was du über meine Frau weißt.« Ich unterbreche das Telefonat und sehe zu meinem Bruder, der ebenfalls gerade auflegt.

»Der Putztrupp ist auf dem Weg und die Maschine ist fertig, wenn wir es sind.«

»Ich danke dir«, murmle ich, gehe zu meinem Laptop, fahre ihn runter und sehe zu, wie das Bild von Myla und mir verschwindet.

Selbst mit dem Krieg, der sich gerade zusammenbraut, weiß ich, dass der wichtigste Kampf bei mir zu Hause auf mich wartet.

8. Kapitel

Myla

Honey, I'm Home

Ich wandere auf der Suche nach Pika und Aye durch das Haus. Seit ich heute Morgen aufgewacht bin, sind sie mir aus dem Weg gegangen.

Pika brachte mich gestern zu der Anwältin, um die Scheidung einzuleiten. Als wir das Büro erreichten, war ich ein nervöses Wrack. Das alte Gebäude wirkte wie alle anderen in der Gegend, aber an diesem war etwas, das mir Angst einjagte.

»Bist du sicher, dass du das durchziehen willst?«, fragte Pika.

»Ich bin sicher.« Ich öffnete die Wagentür und stieg aus. »Bin gleich zurück.«

»Ich werde hier sein.«

»Danke«, murmelte ich, schloss die Wagentür und ging auf das Gebäude zu.

Als ich schon beinah da war, musste ich mich selbst davon abhalten, mich umzudrehen und zurückzulaufen, um Pika zu bitten, mich nach Hause zu bringen. Ich konnte das. Ich konnte nicht zulassen, dass Kai über meine Zukunft entschied. Hätte ich darauf gewartet, dass er mir die Scheidungspapiere überreicht, hätte ich genau das zugelassen.

Eine Glocke läutete, als ich die Tür öffnete. Eine wunderschöne Frau in einem Hosenanzug kam aus einem der hinteren Büros und begrüßte mich in der Lobby.

»Myla?«, fragte sie, schenkte mir ein kleines Lächeln und hielt mir die Hand entgegen.

»Hi«, erwiderte ich, legte meine Hand in ihre und war überrascht von dem festen Händedruck.

»Ich bin Tammy. Meine Empfangsdame hat heute Nachmittag frei, ich hoffe, es stört Sie nicht, wenn wir gleich loslegen?«

»Nein, das ist in Ordnung.«

»Möchten Sie ein Glas Wasser oder ein Soda?«, fragte sie.

Ich schüttelte den Kopf und knetete meine Hände.

»Alles wird gut werden.« Sie lächelte erneut. »Folgen Sie mir und wir können gleich loslegen.«

»Natürlich«, stimmte ich ihr zu und folgte ihr in ein großes Büro.

Sie nickte zu einem der Stühle vor ihrem Tisch. »Als wir gestern miteinander sprachen, meinten Sie, Sie würden die Scheidung einreichen wollen. Ist das richtig?«

»Ja«, wisperte ich und warf einen Blick zur Tür, auf die ich zu gern zugelaufen wäre.

»Darf ich fragen, warum?«, forschte sie nach.

Ich sah sie an, dann blickte ich zurück zur Tür. »Ich denke, ich habe einen Fehler gemacht«, flüsterte ich.

»Ich denke, dass sich viele Frauen so fühlen«, murmelte sie.

Ich lachte beinah schon hysterisch auf, während Tränen über meine Wangen zu laufen begannen. Es dauerte eine Minute, bis ich mich halbwegs gefangen hatte. Sobald ich so weit war, entdeckte ich ein Lächeln auf ihrem Gesicht. »Das habe ich gebraucht«, sagte ich, wischte die Tränen unter meinen Augen fort und entspannte mich etwas.

Die restliche Zeit verging wie im Flug. Als ich das Büro verließ, war ich nicht nur sicher, die richtige Entscheidung getroffen zu haben, als ich die Unterlagen ausfüllte, sondern auch endlich diese Lügen hinter mir lassen zu können.

Tammy versicherte mir, dass sie die Papiere vorbereiten und Kai zustellen würde. Sie erklärte mir, dass wir – auch wenn Kai nicht unterschreiben wollte – ohne ihn prozessieren könnten, da ich ohnehin nichts von den Dingen wollte, die mir rechtmäßig und ohne Ehevertrag zustehen würden.

Als ich Stimmen aus Kais Büro vernehme, kehre ich aus meinen Gedanken zurück. Seit er fort ist, hat diesen Teil des Hauses niemand betreten. Es überrascht mich, nun ein leises Gespräch hinter verschlossenen Türen zu hören. Ich husche auf Zehenspitzen über den Flur, darauf bedacht, kein Geräusch zu machen und drücke vorsichtig mein Ohr gegen das Türblatt.

Etwas Warmes, Schweres drückt mich stärker gegen die Tür.

»Was belauschen wir?«, wird in mein anderes Ohr geflüstert.

Ich quietsche auf, als sich bereits starke Arme um mich legen. »Ruhig«, sagt eine allzu vertraute Stimme, die sofort eine körperliche Reaktion hervorruft und Schmerz in meine Brust schießen lässt.

»Nein«, flüstere ich, als sich Kais Bürotür öffnet und Pikas und Ayes Blicke auf mir landen. Ich neige den Kopf nach hinten – betend, dass ich falschliege, dass Kai nicht nach Hause gekommen ist, doch ich irre mich.

»Lass mich los«, wispere ich und kämpfe gegen seinen Griff an.

Sein Ausdruck wird sanft. »*Makamae*«, flüstert er und seine Arme umfassen mich fester, als würde er mich nicht loslassen wollen.

»Lass mich los«, wiederhole ich, dieses Mal lauter.

»Wir müssen reden«, sagt er ruhig.

»Ha!«, schreie ich, so laut ich kann. »Nun, wenn du das meinst, Kai, dann lass uns reden.«

»Ich weiß, dass du sauer bist.«

»Nein, Kai, ich bin nicht sauer.« Ich schüttle den Kopf so stark hin und her, dass ich vermutlich wirke, als wäre ich verrückt.

»Wenn du mir nur einen Moment zuhörst, kann ich alles erklären.«

Ich halte inne, zwinge mich, mich zu entspannen, während sein Griff um mich nur noch fester wird. »Na schön«, hauche ich und bin neugierig, was er zu sagen hat. Ich will so sehr, dass er alles in Ordnung bringt und damit der Schmerz in meiner Brust verschwindet.

»Ich musste die Leute, die versucht haben, dich zu verletzen, glauben machen, dass wir nicht länger ein Paar sind.«

Meine Eingeweide ziehen sich zusammen. Selbst wenn das der Fall war – selbst wenn er das nur getan hat, um mich zu beschützen –, hätte niemand wissen können, dass er mir eine Nachricht hinterlassen hat. Niemand wusste, dass er mir mitteilte, dass mich sein Anwalt kontaktieren würde. Niemand wusste, dass ich Stunden allein in unserem Bett heulte, umgeben von seinem Geruch. Er hätte mit mir reden können, mir sagen können, was er vorhat, stattdessen hat er mir in dieser Sache keine Wahl gelassen. Er hat mich verlassen, als würde ich ihm absolut nichts bedeuten.

»Du hast deinen Job gut gemacht«, sage ich abfällig.

»Du musst das verstehen«, sagt er leise und drückt mich.

Ich reiße mich los und wende mich ihm zu, um ihn anzusehen. »Ich verstehe, dass ich dich schon vor Wochen gebeten habe, mit mir über *alles* zu sprechen.« Ich betone das Wort absichtlich. »Ich verstehe, dass du die Möglichkeit gehabt hättest, mit mir zu sprechen, du dich aber dagegen entschieden hast. Und ich verstehe außerdem, dass das zwischen uns nie echt war, also sollte die Tatsache, dass es vorbei ist, auch nicht wirklich wehtun.« Ich schiebe mich an ihm vorbei und gehe in Richtung Küche.

»Myla, ich gehe nicht weg!«, ruft er mir hinterher.

Ich drehe mich um, doch mir bleiben die Worte im Hals stecken, also sage ich nichts und gehe stattdessen weiter. In der Küche schnappe ich mir ein Glas Wasser, ehe ich hinunter zum Strand laufe, wo ich so lang sitzen bleibe und auf den Ozean starre, bis es kalt wird und ich gezwungen bin, wieder ins Haus zurückzukehren.

Ich verlasse das Bett, ziehe eine Hose und einen Hoodie an, und gehe in die Küche. Ich gebe es auf, zu schlafen. Ich habe mich stundenlang hin und her gewälzt, unfähig, meinen Kopf auszuschalten. Also habe ich entschieden, etwas zu backen.

Schon in jungen Jahren war das Backen immer eine Zuflucht für mich. Auch jetzt ist es wohl das Einzige, das mich ablenken kann. Ich schalte das Licht in der Küche ein und sammle alle nötigen Utensilien zusammen, um Ananas-Cupcakes mit einer Rum-Creme-Glasur zu zaubern. Als ich damit beginne, Eier aufzuschlagen, sehe ich aus dem Augenwinkel eine Bewegung.

Mein Magen macht einen Satz. Ich erwarte Kai, doch stattdessen trifft mein Blick auf Pika. »Ich sehe dich«, sage ich und fahre damit fort, die Zutaten in die Schüssel zu geben.

»Wie fühlst du dich?« Er kommt zu mir und setzt sich auf die Anrichte neben mir.

Ich denke für einen Moment darüber nach, wie ich mich wegen Kai fühle, und ehrlich gesagt, weiß ich nicht, was ich antworten soll. »Keine Ahnung.« Ich zucke die Schultern, ziehe die Form für die Cupcakes hervor und beginne, die Vertiefungen mit kleinen Förmchen zu füllen.

»Ich kenne Kai nun schon eine lange Zeit.«

Ich schlucke, sehe ihn aber nicht an.

»Ich weiß, dass du das nicht hören willst, aber er hat die richtige Entscheidung getroffen.«

Ich hebe den Kopf in seine Richtung. »Du denkst nicht, dass er mit mir hätte reden sollen? Irgendwas sagen? Oder mir zumindest einen Hinweis geben, dass es zwischen uns nicht aus ist?« Ich fühle, wie der Schmerz in meiner Brust zurückkehrt. »Es tut mir leid, aber ich kann mir nicht vorstellen, mit jemandem zusammen zu sein, der mir wichtig ist, und diese Person ohne einen Blick zurück zu verlassen ... ohne einen richtigen Abschied.«

»Myla, denk daran, wo er herkommt. Du triffst dieses Mädchen und aus dem Nichts ändert sich dein Leben. Sie wird zu der einen Person, die es wert ist, für sie zu kämpfen, sie zu beschützen. Denk daran, welche Art Mann er ist, und dann sag mir, dass er nicht das Richtige getan hat.«

»Das hat er nicht, Pika. Er hat nicht gekämpft. Nicht für mich«, flüstere ich und betrachte die Schüssel in meinen Händen. »Wenn du also nur hier bist, um mich zu überzeugen, dass sein Handeln richtig war, kannst du gern wieder gehen.«

»Ich bin hier für dich als Freund«, sagt er und zieht an meinem Arm, bis ich zu ihm gehe.

Ich stehe zwischen seinen Beinen da, meinen Kopf an seine Brust gelehnt, meine Arme um ihn gelegt, während ich seine Lippen auf meinem Kopf fühle.

»Eines Tages, Myla, wirst du erkennen, dass er recht hatte.«

Ich sehe aus dem Fenster und betrachte den Regen, der in den Ozean fällt. Das Bild wirkt genauso turbulent, wie es meine Gefühle sind. Kai stand vor einer Stunde vor meinem Zimmer, klopfte an meine Tür und teilte mir mit, dass seine Mom am Abend hier sein würde. Ich ignorierte ihn und auch das Gefühl, das mich überkam, als er nichts weiter sagte oder versuchte, die Tür zu öffnen.

Ich hasse es, mich so verwirrt zu fühlen. Ich komme nicht dahinter, was ich von ihm erwarte. Will ich, dass er um mich kämpft, oder will ich bloß, dass er mich in Ruhe lässt?

Ich schüttle über meine eigenen dummen Gedanken den Kopf und blicke in den Spiegel. Ich will für Kais Mom anständig aussehen. Sie würde es nicht verstehen, wenn ich in meiner Jogginghose und mit gigantischen Ringen unter den Augen von den schlaflosen Nächten des letzten Monats auftauchen würde. Das würde für sie nur Millionen von Fragen aufwerfen, die ich nicht bereit bin, zu beantworten. Also ziehe ich stattdessen meine Lieblingsjeans an, die schon bessere Tage erlebt hat, und zwar vor genau zehn Jahren. Sie ist ausgewaschen und vorne löchrig. Ich habe sie bereits so gekauft, nur die Löcher sind mit der Zeit größer und größer geworden. Manche vom Tragen, manche von mir, wenn ich daran herumgenestelt habe.

Darüber ziehe ich ein weißes Tanktop an und, da es regnet, auch noch einen orangefarbenen Sweater mit kleinen weißen Punkten, dessen Ärmel ausgestellt sind. Meine Haare binde ich zu einem Knoten auf meinem Kopf zusammen und trage etwas Abdeckstift auf, ein wenig Rouge und Mascara. Seufzend schlüpfe ich in meine Flip-Flops und gehe zur Tür.

Hätte man mir vor einem Monat gesagt, ich könne mit der besten Freundin meiner echten Mom zusammensitzen, um ihr Fragen zu stellen, hätte ich Luftsprünge gemacht. Doch heute fühle ich mich nicht danach. Ich will nicht über meine Vergangenheit sprechen. Ich will über gar nichts sprechen. Ich will in meinem Bett liegen und mir selbst leidtun. Oder mich unter Millionen Decken vergraben, die Klimaanlage aufgedreht, während ich Filme gucke und Eiscreme esse.

Ich öffne die Tür und ziehe die Brauen zusammen, als ich einen Mann davorstehen sehe, der mir noch nie zuvor begegnet ist. Er ist groß – hat bestimmt über hundertdreißig Kilo und kommt locker auf einen Meter neunzig. Ich schätze, dass er Anfang vierzig ist. Seine Haut hat dieselbe Farbe wie die von Kai und auch sein Haar ist lang und aus seinem Gesicht gebürstet. Er trägt ein helles, mit Blumen bedrucktes Hemd, dessen obersten zwei Knöpfe geöffnet sind, was die dichten Haare auf seiner Brust offenbart, sowie eine dicke goldene Kette.

Mein Blick wandert weiter nach unten, über seine beigen Shorts und die Ledersandalen mit dicken schwarzen Solen und ebenso dicken Bändern, die um seine Fußgelenke gewickelt sind.

»Wer bist du?«, frage ich und mache einen Schritt zurück.

»Frank.« Er lächelt und offenbart damit seine perfekten weißen Zähne mit einem Goldzahn in der oberen Reihe.

»Ähm ...« Ich bin verwirrt, während sein Lächeln immer breiter wird.

»Onkel Frank«, sagt er, als solle ich wissen, wer er ist. »Aww, jetzt komm schon!« Er wirft seine Hände in die Luft; an jedem Finger steckt ein Goldring. »Dieser verdammte Junge hat auch wirklich nichts für mich übrig.« Er schüttelt den Kopf. »Kai ist mein Neffe. Seine Mutter ist meine Schwester.«

»Oh«, sage ich, noch immer verwirrt, weil er vor meinem Schlafzimmer steht.

»Er hat mich geschickt, um nach dir zu sehen.«

»Was? Wo sind Aye und Pika?«, frage ich und sein Gesicht verändert sich leicht.

»Sie wurden anderweitig gebraucht.«

»Wo ist Kai?«

»Keine Ahnung.« Er zuckt die Achseln, dann lächelt er wieder. »Bist du bereit, es durchzuziehen?«

»Was durchziehen?«

»Runter in die Bibliothek zu gehen«, erklärt er, als würden wir etwas viel Aufregenderes machen, als nur in die Bibliothek zu gehen.

»Klar«, murmle ich, noch immer verwirrt.

Er grinst und zieht eine Pistole aus dem Hosenbund an seinem Rücken. Ich schreie auf, springe zurück in mein Zimmer und schließe die Tür. Mein Herz trommelt hart, während ich zu Boden sinke und auf das Fenster zurobbe, damit ich nicht getroffen werde, sollte er durch die Tür schießen.

»Aww, verdammt! Ich werde dich nicht erschießen, Mädchen! Ich bin hier, um dich zu beschützen!«, ruft er durch die geschlossene Tür.

»Geh weg! Ich habe auch eine Waffe und keine Skrupel, sie zu benutzen!«, rufe ich zurück, obwohl ich natürlich keine Waffe habe. Ich wüsste nicht mal, wie ich sie benutzen muss. Vermutlich würde ich mich unabsichtlich selbst damit erschießen.

»Verdammt großartig«, murmelt er und klopft an die Tür. »Bitte komm raus, ich stecke die Waffe weg.«

»Hau ab!«, rufe ich, öffne das Fenster und sehe hinunter. Ich stecke hier fest. Würde ich aus dem Fenster springen, würde ich vermutlich in den Tod stürzen. Durch die Tür könnte ich von einem verrückten Kerl erschossen werden.

»Ich hole meine Schwester«, sagt er und klopft erneut an. »Könntest du nur weder Kai noch meiner Schwester etwas über die Sache mit der Waffe sagen?«, bittet er und ich frage mich langsam, wie verrückt der Kerl tatsächlich ist. »Ich nehme das als ein Ja«, sagt er, dann herrscht Stille.

Ich sehe mich in meinem Zimmer um. Es ist riesig, mit einem großen Kingsize-Bett, zwei Nachttischen, zwei Kleiderschränken, einem großen Wandschrank und einem eigenen Badezimmer. Was das Zimmer nicht besitzt, ist etwas, um sich zu verstecken. Ich sehe wieder zu Tür. *Frank* könnte auch versuchen, mich auszutricksen, und noch immer vor der Tür stehen, darauf wartend, dass ich so dumm wie die Mädchen aus *Scary Movie* bin und ihm direkt in die Arme laufe.

»Myla«, erklingt die Stimme von Kais Mom Leia und mein Magen verknotet sich, weil ich weiß, dass nun auch sie in Gefahr schwebt. »Myla, Liebes, bitte öffne die Tür. Mein Bruder ist ein Idiot. Er wollte dich nicht erschrecken«, sagt sie und ich kann ein Lächeln in ihrer Stimme wahrnehmen.

»Ich habe es dir gesagt, Mädchen. Ich bin hier, um dich zu beschützen«, sagt Frank und ich höre ein lautes Klatschen.

»Kannst du jetzt still sein, bis ich sie da rausbekommen habe?«

»Ich wollte sie nur wissen lassen, dass ich ihr Bodyguard bin«, jammert er.

»Das hast du bereits gesagt, Frank, und offenbar hast du das arme Mädchen damit zu Tode erschreckt. Warum lässt du mich das nicht einfach regeln?«

»Na schön.«

»Myla, Liebes, bitte komm raus.«

Ich sehe mich nach einer Waffe um, aber alles, was ich finden kann, sind die Lampen auf meinen Nachttischen. Ich nehme eine an mich, stecke sie aus und trage sie mit zur Tür. Wenn nötig, kann ich zumindest Kais Mom retten. Vorsichtig öffne ich dir Tür und mein Blick trifft auf den von Leia.

»Ah, verdammt«, murmelt Frank, wirft die Hände in die Höhe und schaut hoch zur Decke.

»Du musst meinem Bruder verzeihen. Er kann ein bisschen ...« Sie macht eine Pause, als würde sie nach den richtigen Worten suchen. »... aufreibend sein.«

Ich sehe zuerst sie an, dann zu Frank und denke, dass ein *bisschen aufreibend* etwas untertrieben ist.

»Tut mir leid, Mädchen.« Frank lächelt und legt einen Arm um die Schultern seiner Schwester. »Sie ist süß«, sagt er zu ihr und wird ernst. »Erzähl Kai nichts davon.«

»Ähm, klar.« Ich beiße mir auf die Lippe, damit ich beim Anblick von Leias Gesicht nicht lachen muss. Ich kann nicht glauben, dass jemand, der so elegant wirkt wie sie, mit jemandem wie Frank verwandt sein kann.

»Du wirst ihn lieben lernen«, murmelt sie, nimmt mir die

Lampe ab und stellt sie zurück in das Zimmer. Dann nimmt sie meine Hand und führt mich den Flur hinunter.

»Wartet«, sagt Frank und wir halten inne.

Er überholt uns und geht vor uns weiter, immer darauf bedacht, dass die Luft rein ist. Kais Mom schlingt ihren Arm um meinen und lehnt sich an mich. Den ganzen Weg zur Bibliothek über kann ich ihr stilles Lachen spüren.

Ich betrachte das Bild, das mir gerade gereicht wurde, und kann nicht fassen, wie absolut atemberaubend meine Mom war. Sie sah aus, als hätte sie das Titelblatt der *Vogue* schmücken können. Eine Sanduhrfigur, wunderschöne porzellanartige Haut und dickes blondes Haar – sie war so perfekt, andere würden für dieses Aussehen sehr viel Geld hinlegen.

»Du siehst aus wie sie.«

Ich reiße meinen Blick los und sehe kopfschüttelnd in das lächelnde Gesicht von Kais Mom.

»Das tust du. Du hast die Nase deines Vaters, aber der Rest ist von deiner Mom.«

Ich betrachte wieder das Bild und bemerke, dass ich tatsächlich ihre Lippen habe, die untere Hälfte etwas voller als die obere. Ihre Wangenknochen waren sehr markant, wie meine, und ihre Augen waren mandelförmig, das sind meine auch.

»Siehst du? Die Nase hast du von deinem Vater.« Sie lächelt und reicht mir ein anderes Bild, dieses zeigt einen attraktiven Mann, dem sein Anzug ausgezeichnet steht und seine trainierte Statur offenbart.

Selbst durch das Foto kann ich erkennen, dass er auf sich achtgegeben hat. Sein Haar war dunkelbraun und auf eine Weise gestylt, dass man meinen kann, er hätte sich dafür stets ausreichend Zeit genommen. Ich sehe in sein Gesicht, betrachte seine Nase und erkenne, dass wir tatsächlich dieselbe haben.

»Wie alt waren die beiden auf den Bildern?«, frage ich.

»Das war gleich, nachdem die zwei geheiratet haben, also schätze ich, sie waren in ihren frühen Zwanzigern. Deine Mom war mit dir gerade mal einen Monat schwanger. Sie beklagte sich, dass sie schlecht aussehen würde, weil ihr morgens immer so übel sei. Ich sagte ihr, dass sie verrückt sei. Ich habe deine Mutter nie anders als absolut perfekt gesehen«, sagt sie mit einem Kichern.

»Sie war wirklich wunderschön«, flüstere ich und nehme ein anderes Bild entgegen. Auf diesem sind meine Eltern zusammen zu sehen; Moms Bauch ist groß, rund und sieht unter ihrem figurbetonten Kleid wie ein perfekt geschnittener Basketball aus.

»Sie war wunderschön.«

Ich erkenne Traurigkeit in Leias Augen, was mir mein Herz schwer macht. »Wir müssen das nicht tun«, sage ich, um nicht noch mehr Schmerz aufkommen zu lassen.

»Oh Liebes.« Sie streicht über mein Haar. »Obwohl es mich schmerzt, fühlt es sich zugleich gut an. Deine Mom war meine beste Freundin. Sie war jemand, der einen Raum betreten hat und alle haben in ihrem Tun innegehalten, um sie anzusehen. Es war nicht mal ihre Schönheit, die das verursacht hat. Es war ihre Seele, die nach einem rief; man wollte um sie sein. Es macht mich traurig, dass du nie erfahren wirst, was es bedeutet hat, ihr nah zu sein, ihr Licht auf dir zu spüren. Wenn das also der einzige Weg ist, dass du sie kennenlernst, bin ich glücklich, das mit dir teilen zu können.«

Wow, denke ich und liebe Leia noch ein kleines bisschen mehr, als ich es ohnehin bereits tue.

»Ich danke dir.« Ich räuspere mich, als Tränen in mir aufsteigen.

Sie lächelt und reicht mir noch ein Bild. Meine Mom sitzt auf einem Bett, Dad neben ihr. Er hat ihr einen Arm um die Schultern gelegt, im anderen liegt ein kleines Baby.

»Siehst du, was ich meine? Deine Mom hatte gerade deine Geburt hinter sich und dennoch sah sie perfekt aus«, sagt Leia und liegt damit nicht falsch.

Das Haar meiner Mom war in einem Knoten hochgesteckt, ihr Make-up war makellos. Sie sah aus, als hätte sie den Tag mit

Wellness verbracht und nicht mit einer Geburt.

»Sie wirkten wie das perfekte Paar«, sage ich wehmütig.

Leia lacht und ihr Gesicht hellt sich auf. »Sie waren verrückt nacheinander. Deine Mom sagte mir, dass sie ihn heiraten werde, da hatten sie sich erst eine Nacht zuvor kennengelernt.«

»Tatsächlich?«, frage ich und betrachte das Bild erneut.

»Oh ja. Wir waren gerade das erste Jahr auf dem College und hatten unsere ersten Semesterprüfungen hinter uns, also entschieden wir, essen zu gehen und zu feiern. Als wir in das Restaurant kamen, erstarrte deine Mom plötzlich; ich lief buchstäblich in sie hinein. Ich sah mich um, um zu erkennen, was sie zum Anhalten gebracht hatte, und bemerkte einen Tisch voller Männer. Sie waren alle sehr attraktiv. Ich sagte zu ihr, dass sie starren würde, und sie flüsterte zurück, dass sie nichts dagegen tun könne – ihre Zukunft sitze vor ihr. Ich war sicher, nun würde sie verrückt werden. Ernsthaft, wer sieht einen Mann zum ersten Mal und sagt so etwas? Doch dann drehte sich dein Dad um, ihre Blicke trafen sich und ohne ein Wort zu den anderen Männern zu sagen, kam er zu uns, blieb vor deiner Mom stehen, nahm ihre Hand und führte sie zur Bar.«

»Nicht dein Ernst.« Ich lächle. Mein Dad hatte Eier.

Leias Ausdruck wird sanft. »Doch. Ich stand da für einige Minuten und fragte mich, ob ich mir das nur einbildete, doch das habe ich nicht getan. Einige Momente später brachte dein Dad deine Mom zurück, stellte sich mir vor und ging zurück an seinen Tisch.«

»Was passierte dann?«

»Wie ihr sagen würdet – der Rest ist Geschichte. Dein Dad verabredete sich mit deiner Mom für den nächsten Abend und von diesem Moment an waren sie unzertrennlich.«

»So schnell?«, frage ich und streiche über ein anderes Bild der beiden. Darauf lachen sie sich an.

»So schnell. Manchmal weißt du es einfach; deine Mom und dein Dad waren sich darüber im Klaren. Es war, als würden ihre Seelen vom ersten Augenblick an wissen, dass sie zusammengehören.«

»Das klingt alles wirklich sehr verrückt«, murmle ich, doch dann huscht eine Erinnerung an Kai durch meinen Kopf. Etwas tief in mir kannte ihn bereits, als ich ihm das erste Mal begegnete. Jeder Moment, den ich mit ihm verbrachte, hat sich leicht angefühlt und ich denke an die Gefühle, die er in mir ausgelöst hat. Ich schüttle den Gedanken ab. Ich will diesen Schmerz nicht, den ich empfinde, sobald ich über ihn nachgrüble. Nicht jetzt, wenn ich die Möglichkeit habe, etwas über meine Eltern zu erfahren.

»Manchmal weißt du es einfach«, wiederholt Leia. Lächelnd holt sie einen weiteren Stoß Bilder hervor.

Den restlichen Tag verbringe ich auf dem Boden, Leia sitzt auf der Couch und sieht mit mir Fotos durch, während sie mir alle möglichen Geschichten dazu erzählt. Als sie schließlich geht, fühle ich mich, als sei mir ein schweres Gewicht von den Schultern genommen worden. Unbewusst hat sie dabei geholfen, ein paar Stücke meines Herzens wieder zusammenzusetzen.

9. Kapitel

Myla

One Day at a Time

»Wo ist Pika?«, frage ich Aye.

Er sieht mich mit zusammengepressten Lippen an, dann wandert sein Blick zurück zum Fernseher.

»Was soll das bedeuten?«, frage ich, verwirrt über dieses seltsame Verhalten.

»Er ist nicht da.«

»Das weiß ich. Er ist bereits seit zwei Tagen nicht da, deshalb frage ich dich ja auch, wo er ist.«

»Du solltest mit Kai darüber sprechen«, murmelt Aye, ohne den Fernseher aus den Augen zu lassen.

Er weiß genau, dass ich niemals mit Kai über irgendwas reden würde, schon gar nicht über Pika. Ich habe mit Kai seit seiner Rückkehr nicht gesprochen; inzwischen weiß ich nicht mehr, wer wem aus dem Weg geht.

»Dann schätze ich, du willst es nicht wirklich wissen«, murmelt er.

Als ich mich daran erinnere, in welcher Situation ich Pika das erste Mal gesehen habe, erhöht sich mein Puls. »Geht es ihm gut?«, flüstere ich. Pika ist zu einem Freund geworden. Die Vorstellung, es könne ihm nicht gut gehen, gefällt mir nicht.

»Er ist okay«, höre ich ein Knurren.

Ich zucke zusammen, dann drehe ich mich um und sehe Kai am Ende der Couch stehen. Mein Magen überschlägt sich. Ich habe Kai zuvor bereits wütend erlebt, aber nie in meine Richtung. Ich sinke in den Kissen zusammen, kann den Blickkontakt jedoch nicht lösen.

»Aye, geh. Myla wird den restlichen Tag mit mir verbringen. Ich rufe dich, wenn du gebraucht wirst«, sagt er, seine Aufmerksamkeit auf mich gerichtet, während seine Energie auf meiner Haut zu prickeln beginnt.

»Natürlich«, erwidert Aye.

Ich will ihm sagen, dass er bleiben soll, aber ich kann nichts tun, außer in diese kalten Augen zu sehen.

Sobald Aye verschwunden ist, fährt sich Kai mit der Hand durch das Haar, dann schüttelt er den Kopf. »Wir gehen aus«, knurrt er schließlich.

»Ähm ...«, hauche ich und sehe zu, wie sich seine Brust mit einem tiefen Atemzug hebt und senkt.

»Sei in zehn Minuten fertig.«

»Ich ...« Ich schüttle den Kopf. Niemals kann ich in zehn Minuten fertig sein. Ich trage noch immer meinen Pyjama. Schon für das Duschen würde ich länger brauchen.

»Zehn Minuten«, wiederholt er und verlässt den Raum.

Ich sehe zum Ausgang, springe von der Couch und eile in mein Zimmer. Ich bezweifle, dass ich so schnell fertig werden kann, aber verflucht, ich werde es versuchen. Kai hat mir nie zuvor eine solche Angst eingejagt, kein bisschen. Nicht mal, als ich sah, wie er jemanden tötete, schien er so wütend, wie vor wenigen Augenblicken zu sein.

Kai

Ich verlasse das Wohnzimmer und gehe direkt in mein Büro, wo ich die Tür hinter mir zuknalle. Ich versuche, zu atmen, doch ich schaffe es nicht, meine Wut zu überwinden, die sich seit unserem letzten Streit in mir aufgebaut hat. Dann habe ich Myla auch noch mitten in der Nacht mit einem anderen Mann in der Küche gesehen – ihre Arme um ihn gelegt, während er sie auf den Kopf küsste. Es war vielleicht kein intimer Kuss von Pika, aber für mich zu viel, um damit umgehen zu können.

Jeder Tag war seither ein Kampf um Selbstkontrolle. Dieser Druck auf meine Eingeweide, dieser Schmerz unter meiner Haut waren ebenfalls wenig hilfreich.

Als ich Myla geheiratet habe, hatte ich keine Vorstellung von dem, was mich erwartete. Ich verstand das Gefühl nicht, das mich überkam, sobald ich in ihre Augen sah und wir unsere Versprechen aufsagten. Ich habe diese innigen Gefühle damals vielleicht noch nicht erwartet, aber nun sind sie da und ich denke nicht einmal daran, still dazusitzen und es einem anderen – einem, den ich seit meiner Kindheit kenne – zu erlauben, die Frau zu stehlen, die zu mir gehört. Die Frau, in die ich mich verliebt habe. Die Frau, die dasselbe empfunden hat, bevor ich von hier fort bin.

Ich nehme noch einen Atemzug und einen weiteren. Pika kann sich glücklich schätzen, noch am Leben zu sein. Ich wollte ihn für das, was ich zwischen den beiden gesehen hatte, umbringen, aber damit hätte ich nur Mylas Vorstellung von mir bestätigt.

Das bedeutete aber nicht, dass ich zulassen würde, Pika weiter hierzubehalten. Ich habe ihn vor zwei Tagen weggeschickt. Zurück auf das Festland, wo er dabei hilft, Thad und Paulie jr. aufzuspüren. Als ich ihn mit seiner Beziehung zu Myla konfrontierte, sagte er mir, dass er Gefühle für sie habe. Ich drängte ihn in die Ecke, doch er hielt mir stand. Er sagte mir außerdem, was für ein Idiot ich sei, da ich sie ohne eine Erklärung verlassen hätte. Dann meinte er, dass es keine Rolle spiele, wie er für sie fühle, da sie nicht über mich hinweg sei und vermutlich nie hinwegkommen werde.

Seine Worte haben in mir einen kleinen Hoffnungsschimmer geweckt, Myla zurückzugewinnen, aber ich bin kein dummer Mann. Mir ist klar, dass ich einiges an Arbeit vor mir habe. Ich werde es langsam angehen lassen müssen, doch das fühlt sich in Bezug auf sie fast unmöglich an.

Fuck. Als ich sie damals zu mir nach Hause gebracht habe, lag sie vom ersten Tag an in meinem Bett, auch wenn ich nicht bei ihr schlief. Ich musste sie bei mir haben, in meinem Bett, das ich irgendwann mit ihr teilen würde. Mit ihr zusammen zu schlafen, während ihre Eltern da waren, hat die Dinge zwischen uns verändert. Ich habe mit vielen Frauen geschlafen, aber nie eine Verbindung gefühlt. Myla zu halten, beruhigt etwas in mir, es bringt mir einen Frieden, der meiner Seele so lange Zeit gefehlt hat.

Ich blicke zur Tür und atme noch einmal durch. Ich habe ihr bestimmt eine höllische Angst eingejagt und vermutlich hat sie bereits die Flucht ergriffen, aber Pikas Name aus ihrem Mund zu hören, der sanfte Ton, mit dem sie ihrer Sorge für ihn Ausdruck verliehen hat, hat mich über die Klippe gestoßen. Auch wenn sie in ihm nicht mehr als einen Freund sieht, weiß ich, dass er nicht dasselbe empfindet.

Pika ist ein Spieler. Er hat in jeder Stadt, die er besucht, ein anderes Mädchen und manchmal auch zwei, wenn er in Stimmung ist. Frauen werfen sich ihm vor die Füße. Im Moment will ich es nicht riskieren, Myla in seiner Gegenwart zu wissen.

Ich gehe zu Mylas Tür, wo ich anklopfe.

»Ja?«, höre ich ihre leise Stimme fragen.

»Kann ich reinkommen?«

Sie antwortet nicht sofort, doch als sie es tut, wirkt sie unsicher. Ich öffne die Tür und sehe sie auf ihrer Bettseite sitzen, ein Paar Sandalen in ihrer Hand.

»Ich bin fast so weit«, murmelt sie und sieht zu Boden, während sie in ihre Schuhe schlüpft.

»Ich wollte dir sagen, dass du mehr Zeit haben kannst, wenn du sie braucht.«

»Bin fertig. Ich habe mich beeilt«, wispert sie und in mir zieht sich alles zusammen, als ich die Angst in ihrer Stimme höre.

Ich lebe von Macht.

Mein ganzes Leben lang schon.

In meinem Geschäft bedeutet Angst Macht.

Auf diese Weise kannst du die meisten Menschen kontrollieren.

Mit Myla will ich das jedoch nicht. Ich will nicht, dass sie aufgrund von Angst und deren Auswirkungen mit mir zusammen ist.

»Nimm dir Zeit«, sage ich.

Sie hebt den Kopf und ihr Blick begegnet meinem. Sie wirkt

verwirrt. »Ich dachte, du wolltest irgendwo hingehen.«

»Das tun wir, aber ich kann warten. Nimm dir Zeit.«

»Ich bin fertig.« Sie steht auf.

Ich lasse meinen Blick über ihr schlichtes schwarzes Kleid schweifen, das mit zwei Bändern in ihrem Nacken zusammengehalten wird und offenbart, dass sie keinen BH trägt. Es fällt sanft bis zu ihren Füßen.

»Ich wusste nicht, was ich anziehen soll«, murmelt sie und wirkt unbehaglich.

Ich schüttle den Kopf und sage ihr, was ich ihr Millionen Mal zuvor bereits hätte sagen sollen. »Du siehst wunderschön aus.«

Sie sieht mich an. »Ich ...« Sie hält inne und zieht die Augenbrauen zusammen. »Wie bitte?«, fragt sie verwirrt, was sie unglaublich süß wirken lässt.

»Du siehst wunderschön aus.«

»Okay.« Sie drückt die Schultern zurück, als würde sie sich auf einen Krieg vorbereiten. »Gehen wir jetzt?« Sie zeigt zur Tür.

»Das tun wir.« Ich lächle, nehme ihre Hand und halte sie fest, als sie versucht, sich zurückzuziehen.

Ich führe sie aus dem Haus zu meinem Jeep, helfe ihr beim Einsteigen, ehe ich zur Fahrerseite gehe und mich hinter das Lenkrad setze. Ich habe mir für diesen Tag absolut keinen Plan zurechtgelegt. Aber ich habe vor, einiges wiedergutzumachen.

Myla

Aus dem Augenwinkel sehe ich zu Kai und spüre, wie sich meine Augenbrauen wieder zusammenziehen. Ich habe keine Idee, was er vorhaben könnte, aber irgendwas ist hier seltsam.

»Wohin fahren wir?«, frage ich nach einigen Minuten des Schweigens.

»Abendessen.« Er umfasst das Lenkrad fester und ich frage mich, ob das eine Art Geschäftsessen sein soll.

Plötzlich spüre ich Schmetterlinge durch meinen Bauch flattern. Wenn wir zusammen zu Abend essen, habe ich die Chance, als seine Ehefrau aufzutreten, und obwohl er mich unglaublich wütend macht, finde ich die Vorstellung dennoch aufregend.

Wir fahren nur gut zehn Minuten. Als wir unser Ziel erreichen, bin ich noch verwirrter. Ich sehe aus der Frontscheibe und blinzle. Es handelt sich nicht um ein typisches Restaurant, in dem man für gewöhnlich zu Abend essen würde. Es ist nicht mal ein Restaurant. Da steht ein kleiner Wagen mit ein paar Tischen davor. Auf dem Schild steht in großen Buchstaben *Ebbe und Flut*, darunter steht geschrieben, dass es sich wohl um die besten Fischtacos auf ganz Hawaii handele.

»Ich dachte, wir würden zu Abend essen.«

»Das tun wir.« Kai schaltet den Motor ab, öffnet seine Tür und springt aus dem Jeep, dann sehe ich ihm zu, wie er auf meine Seite kommt.

Als er meine Tür öffnet, will ich aussteigen, doch er murmelt ein leises *Einen Moment bitte*. Er zieht sein Jackett aus, legt seine Krawatte ab, entfernt die Manschettenknöpfe, öffnet die obersten zwei Knöpfe seines Hemds und streift die Ärmel nach oben. Sobald er damit fertig ist, sich legerer zu präsentieren, packt er meine Taille und hebt mich aus dem Wagen. Er schließt die Tür, nimmt meine Hand und führt mich auf den Trailer zu.

»*Aloha*, Bruder.«

»*Aloha*, mein Freund«, gibt Kai an den großen Kerl zurück, der seinen Kopf aus dem kleinen Wagen steckt.

»Wen haben wir denn hier?«, fragt er und betrachtet mich.

»Meine Frau Myla. Myla, dieser Kerl hier ist Derek. Er und seine Frau sind die Besitzer von *Ebbe und Flut*.«

»Ehefrau?«, fragt der Mann und wirkt schockiert.

»Nett, dich kennenzulernen.« Ich lächle durch das Unbehagen hindurch, das ich fühle.

»Ich wusste gar nicht, dass du geheiratet hast. Babe, wusstest du, dass Kai geheiratet hat?«, ruft er und eine kleine Frau kommt zu dem Fenster.

Sie lächelt Kai und mich an. »Wusste ich nicht. Aber es war an der Zeit.« Ihr Lächeln wird größer, während sie ihre kleine Hand auf den großen Bizeps ihres Mannes legt.

»Das stimmt allerdings. Habe Jahre darauf gewartet, dass du dich mal einfangen lässt«, scherzt Derek.

Seine Frau stellt sich vor ihren Mann und lehnt sich zu uns aus dem Fenster. »Das Übliche?«

»Magst du Fisch?«, fragt mich Kai liebevoll.

Ich sehe zu ihm hoch und spüre die Erwartung von Derek und seiner Frau auf mir lasten. »Ja«, gebe ich zurück.

»Dann nehme ich heute die zweifache Portion, Derek. Hast du frischen Ananassaft? Myla liebt ihn«, fügt Kai hinzu und legt einen Arm um meine Schultern.

Ich lehne mich unabsichtlich an ihn und will wieder zurücktreten, als ich mein Tun bemerke, doch da wird Kais Griff fester und er hält mich davon ab, Abstand zwischen uns zu bringen.

»Ja, hab ich. Nehmt Platz, wir bringen euch eure Bestellung, wenn alles fertig ist.« Damit schickt er uns weg.

Kai bringt mich zu einem der Picknicktische. Ich setze mich und sehe mich um; dabei weiche ich Kais Blick aus. Schon wieder sind meine Gefühle in Aufruhr und es ist alles seine Schuld. Oder zumindest mache ich ihn dafür verantwortlich.

»Woran denkst du gerade, *Makamae*?« Er nimmt meine Hand.

Ein Teil von mir will sich zurückziehen, doch der andere, der Teil, der mit ihm verbunden ist, will ihn festhalten und nie wieder loslassen.

»Ich bin verwirrt. Es gefällt mir kein bisschen, dass du den Eindruck in mir weckst, als würden zwei verschiedene Personen in mir stecken.«

»Was meinst du damit?«

Ich atme verärgert aus. »Da ist diese Seite in mir, die dich kein Stück mag und auch die Dinge nicht, die du tust. Und dann ist da diese andere Seite, die sich nicht um die Meinung der anderen kümmert. Sie mag dich einfach. Alles an dir.« Ich atme noch einmal aus, dann sehe ich ihn lächeln und funkle ihn an. »Du brauchst nicht denken, dass die Seite, die dich mag, dumm ist.«

Er presst die Lippen zusammen, legt den Kopf zurück und lacht aus vollem Hals. Ich habe ihn bereits zuvor lachen gesehen und wie jedes Mal zuvor kribbelt es in meinem Bauch.

»Das ist nicht lustig.« Ich verdrehe die Augen.

»Doch, es ist lustig.« Er lacht weiter.

Ihm dabei zuzusehen, lässt ein Lächeln auf meinen Lippen entstehen. Sein Blick fällt auf meinen Mund und sein Ausdruck verändert sich. »Jeder Teil von mir mag dich, *Makamae*«, sagt er mit so einer Ernsthaftigkeit, dass dieses warme Gefühl in meinen Bauch zurückkehrt.

»Was bedeutet *Makamae*?«

Er legt seine Hand an meine Wange, sein Daumen streicht über meine Unterlippe. Ich erwarte nicht, dass er mir antwortet, aber anders als sonst, kommt er mir ganz nah, so nah, dass ich seine Lippen an meinen spüre, als er mir *kostbar* zuwispert.

Heilige Scheiße! Bestürzt ziehe ich den Kopf zurück und betrachte sein Gesicht.

»Es ist angerichtet!«, wird uns zugerufen und der Moment zerstört, als Derek erst vor mir und dann vor Kai einen Teller abstellt.

»Danke schön«, sage ich, während sich alles in mir zusammenzieht.

Kai nennt mich kostbar? Ich sehe zu ihm, sein Blick ist noch immer auf mich gerichtet.

»Lasst uns wissen, wenn ihr noch etwas braucht«, murmelt Derek. Ich bin nicht sicher, ob auch er diese seltsame Energie fühlt, die zwischen Kai und mir in der Luft hängt.

»Das werden wir«, sagt Kai, mich noch immer betrachtend.

Sobald Derek außer Hörweite ist, spricht Kai erneut. Dieses Mal ist seine Stimme so sanft, dass sie sich wie Seide um mich legt. »Mir ist klar, dass all das schwierig für dich ist, Myla. Ich weiß, dass ich einiges falsch gemacht habe, aber ich will, dass du etwas verstehst. Ich bin ein Mann, der dazu erzogen wurde, zu tun, was immer zu tun ist, ohne eine andere Meinung in Betracht zu ziehen. Ich weiß, dass dich das Resultat meiner Entscheidung verletzt hat, aber wie ich dir von Beginn an gesagt habe: Ich werde alles tun, was in meiner Macht steht, um dich zu beschützen. Wenn das bedeutet, dass du mich am Ende des Tages nicht mehr leiden kannst, ist das für mich okay, denn das bedeutet, dass du noch immer am Leben bist.«

Er blickt kurz über meine Schulter, dann zurück zu mir. »Ich werde niemals aufhören, an einem *Uns* zu arbeiten, denn ich weiß, dass dieses Uns es wert ist, darum zu kämpfen. Du kannst also sauer auf mich sein und deinen Standpunkt vertreten, doch du sollst wissen, das tue ich auch. Und dabei hoffe ich, dass du uns eine weitere Chance gibst.«

»Du bist wirklich gut darin, dich zu entschuldigen. Wenn du nicht gerade ein Arsch bist«, murmle ich.

Kai lächelt, nimmt meine Hand und haucht einen Kuss auf den Ring, den ich immer noch nicht abgenommen habe. Es ist, als wolle er mir damit sagen, dass er das verstanden hat. Dass ich, obwohl ich sauer auf ihn bin, uns nicht aufgegeben habe. Ich sehe auf seine Hand und bemerke auch an seinem Finger den Ring, den ich ihm gegeben habe.

»Einen Schritt nach dem anderen, Kai. Das ist alles, was ich dir anbieten kann«, flüstere ich.

»Damit bin ich einverstanden, *Makamae.*« Er haucht erneut einen Kuss auf meine Hand und nickt zu meinem Teller. »Iss. Das sind wahrlich die besten Fischtacos auf Hawaii«, meint er und behält recht – obwohl ich mir nicht sicher bin, ob es die Tacos sind oder dieses warme Gefühl, das dieses Essen so gut schmecken lässt.

Ich beobachte den Sonnenaufgang und nehme die Schönheit dieses Moments in mich auf. Von den Geräuschen des Ozeans bis zu dem Geruch, der uns umgibt ... Ich kann nicht genau sagen, was es ist, aber es ist perfekt. Ich lehne mit dem Rücken an Kai, seine Arme um mich geschlungen, seine Schenkel an meinen.

Seit unserem köstlichen Fischtaco-Abendessen vor zwei Wochen arbeiten wir an diesem Uns. Und dieses Uns ist um einiges besser als das davor. Ich habe meine Schutzschilde ein wenig gesenkt und genieße jeden Tag, den wir miteinander verbringen.

Es ist nicht so, dass ich Kai vergeben habe, dass er mich verlassen hat, aber ich versuche, zu verstehen, welcher Typ Mann er ist. Ein Mann, der es nicht gewohnt ist, andere um Rat zu fragen. Ein Mann, der tut, was getan werden muss – inklusive aller Konsequenzen. Ich kann nicht behaupten, dass ich seine Art zu denken immer gut finde, aber ich übe mich darin, ihn zu verstehen, und zwar genauso wie er, wenn es um die Dinge geht, die ich von ihm verlange.

»Das ist meine liebste Tageszeit«, flüstert er und haucht einen liebevollen Kuss auf meinen Nacken.

Ich habe noch etwas über Kai gelernt; er ist ein hoffnungsloser Romantiker, auch wenn er ständig versucht, es nicht zu sein. Allein heute Morgen, als er mir einen Sweater gereicht hat und mich zum Strand brachte, damit ich meinen ersten Sonnenaufgang auf Hawaii erleben kann. Er tut oft so kleine Dinge, die mich jedoch wissen lassen, dass er über mich nachdenkt.

»Es ist so still«, sage ich und rutsche etwas zur Seite, damit ich mein Gesicht an seine nackte Brust und meine Arme um ihn legen kann.

»Deshalb mag ich diese Zeit so sehr. Ich habe einen Moment, um nachzudenken. Kein Handy, niemand, der mir sagt, dass ich gebraucht werde – nur ich und die Natur.« Er küsst mich auf den Scheitel. »Und nun auch du.«

Okay, das war süß ... wirklich süß. Wisst ihr nun, was ich meine, wenn ich sage, er sei romantisch? Ich küsse seine Haut und lasse ihn wortlos wissen, wie viel mir das bedeutet. Wir sitzen eine lange Zeit da und sehen der Sonne zu, die gen Himmel wandert. Ich bin nicht sicher, woran er denkt, aber ich hoffe insgeheim, dass es noch Hunderte solcher Momente wie diesen geben wird.

10. Kapitel

Myla

Consummation

Als ich ihn rufen höre, gehe ich in Kais Büro. Ich habe keine Ahnung, was ihn aufregen könnte, aber so, wie er meinen Namen bellt, gehe ich davon aus, dass es sich um keine gute Sache handelt. »Was ist los?«, frage ich, sobald ich über die Türschwelle trete.

»Was zur Hölle ist das?«, brüllt er und schiebt mir einen Stapel Papiere zu.

Ich nehme sie ihm ab und fühle mich sofort schuldig. Ich hatte keine Gelegenheit, mit Tammy wegen der Scheidung zu reden. Ich war so sehr mit Kai beschäftigt und damit, dass wir uns besser kennenlernen, dass ich an diese Sache nicht mal gedacht habe. Nicht ein einziges Mal.

»Scheidungspapiere«, flüstere ich, während ich die erste Seite lese.

»Das sehe ich, Myla. Warum zur Hölle werden mir Scheidungspapiere zugestellt?«

Scheiße. »Weil ich die Scheidung wollte?«, flüstere ich und sehe hoch, um festzustellen, dass Kai auf mich zukommt. Automatisch gehe ich zurück, bis ich die Wand hinter mir fühle. Sein Gesicht ist nur noch Zentimeter von mir entfernt und mein Puls zieht an.

»Ich sagte bereits, dass ich nicht wieder weggehe«, knurrt er und kesselt mich ein.

»Das weiß ich.« Ich schließe die Augen und drehe den Kopf zur Seite.

»Ich habe dir gesagt, dass wir das hinkriegen«, knurrt er und ich fühle seine Hand auf meiner Seite. »Ich habe dir gesagt, dass es niemals vorbei sein wird.« Er umfasst meine Brust durch das dünne Material meines Tops, während er seine Zähne in meinem Ohrläppchen versenkt.

»Kai«, hauche ich, werde herumgedreht und zurückgedrängt. Mein Hintern stößt gegen den Tisch. Kai beugt sich über mich, wischt alle Unterlagen und Gegenstände zu Boden. »Kai«, wiederhole ich nervös, als seine Hand auf meinen Shorts landet.

Er öffnet die Knöpfe, schiebt den Stoff zusammen mit meinem Höschen über meine Hüften hinab. Ohne ein Wort nimmt er mir die Papiere, die ich noch immer festhalte, aus der Hand und wirft sie auf den Tisch, ehe er mich hochhebt und draufsetzt. Meine Beine weit gespreizt, senkt er den Kopf und vergräbt sein Gesicht zwischen meinen geöffneten Schenkeln.

»Oh Gott«, stöhne ich und halte mich an seinen Haaren fest.

»Kein Gott, Myla«, knurrt er an meiner Pussy und bringt mich mit den Zähnen und seiner Zunge näher zum Orgasmus.

»Kai!«, rufe ich und schließe die Augen.

»Wer ist dein Ehemann, Myla?«, will er wissen und schiebt zwei Finger in mich.

»Oh Gott.«

Ein lautes Klatschen durchflutet den Raum und ein Prickeln breitet sich auf meinem Schenkel aus. Ich sehe zu Kai hinunter.

»Nicht Gott. Wer ist dein Ehemann?«

»Das bist du.«

»Wie ist mein Name?«, verlangt er, zu wissen.

»Kai«, wimmere ich, als sich seine Finger schneller bewegen und nach meinem G-Punkt krümmen.

»Ganz genau.« Er saugt an meiner Klit und ich kann fühlen, wie mein Körper von meinem Höhepunkt erschüttert wird.

Meine Klit pulsiert im gleichen Rhythmus, wie mein Herz rast. Ich presse die Beine zusammen, als mich die Intensität meiner Gefühle überkommt und durch meinen Körper schießt.

Kai hebt den Blick und ich sehe zu, wie er sein Kinn an meinem Schenkel abwischt. Ich nehme einen zittrigen Atemzug und lege mich zurück, nicht länger in der Lage, mich aufrecht zu halten.

»Bist du okay?«, fragt er plötzlich über mir und nimmt meinen Mund mit einem tiefen Kuss in Besitz, sodass ich keine Chance habe, sofort zu antworten.

»Großartig«, flüstere ich, als er mich freigibt.

Er hilft mir, mich aufzusetzen. Zieht mir mein Shirt über den Kopf, öffnet meinen BH und wirft beides zu Boden. Sanft drückt er mich nach hinten und lacht leise, als er bemerkt, dass ich keine Kontrolle über meinen Körper habe. Ich höre das Rascheln von Stoff und schlage die Lider auf, gerade als er sein Hemd zu Boden wirft. Als nächstes öffnet er seinen Gürtel, den Hosenknopf und zieht seine Hose aus. Sein Schwanz springt frei hervor und zum ersten Mal sehe ich, wie wunderschön alles von ihm ist.

Er umfasst seine Länge, streicht auf und ab, seinen Blick immer auf mich gerichtet. »Öffne dich für mich«, sagt er leise, streicht von meinen Waden über mein Knie und spreizt meine Beine.

Ich öffne meine Schenkel, dann hakt er seine Arme unter meine Knie und zieht meinen Hintern bis zur Tischkante nach vorn. Ich schlinge beide Beine um seine Hüften und zucke zusammen, als sein Daumen über meine Klit streicht.

»Langsam, Liebes«, wispert Kai, da fühle ich bereits die Spitze seines Schwanzes an meinem intimsten Punkt. Er dringt langsam in mich ein, sein Blick mit meinem verbunden. »*TU* Kai«, murmelt er, gleitet aus mir heraus und wieder hinein.

Ich halte ihn mit den Beinen fest und hebe meine Hüften, um ihn tiefer aufzunehmen.

»Ja.« Er packt meinen Hintern und hebt mich bei jedem Stoß hoch.

Ich lasse meine Finger über seine Bauchmuskeln gleiten, fühle die Härte unter meinen Handflächen und streiche höher, über seine Brust bis zu seinem Nacken. Er packt meine Handgelenke, hält mich fest und stößt immer schneller in mich.

»Ich komme noch mal«, wimmere ich.

Kai presst seinen Mund auf meinen, schiebt seine Zunge zwischen meine Lippen. Ich erwidere den Kuss. Als ich die Vorzeichen eines weiteren Höhepunkts herannahen spüre, wende ich mich ab und versenke, ohne nachzudenken, meine Zähne in seiner Schulter.

Er brüllt auf und schiebt sich ein letztes Mal tief in mich.

Innerlich aufgebracht, halte ich ihn mit meinen Beinen fest, nicht gewillt, die Verbindung zwischen uns aufzugeben. *Nicht jetzt.*

»Geht es dir gut?«, frage ich nach einem Moment.

Er hebt den Kopf und unsere Blicke treffen sich. »Ich hatte ja keine Ahnung«, sagt er nach einem weiteren Moment der Stille.

»Keine Ahnung, wovon?«

»Keine Ahnung, dass ich so enden würde, wenn ich dich heirate.« Er drängt sich tiefer in mich. »Es war immer vorrangig für mich, dass ich das zwischen uns zum Funktionieren bringe, aber mir war nicht klar, wie wichtig mir das alles werden würde. Die Vorstellung, ohne dich zu sein, ist unerträglich.« Sein sanftes Geständnis lässt diese Wärme in mir noch tiefer vordringen, dann realisiere ich, was ihn so aufgeregt hat.

»Ich habe vergessen, dass ich die Scheidung eingereicht habe. Ich war so mit uns beschäftigt, dass ich nicht mal einen Gedanken verschwendet habe«, gebe ich zu und erkenne Verständnis in seinen Augen.

»Die Papiere sind ruiniert.« Er lächelt und mir wird klar, dass ich noch immer auf ihnen sitze.

»Ihhh.« Ich ziehe die Stirn kraus.

»Wir haben unsere Ehe gerade auf unseren Scheidungspapieren besiegelt.«

»Das ist ziemlich höhlenmenschartig.«

Er lächelt liebevoll und sein Blick sucht meinen. »Wie fühlst du dich?«

»Glücklich.« Ich streiche durch sein Haar und er bekommt diesen sexy Schlafzimmerausdruck.

»Wir müssen nur so viel anziehen, damit wir ohne großes Aufsehen in unser Zimmer kommen.«

»Warum?«, frage ich und ziehe die Augenbrauen zusammen.

»Weil wir den Rest des Tages dort verbringen werden, um die Zeit aufzuholen, die wir verpasst haben.« Er leckt über meinen Nacken. »Ich muss mich besser mit dem Körper meiner Frau bekannt machen.«

»Okay«, hauche ich und drücke die Schenkel um seine Hüften fester zusammen.

»Moment noch, Liebes.« Er knabbert an meinem Hals, dann sieht er mich an, und zieht sich aus mir zurück. Die Zärtlichkeit in seinem Blick hüllt mich in Wärme ein.

»Oh nein.« Ich schließe die Augen und bedecke mein Gesicht. »Nein, nein, nein ...« Ich kann nicht glauben, wie dumm wir waren.

»Myla, was ist?« Er nimmt meine Hände und betrachtet mich.

»Wir haben nicht verhütet.«

»Wir haben verhütet.« Er lächelt und gleitet vollständig aus mir.

Ich sehe zu, wie er das Kondom abzieht, das Ende verknotet und es in ein Taschentuch eingewickelt entsorgt.

Ich schicke ein stummes Dankgebet gen Himmel. Die Situation zwischen uns ist kompliziert genug, nicht auszudenken, hier noch den Faktor Kind hinzuzufügen.

Ich atme seufzend aus und setze mich auf. Kai zieht seine Boxershorts an und kommt mit seinem Hemd zu mir zurück, das er mir anzieht. Liebevoll legt er seine Finger unter mein Kinn und hebt es an, um mich anzusehen. »Ich fände es gut, wenn du wieder verhüten würdest. Ich hätte beinah vergessen, ein Kondom zu benutzen, und ich schätze, es wird schwierig werden, immer vorbereitet zu sein.« Er streicht an der Innenseite meines Schenkels entlang und legt seine Hand an meine Taille.

Ich denke daran, wie großartig es sich anfühlt, wenn er in mir ist, und wie schön es sein könnte, wenn nichts zwischen uns wäre. Automatisch drücke ich meine Beine fester zusammen.

»Oh ja«, haucht er. »Ich kann mir auch gut vorstellen, ohne etwas in dich zu gleiten, zu fühlen, wie heiß du bist und deine Hitze meinen Schwanz umhüllt, während du deine Nägel in meinen Rücken drückst.«

»Kai«, wimmere ich und quietsche auf, als er mich hochhebt. Ich lege beide Arme um seinen Nacken, die Beine um seine

Hüften und spüre seine Hände auf meinem Hintern.

»Halte dich fest.« Er öffnet die Tür seines Büros und trägt mich zu unserem Zimmer. Dort geht er direkt ins Bad. »Machen wir uns erst mal sauber, dann sehe ich mir deine Bräunungsränder genauer an.« Damit setzt er mich auf der Anrichte ab.

»Du bist besessen.« Ich lache und erinnere mich an all die Male, als er dieses Thema zur Sprache gebracht hat, und wie verrückt sich das für mich anhört.

Er geht hinüber zur Dusche. »Seit Monaten muss ich mir ansehen ... wie deine Haut dunkler wird. Und all das in dem Wissen, dass es noch diese cremig weißen Stellen gibt. Diese Stellen sind die besten. Also ja, ich bin besessen davon, weil ich weiß, dass niemand sonst in der Lage ist, sie sich anzusehen.«

Er dreht das Wasser auf, dann kommt er zu mir zurück und stellt sich zwischen meine Beine. Ich lasse den Atem entweichen, den ich seit seinen Worten angehalten habe, und spüre, wie er mit den Fingerspitzen an der Unterseite meins Kinns entlangfährt – hinunter zu meinem Schlüsselbein und weiter zu meinen Brüsten, wo er die wenigen Knöpfe des Hemds öffnet und den Stoff zur Seite schiebt.

Ich schaue nach unten, um zu sehen, was er sieht. Meine Brüste sind heller als der Rest von mir, genauso wie mein Intimbereich und meine Hüften. Kai streicht an den Linien entlang zu meinem Bauch, wo sich meine Muskeln automatisch zusammenziehen, als seine Finger über meine Haut fahren. Ich lege meine Hand auf seine und erfreue mich an dem Kontrast, den wir bilden.

Kai stößt einen undefinierbaren Laut aus, zieht mich von der Anrichte und trägt mich in die gläserne Dusche. Der Dunst des warmen Wassers empfängt uns und entlockt mir ein Stöhnen.

»Du kannst nicht solche Geräusche machen – nicht, solang ich kein Kondom hier habe und mein Schwanz der Hitze deiner Pussy so nah ist.« Er lässt mich an seinem Körper nach unten gleiten, seine Erregung an mich gepresst, bis ich wieder Boden unter den Füßen spüre. »Mach einen Schritt zurück.«

Das tue ich. Gleichzeitig lasse ich den Kopf nach hinten unter den Duschstrahl fallen und mache meine Haare nass. Als ich wieder aufsehe, verhaken sich unsere Blicke miteinander. Kai nimmt eine Flasche Shampoo von dem kleinen Sims. Er verteilt etwas auf meinem Haar, dann wäscht er es aus. Als Nächstes folgt eine Spülung, doch ehe er sie mir auswaschen kann, halte ich ihn auf.

»Ich bin dran.« Ich nehme ihm die Spülung ab und überlege, wie ich seinen Kopf erreichen kann.

Er grinst. »Hüpf rauf.«

Ich lege meine Hände auf seine Schultern und springe auf seine Hüften, wo ich mich mit den Beinen festzuhalten versuche. Unsere Körper sind so glitschig, Kai muss mir helfen, damit ich nicht wieder nach unten rutsche. Ich greife nach hinten, schnappe mir das Shampoo und massiere es in sein Haar.

»Zur Hölle«, murmelt er und schließt die Augen.

Ich lächle, hauche ihm einen schnellen Kuss auf die Lippen, ehe ich *zurücklehnen* murmle.

Er tut es, dann wasche ich ihm die Seife aus dem Haar und fahre mit der Spülung fort, nur dass er mich dieses Mal dabei ansieht, was die Situation noch viel intimer wirken lässt.

Sobald ich fertig bin, drückt er meinen Hintern – das Signal für mich, runterzuhüpfen. Als meine Füße den Boden berühren, dreht er mich um, nimmt ein Stück schwarze Seife vom Sims und beginnt, mich einzuseifen. Zuerst meine Arme, dann bewegt er sich langsam zu meinen Brüsten weiter, hinunter zu meinem Bauch und zwischen meine Beine, wo er mich sorgfältig wäscht. Kurze Zeit später brennt mein Körper lichterloh.

Ich nehme ihm die Seife ab und reibe sie zwischen meinen Händen, mit denen ich über seine Brust streiche, über seine weiche Haut, die warm und hart zugleich unter meiner Berührung ist. Als ich darüberfahre, bewegen sich seine Bauchmuskeln, die ich fasziniert beobachte. Ich lasse meinen Blick tiefer schweifen und bemerke einen einzelnen Tropfen auf der Spitze seines Schwanzes. Ohne nachzudenken, beuge ich mich zu ihm und lecke darüber. Der salzige Geschmack explodiert auf meiner Zunge.

»*TU* Kai«, keucht er, greift nach meinem Kinn und hebt meinen Blick zu seinem. »Fordere meine Beherrschung nicht heraus, *Makamae*. Diese hängt an einem sehr dünnen Faden.«

Seine Worte erregen mich und ich senke die Lider. Es gefällt mir viel zu gut, ihm das antun zu können. Diese Art von Macht über ihn zu besitzen, durchdringt meinen gesamten Körper – zu wissen, dass er mich so sehr will, dass er die Beherrschung verlieren könnte, macht mich an. Es bringt mich dazu, auf die Knie zu gehen, meine Lippen auf seine Schwanzspitze zu drücken und mit der Zunge darüber zu lecken. Ich lege die Hand um seinen Schaft und benutze meine Faust und meinen Mund gleichzeitig.

Als er in mein Haar fasst, lege ich den Kopf nach hinten. »Ich werde dich hierfür bestrafen«, knurrt er und bringt meine Pussy dazu, sich zusammenzuziehen, und mir entkommt ein Wimmern.

Er stößt zwischen meine Lippen und ich nehme ihn tief in mich auf. Ohne Vorwarnung zieht er mich plötzlich zu sich hoch, das Echo, als sein Schwanz meinen Mund verlässt, durchdringt den kleinen Raum.

»Ich ...« Ich will sagen, dass ich noch nicht fertig bin, doch er nimmt meinen Mund in Besitz, hebt mich hoch, spreizt meine Beine und dringt in mich ein. Ich schreie auf, halte mich an seinen Schultern fest, meine Nägel in seiner Haut, während er mich hart und schnell fickt; unsere Körper reiben nass und glitschig von der Seife aneinander.

»Komm!«, brüllt er.

Mein Körper übernimmt die Kontrolle und hört auf seinen Befehl. Meine Pussy zieht sich zusammen, dabei dringt er weiter in mich ein, bis er schließlich langsamer wird und seine Hüften innehalten.

Er lehnt seine Stirn an meine. »Ja, dafür wirst du bestraft werden. Ich habe kein Kondom benutzt«, sagt er, doch er klingt nicht wütend.

Langsam öffne ich die Augen, mein Orgasmus flutet noch immer durch meine Nervenbahnen, was es mir schwer macht, mich zu konzentrieren. Kai streicht über die Linie meines Kiefers. Ich komme seiner Berührung entgegen und seufze auf, als er von der Mauer wegtritt und uns unter den Strahl des Wassers stellt.

»Ich bin völlig gesund«, murmle ich, als sich der Nebel in meinem Kopf verzieht.

Sein Griff wird fester und ich schließe die Arme enger um seine Schultern.

»Darüber mache ich mir keine Gedanken.«

»Wir werden besser aufpassen.«

Er zieht sich aus mir zurück und stellt mich vorsichtig zurück auf den Boden.

»Sobald es mir möglich ist, werde ich mich um die Pille kümmern«, verspreche ich.

»Es gibt noch so viel, das wir voneinander kennenlernen sollten.« Er legt eine Hand an meine Wange, kommt näher und küsst meine Lippen. »Und wenn es die Götter gut mit uns meinen, haben wir ein Leben lang dafür Zeit.«

Das gefällt mir. Sehr. Ich mag es, dass er die Dinge zwischen uns zum Funktionieren bringen will. »Du bist wirklich großartig«, sage ich ehrlich und spüre diese Wärme wieder, die mich erfüllt.

»Es bedeutet mir eine Menge, dass du so von mir denkst.«

Seine Worte erwischen mich kalt und ich suche in seinen Augen, um sie zu verstehen. Sein Selbstbewusstsein wirkt auf mich oft einschüchternd. Seit ich ihn getroffen habe, wirkte er bei keiner seiner Handlungen unsicher, selbst bei den Entscheidungen nicht, die unsere Beziehung auf eine Probe gestellt haben.

»Du denkst nicht so?«, frage ich, als er erneut beginnt, mich zu waschen.

Er hält inne und ich erkenne, dass er tatsächlich darüber nachdenkt, was er antworten soll. »Wie ich dir bereits sagte, habe ich die Meinung eines anderen nie in meine Entscheidungen miteinbezogen, egal, ob gut oder schlecht. In meinem Geschäft geht es darum, wie man auf jede einzelne Situation reagiert. Es gab nie einen Zeitpunkt, an dem ich darüber nachdachte, was jemand von mir halten könnte.«

»Was ist mit Dates?«, frage ich, obwohl ich mich bei dem Gedanken an ihn mit einer anderen unwohl fühle.

»Du bist die erste Frau, deren Meinung über mich mir etwas bedeutet. Ich habe mir nie darüber Sorgen gemacht, was eine Frau vor dir von dem Typ Mann halten könnte, der ich bin.«

»Das wirkt, als hättest du dich vor allen anderen verschlossen«, flüstere ich traurig.

»Das bringt die Verantwortung, die ich übernommen habe, mit sich. Ich rede nicht über meine Familie, nicht mal über einen meiner Männer, man kann nie wissen, wer solche Informationen gegen dich verwenden würde. Du weißt nicht, ob der Mann, der mit dir am selben Tisch lacht und dir Fotos von seinen Kindern zeigt, dir nicht hinter deinem Rücken Gift in den Drink mischt.«

Seine Worte lassen eine Welle von Traurigkeit über mir hereinbrechen. Ich kann mir nicht vorstellen, mein Leben lang in Sorge leben und immer auf der Hut sein zu müssen. Ohne nachzudenken, schlinge ich die Arme um ihn und schmiege mein Gesicht an seine Brust. »Es tut mir so leid«, sage ich und spüre, wie sich seine Arme fester um mich schließen.

»Das wird nicht ewig so sein, Myla. Ich habe bereits Vorkehrungen getroffen, um das hier nicht bis in alle Ewigkeit machen zu müssen. Wenn ich Kinder in die Welt setze, werden sie ein normales Leben führen können, ohne zu wissen, welches Leben ihr Vater zuvor führte. Es ist mir wichtig, dass du das verstehst. Das hier wird nicht ewig so weiterlaufen. Es wird eine Zeit kommen, da gehört das Haus nur uns; es wird nicht ständig jemand um uns sein. Ich habe es gehasst, mit Bodyguards aufzuwachsen. Es war kein schönes Gefühl, mit meinem Vater sprechen zu wollen, nur um von einem seiner Männer gestoppt zu werden. Das will ich nicht für meine Kinder, und das will ich auch nicht für dich.«

»Darüber habe ich nie nachgedacht.« Seit ich bei Kai bin, war ständig jemand um uns. Ich wusste von Anfang an, warum diese Leute hier sind, habe aber nie über ihre tatsächlichen Aufgaben nachgedacht. Nun, da er mich dazu gebracht hat, will ich auch nicht, dass meine Kinder mit ständigen Begleitern groß werden.

Ich hauche Kai einen Kuss auf die Brust und trete zurück. Er stellt das Wasser ab und öffnet die Glastür. Ich folge ihm und lasse mich in ein Handtuch wickeln. Dann sehe ich ihm dabei zu, wie er sich abtrocknet.

»Normalerweise finde ich es lästig, wenn ständig Leute um mich sind. Aber heute könnten sie mal nützlich sein«, murmelt er.

»Entschuldige?«

»Ich habe nicht mehr viele Kondome. Meine Leute können in den nächsten Laden laufen und welche besorgen.«

Ich keuche auf. »Das würdest du nicht tun.«

Er haucht einen Kuss auf meine gerunzelte Stirn, dann nimmt er mich auf seine Arme, was mir einen Schrei entlockt. »Das würde ich.« Er grinst, wirft mich auf das Bett und ist kurz darauf über mir.

»Würdest du nicht«, wiederhole ich, als er das Handtuch zur Seite schiebt.

»Werde ich.«

Und das tut er.

Es ist bereits nach Mitternacht und ich verhungere gleich. Wir haben nur noch ein Kondom. In Anbetracht dessen, wie oft wir es miteinander treiben, ist nun auch mir klar, dass wir neue brauchen. Und nun bin auch ich dankbar, dass sich weitere Leute in diesem Haus aufhalten. Das bedeutet, dass ich Kai zum Kommen bringen werde, noch bevor einer seiner Männer das bestellte chinesische Essen und neue Kondome vorbeibringen wird.

11. KAPITEL

Myla

New Dreams

Ich gehe auf das Wasser zu und tauche unter. Ich muss die letzten zwei Stunden vergessen. Mein Verstand schäumt über von all den Informationen, die mir Kai gegeben hat. Ich bin nicht sauer auf ihn, weil er schon wieder etwas vor mir zurückgehalten hat, es dreht sich in meinem Kopf bloß alles im Kreis.

»Rede mit mir.«

»Sei ehrlich mit mir.«

»Sag mir, was los ist, und hör auf, mich ständig mit etwas Neuem zu überraschen.«

Warum ist das so schwer, zu verstehen?, rufe ich innerlich und tauche tiefer.

Kai und ich hatten den perfekten Morgen. Er weckte mich mit seinem Mund zwischen meinen Beinen. Ich liebe es, mit ihm an meiner Seite aufzuwachen, aber ich liebe es noch etwas mehr, wenn er mich auf seine Weise aufweckt – als wäre ich sein Frühstück und er kurz davor, zu verhungern.

Ich habe in den letzten Wochen herausgefunden, dass mich Kai am liebsten auf allen vieren vor sich mag. Sobald er mich zum Orgasmus gebracht hat, dreht er mich um und stößt so lang und hart in mich, bis er seinen eigenen Höhepunkt erreicht. Heute Morgen war nichts davon der Fall. Er nahm mich langsam, sein Gesicht nah an meinem, und stieß in trägem Tempo in mich. Ich habe jeden Moment davon geliebt. Als ich ihm während meines Höhepunktes in die Augen gesehen habe, konnte ich schwören, Liebe in seinen zu entdecken.

Nachdem wir es aus dem Bett geschafft und geduscht hatten, frühstückten wir zusammen auf einem der Balkone, ehe er sich in sein Büro davonmachte. Ich habe schon seit einer Weile keinen Job mehr und langsam bin ich so weit, aus dem Fenster zu springen, wenn ich nicht bald etwas finde, womit ich meine

Tage füllen kann. Kai meinte vor einer Woche, ich könne ihm dabei helfen, ein wenig Ordnung in seine Sachen zu bringen. Sein Büro war bisher ein einziges Chaos. Überall lagen Papiere und Ordner herum. Ein System schien er dafür nicht zu haben.

Vor ein paar Tagen begann ich, die Sachen zu sortieren und neu abzulegen. Manche Papiere, die man auf dem Computer speichern konnte, habe ich eingescannt. Heute Morgen fand ich ein Dokument mit meinem Namen darauf. Die Formulierungen verwirrten mich. Da ich nicht verstand, was ich da gefunden hatte, ging ich zu Kai, der gerade ein Telefonat beendete. Als er das Dokument in meiner Hand entdeckte, veränderte sich sein Ausdruck und mein Magen machte einen Satz.

Er setzte mich vor sich auf den Tisch, um mir die Sache zu erklären. Mein Vater hatte mir vor seinem Tod Immobilien hinterlassen. Kais Vater und Kai selbst haben bisher die Dokumente für diese Liegenschaften aufbewahrt. Nicht nur, dass das Land, das mir vermacht wurde, Millionen von Dollar wert ist – das Casino, das von meinem Vater darauf gebaut wurde, bringt ebenfalls einiges ein.

Ich schwimme weiter, bewege mich durch das Wasser und tauche schließlich auf, um tief einzuatmen.

Das alles wäre nicht so schlimm, wäre ich nicht dabei, mich in Kai zu verlieben.

Er hat alles in seiner Macht Stehende getan, um mir das Gefühl zu geben, mich ebenso sehr zu brauchen wie ich ihn, doch dieser Vorfall lässt mich an seinen Gründen zweifeln. Ich bin Millionen von Dollar schwer, was mich erahnen lässt, warum Thad versucht hat, mich zu entführen. Wer mit mir verheiratet ist, hat Zugang zu diesem Besitz und zugleich auch zu all dem Geld, das nun mir gehört.

Das ist der Grund, warum mir das Herz schwer ist. Ich habe nicht hinterfragt, warum mich Kai geheiratet hat. Ich habe nicht hinterfragt, warum das der einzige Weg sei, um mich zu beschützen.

Du bist eine Idiotin, Myla, und dein Trieb zur Selbsterhaltung ist scheinbar nicht existent, tadle ich mich und sehe hinaus zum Horizont. Der Anblick ist wunderschön. Fast so schön wie der Mann, vor dem ich gerade davonrenne. Das Leben, das er mir hiermit ermöglicht, hat all die Facetten eines perfekten Märchens – ein attraktiver Ritter, der dich rettet und in einem wunderschönen Schloss lebt, verliebt sich in dich.

»Märchen existieren nicht«, flüstere ich in die salzige Luft, drehe mich um und schwimme zur Küste zurück.

Als ich aus dem Wasser gehe, sehe ich Kai. Er sitzt auf einem der Stühle, die in der Nähe des Strands stehen. Seine Augen werden von einer Sonnenbrille verdeckt, aber dennoch kann ich die Hitze seines Blicks auf meiner Haut spüren.

»Wir sind nicht fertig mit diesem Gespräch, Myla«, knurrt er, steht auf und kommt auf mich zu.

Ich ignoriere ihn und gehe in das Haus. Dabei kümmere ich mich nicht darum, dass die Kleidung, die ich trage, dieselbe ist, mit der ich gerade im Meer war. Ich tropfe alles voll.

»Wir müssen reden.«

Ich gehe um ihn herum. Würde er mir nur etwas mehr Zeit geben, könnte ich besser mit meinen Gefühlen umgehen, aber wie immer müssen wir sofort reden und das ist jetzt nicht anders. Alles, was er damit bewirkt, ist, mich noch mehr zu verärgern. »Stopp.« Ich halte meine Hand nach oben, als er auf mich zugeht.

Kai nimmt die Sonnenbrille ab, betrachtet zuerst meine Hand, dann sieht er mir wieder in die Augen.

»Ich wollte das nicht – nichts davon.« Ich wedle mit meiner Hand herum. »Ich wollte nicht, dass meine Eltern sterben. Ich wollte nicht, dass jemand, dem ich immer vertraut habe, meine Kindheit ruiniert. Und ich habe nicht darum gebeten, mich in einen Mann zu verlieben, von dem ich nicht sicher bin, ob ich ihn wirklich kenne. Wenn du mir also verdammte fünf Minuten zugestehen würdest, mich mit meinen Gefühlen auseinanderzusetzen, wäre ich dir sehr verbunden!«, rufe ich und will wieder davonstürmen, doch dieses Mal werde ich von einer Wand namens Kai aufgehalten. Er atmet schwer, sein Gesicht ist nur wenige Zentimeter von meinem entfernt.

»Was hast du da eben zu mir gesagt?«, knurrt er.

Ich drücke gegen seine Brust, um von ihm wegzukommen.

»Was hast du da eben gesagt?«, brüllt er.

Mein Körper versteinert sich und ich lehne mich zurück. »Ich sagte, dass ich nichts von alldem wollte«, flüstere ich und schließe die Augen.

»Nein, Myla. Du sagtest, du hast nicht darum gebeten, dich zu verlieben.«

»Das habe ich nicht gesagt.« Ich öffne die Lider, schließe sie aber wieder, als mir klar wird, dass er recht hat. Das habe ich gesagt.

Scheiße, das war nicht gut. Kein bisschen.

»Denkst du, du bist die Einzige, die in der Scheiße steckt? Denkst du, es ist einfach für mich, zu wissen, dass die Frau, die ich geheiratet habe – die Frau, die ich *liebe* –, eine Zielscheibe auf dem Rücken herumträgt? Eine Zielscheibe, die mit jedem Tag, den ich mit ihr zusammen bin, größer wird. Das ist beschissen. Zu wissen, dass ich der Grund bin, dass man sie verletzen könnte. Oder noch schlimmer, nicht die Eier zu haben, von ihr fernzubleiben, weil ich weiß, dass sie vom ersten Moment an – seit ich ihr mit zehn Jahren zum ersten Mal begegnet bin – für mich bestimmt ist ...« Er hält inne und nimmt einen Atemzug. »Das ist nicht einfach, Myla, doch das ist etwas Gutes nie.« Seine Hand umfasst meinen Nacken und er kommt mit seinem Gesicht näher zu meinem. »Ich verstehe, dass du Ehrlichkeit von mir verlangst, aber ich weiß – ich weiß *verdammt gut* –, dass du auch einigen Mist vor mir zurückhältst. Ziemlich großen Mist. So groß, dass du gezwungen warst, dich von deiner Familie zu entfernen.«

Ich atme tief ein und fühle, wie mein Puls anzieht.

»Ich habe dir das zugestanden. Wollte warten, bis du so weit bist, um mit mir darüber zu reden. Ich wollte dich nicht dazu drängen.« Erneut hält er inne.

Mir ist, als würde alles in mir unter der Schwere seiner Worte zusammenbrechen.

»Ich hätte dir von den Sachen erzählen sollen, die dir dein

Dad hinterlassen hat, aber ich habe keinen wichtigen Grund dafür gesehen. Du wirst das Geld nie anfassen, selbst wenn wir nicht zusammen sind. Ich werde dir nicht erlauben, es anzurühren, weil es verdammt noch mal dreckig ist. Die Männer, die es wollen, sind keine guten Männer, und das meine ich in dem Sinn, dass dich diese Männer ohne zweiten Gedanken umbringen würden. Das ist nicht das, was ich für dich will. Und, *verflucht noch mal*, das ist auch nicht das, was ich für ein Kind will, das wir in diese Welt setzen werden.« Er lässt mich los und macht einen Schritt zurück. »Du kannst also wütend auf mich sein, weil wir nicht darüber gesprochen haben, aber irgendwann musst du darüber hinwegkommen und mir vertrauen.« Sein Kinn spannt sich an und er ballt seine Hände zu Fäusten. Dann wird seine Stimme leiser und nimmt einen Ton an, den ich nie zuvor von ihm gehört habe. Einen Ton, der sich anfühlt, als würden sich meine Eingeweide zusammenziehen und absterben. »Das ist, wozu ich erzogen wurde – und niemand, nicht einmal du, wird mich davon abhalten, so zu handeln.« Er knurrt die letzten Worte und stürmt schließlich durch die Halle davon.

Überrascht stehe ich eine Weile da und spüre Tränen, die über meine Wangen rinnen. Dann gehe ich in unser Zimmer, wo ich die Dusche anmache, meine nassen Klamotten ausziehe und mich unter das Wasser stelle. Langsam lasse ich mich zu Boden sinken und seine Worte in mir nachhallen. Er liebt mich. Er sagte, dass er mich liebt, und zwar auf eine Weise, dass ich weiß, er meint es ehrlich. Ich habe keine Zweifel, dass er die Wahrheit gesagt hat.

Ich glaube ihm außerdem. Er will nicht, dass ich mir Situationen aufhalse, die das Geld des Casinos mit sich bringen würde. Und wenn ich ehrlich sein soll, will ich mit diesem Geld ebenso wenig zu tun haben. Meine Eltern starben und schickten mich vorher weg, weil sie nicht wollten, dass etwas von ihren Angelegenheiten mit mir in Berührung kommt. Es ist nicht schön, dass ich sie nicht bei mir haben kann, aber die Vorstellung, dass ich mit Dingen um mich herum aufgewachsen wäre, die mit schmutzig erwirtschaftetem Geld bezahlt wurden, gefällt mir ebenso wenig.

Das hätte ich niemals gewollt. Und nun verstehe ich auch, warum sich Kai so sehr bemüht, seine Familie aus den geschäftlichen Angelegenheiten rauszuhalten.

Ich schlinge die Arme um meine Beine, lege die Stirn auf meine Knie und lasse die Tränen zu. Ich weiß nicht, wie lang ich auf dem Boden der Dusche sitze, aber als ich mich aufrichte, fühlt sich mein Körper steif an, doch inzwischen weine ich nicht mehr. Ich nehme mir Zeit, mich zu waschen, nur um den Konsequenzen meines Handelns nicht ins Auge blicken zu müssen.

Es ist so schwer, jemandem zu vertrauen. Und obwohl mir Kai keinen einzigen Grund gegeben hat, ihm zu misstrauen, tue ich es.

Ich verlasse die Dusche, gehe ins Schlafzimmer und krieche unter die Laken, ohne mich abzutrocknen. Mir ist klar, dass ich nach Kai suchen und mich dafür entschuldigen sollte, davongerannt zu sein, ohne dass er sich erklären konnte. Ich sollte mich dafür entschuldigen, mich wie eine Verrückte aufgeführt zu haben. Und ich sollte ihm sagen, dass ich ihn liebe und hoffe, dass er mir vergibt.

Als ich an seine letzten Worte denke, sammeln sich erneut Tränen in meinen Augen. Ich hasse es, das mit ihm gemacht zu haben. Ich hasse, dass ich so verkorkst bin, dass ich mir nicht mal einen Moment Zeit genommen habe, über die Dinge nachzudenken, die ich in den letzten Monaten über Kai erfahren habe. Ich bin einfach davon ausgegangen, dass auch er nichts anderes tut, als mich zu verletzen, und habe diesen Standpunkt gut vertreten.

Ich drücke mein Gesicht tiefer in das Kissen und versuche einfach, alles zu vergessen, was heute vorgefallen ist.

Ich wache auf. Im Zimmer ist es dunkel, bis auf das Mondlicht, das durch das Fenster scheint. Ich drehe mich um und stelle fest, dass das Bett leer ist. Der Gedanke, dass Kai nicht zu mir gekommen ist, lässt meinen Puls hochschnellen. Ich setze mich auf und streiche mein Haar aus dem Gesicht. Dann sammle ich meinen Mut zusammen und gehe zur Ankleide, wo ich mir ein Höschen und ein Top anziehe, meinen Hoodie überstreife und in eine bequeme Hose schlüpfe. Wenig später verlasse ich das Zimmer.

»Weißt du, wo Kai ist?«, frage ich Aye, sobald ich die Tür geöffnet und den Flur betreten habe.

»Nein. Er ist schon länger nicht vorbeigekommen.« Er geht auf mich zu. »Was ist los? Fühlst du dich nicht wohl?«, fragt er liebevoll.

Ich bin sicher, dass ich schrecklich aussehe. Ich muss nicht mal in den Spiegel sehen, um zu wissen, dass meine Augen vom Weinen gerötet und geschwollen sind. »Es geht mir gut. Ich will nur Kai finden«, murmle ich.

Er will etwas sagen, doch ich schüttle nur den Kopf und setze mich in Bewegung. Zuerst gehe ich zu Kais Büro. Die Tür steht weit offen, doch der Raum ist dunkel und leer. Meine Sorge wächst und ich setze meine Suche fort. In der großen Halle sehe ich nach draußen zum Meer, auf dessen Oberfläche sich der Mond spiegelt. Kai steht unten am Strand, die Hände in seinen Hosentaschen vergraben. Ich atme frustriert ein. Mir ist, als könnte ich selbst von hier aus seinen Schmerz fühlen.

Ich laufe die Stufen nach unten, raus aus dem Haus und hinunter zum Stand. Aye ruft etwas hinter mir her, doch ich ignoriere ihn und renne auf Kai zu, der sich mir inzwischen zugewandt hat. Er öffnet seine Arme und ich stürze mich hinein. Doch anders als in Filmen, in denen er mich aus dem Flug heraus aufgefangen hätte, reiße ich ihn zu Boden, sein Körper trifft mit einem *Hmpf* auf, als ihm die Luft aus der Lunge entweicht.

»Entschuldige bitte«, sage ich, setze mich auf ihm auf und küsse sein Gesicht. »Es tut mir so leid«, flüstere ich und sehe ihm in die Augen. »Ich verspreche, von nun an werde ich dir zumindest die Möglichkeit geben, alles zu erklären, anstatt gleich auszuflippen. Ich wollte dich nicht verletzen. Ich würde dich nie verletzen wollen.«

»Das weiß ich, Liebes«, sagt er mit einem Grummeln und schiebt mir das Haar aus dem Gesicht.

Ich schließe die Augen und öffne sie langsam, um ihn wieder anzusehen. »Ich liebe dich. Ich weiß, ich habe bisher keinen guten Job gemacht, dir das zu zeigen, aber ich liebe dich.«

Er senkt die Lider und zieht mich an seine Brust. »Wir müssen beide noch einiges lernen«, wiederholt er, was er mir schon einige Male zuvor gesagt hat.

»Wenn die Götter es gut mit uns meinen, haben wir ein Leben lang Zeit, genau das zu tun, richtig?«, frage ich leise.

»Die Götter meinen es bereits gut mit mir, seit ich zehn Jahre alt war und dieses wunderschöne kleine Mädchen gefunden habe, das in seinem Baumhaus weinte.«

Tränen füllen meine Augen und ich lege mein Kinn auf seiner Brust ab, um zu ihm aufzusehen. »Du hast mich gerettet«, wispere ich. »Ich meine nicht nur den Vorfall in Seattle. Du hast mich vor mir selbst gerettet. Du hast mir gezeigt, dass Dinge, die anfangs etwas einschüchternd und neu sind, die besten Dinge überhaupt sein können. Du hast mir gezeigt, dass ich wieder vertrauen kann, und mir meine Familie zurückgegeben. Ohne dich wäre ich verloren.« Ich schluchze und schmiege mein Gesicht an seine Brust.

Er hält mich fester an sich gedrückt, während erneut Tränen über meine Wangen rinnen. Ich weine, bis ich nicht mehr weinen kann und mich Kai hochhebt und nach drinnen trägt. Er legt sich mit mir ins Bett, zieht mich fest an sich und lässt seine Wärme und Liebe die vielen Jahre Herzschmerz verdrängen.

Ich drehe mich um und spüre, wie sich Kais Arme um mich anspannen. Sobald ich es mir bequem gemacht habe, studiere ich sein Gesicht, während er schläft. Es wirkt, als hätte sich all die machtvolle Energie, die ihn für gewöhnlich umgibt, aufgelöst. Ich hätte niemals gedacht, dass ich mich in einen Mann wie ihn verlieben würde. Ich hebe meine Hand und fahre über die Unebenheiten seines Kinns.

»Warum bist du wach?«, fragt er mit rauer, verschlafener Stimme und sieht mich an.

»Ich konnte nicht mehr schlafen.« Ich kuschle mich enger an ihn.

»Vermisst du Seattle?«

Mit dieser Frage erwischt er mich kalt. Ich denke einen Moment darüber nach, was ich hinter mir gelassen habe. Ich vermisse die wenigen Freunde, die ich habe, und ich vermisse meine Bäckerei, Seattle vermisse ich allerdings nicht. »Nein. Ich vermisse meine Bäckerei und ein paar Freunde, aber das war's auch schon«, antworte ich.

»Wenn sich die Dinge beruhigt haben, kannst du hier eine Bäckerei eröffnen«, gibt er leise zurück.

»Ich könnte sie *Sunshine & Sprinkles* nennen.« Bei dem Gedanken muss ich lachen. Ich war so sehr mit all den Dingen beschäftigt, die in letzter Zeit vorgefallen sind, dass ich gar nicht darüber nachgedacht habe, was ich tun könnte, wenn sich mein Leben wieder normalisiert hat.

»Das könntest du. Ich will, dass du dir hier ein Leben mit mir aufbaust. Ich will, dass du glücklich wirst.«

»Ich bin glücklich.« Ich funkle ihn an.

»Du bist glücklich, aber ich habe dich backen gesehen. Du lächelst, wenn du das tust.«

»Meine echte Mom hat auch immer gebacken. Ich erinnere mich nicht an vieles, aber ich weiß, dass das Backen etwas war, das sie geliebt hat. Als ich umgezogen bin, lehrte mich mein Adoptivvater, wie man backt. Ich liebte diese ruhigen Momente mit ihm. Nachdem ich mein Zuhause verlassen hatte, hat mich das Backen an eine Zeit erinnert, in der ich mich geliebt fühlte«, flüstere ich die letzten Worte.

»Willst du jetzt mit mir darüber sprechen?«, fragt er vorsichtig.

»Nicht jetzt«, gebe ich ebenso bedacht zurück. Eines Tages werde ich die Courage besitzen, mich ihm zu öffnen. Er hat recht. Es ist nicht fair von mir, so viel von ihm zu erwarten, solang auch ich nicht völlig ehrlich zu ihm bin.

»Wenn du bereit bist, bin ich für dich da«, sagt er, sein Gesicht meinem ganz nah.

»Das weiß ich.« Ich weiß außerdem, dass ich mit ihm darüber sprechen muss, aber ich hasse mich selbst ein wenig für die Dinge, die mir angetan wurden. Trotz der Therapie und des Wissens, dass es nicht meine Schuld war, hasse ich mich dafür, nicht stärker gewesen zu sein, nicht härter für mich gekämpft zu haben.

Er legt einen Arm um meine Taille, mit der anderen Hand greift er in mein Haar und drückt mich näher an seine Brust. Ich schlinge auch einen Arm um ihn, dann drifte ich zurück in den Schlaf.

Als ich Stunden später aufwache, höre ich Kai mit Aye an der Tür sprechen. Als ich Pikas Namen vernehme, werde ich hellhörig.

Ich habe mir Sorgen um meinen Freund gemacht. Aye hat kein Sterbenswort darüber verloren, wo er sich aufhält, also muss ich davon ausgehen, dass es dort nicht sicher ist, wo er sich befindet. Kai dreht sich um, um mich anzusehen, dann sagt er etwas, ehe er auf mich zugeht und sich zu mir auf das Bett setzt.

»Was ist los?«, murmle ich.

»Nichts.« Er lehnt sich zu mir und küsst mich, doch etwas stimmt nicht.

»Bitte rede mit mir«, bettle ich.

»Ich muss für ein paar Tage fort.«

»Warum?« Ich setze mich auf, ziehe das Laken mit mir und lehne mich an das Kopfteil des Betts. Ich weiß nicht, was ich tun soll, wenn er mir nun wieder sagt, dass es mit uns vorbei sei.

»Ich muss Geschäftliches in Vegas erledigen.«

»Okay«, sage ich langsam, darauf hoffend, dass er noch etwas hinzufügt. Doch stattdessen sieht er überall sonst hin, nur nicht mich an. »Worum geht es?«

Er lässt seinen Kopf kreisen und sieht wieder zu mir. »Pika sitzt im Gefängnis.«

»Er ist im Gefängnis?« Ich kann fühlen, wie meine Augen groß werden. »Was hat er getan?«

»Keine Ahnung. Das weiß keiner so genau. Die Polizei lässt ihn mit niemandem sprechen.«

»Das ist gesetzeswidrig.«

Er lächelt, dann zieht er die Brauen zusammen. »Ich verlasse dich nur ungern.«

»Ich kann dich begleiten, wenn du möchtest«, schlage ich vor.

»Du kommst nicht mit mir mit. Hier bist du am sichersten.«

Das ist richtig. Jedes Flugzeug, jedes Schiff, das auf die Insel kommt, wird überprüft und Kais Männer wissen, falls jemand hier auftauchen sollte. Darüber hinaus ist das Haus völlig abgesichert. Ich fühle mich hier gut aufgehoben; was ich nicht über Vegas sagen könnte, selbst mit Kai nicht.

»Ich weiß nicht, wie lang ich unterwegs sein werde, aber ich muss sichergehen, dass alles mit ihm okay ist.«

»Ich verstehe. Ich komme hier klar. Wird Aye bei mir bleiben?«

»Aye und Frank«, erwidert er.

»Was bedeutet, dass Aye auf Frank und mich aufpassen wird, solange du weg bist?«

»So in etwa.« Er lächelt und ich muss kichern. »Es gibt meinem Onkel das Gefühl, gebraucht zu werden.«

»Ich mag ihn wirklich sehr und deine Mom hat recht. Er ist lustig, auch wenn er verrückt ist.«

»Er mag dich auch. Meine gesamte Familie tut das«, sagt Kai in einem Ton, an den ich mich gewöhnen könnte. Etwas an der Art, wenn seine Stimme sanft wird, lässt eine angenehme Wärme in jede meiner Zellen sickern.

»Wer wird dich begleiten?«

»Mein Bruder. Ich habe noch meinen Cousin und andere Männer in Vegas. Sobald wir dort sind, sind wir versorgt.«

»Ich hoffe, Pika geht es gut. Er hat nicht mal auf Wiedersehen gesagt, bevor er von hier fort ist«, flüstere ich.

»Er wird wieder in Ordnung kommen«, grummelt Kai und ich nicke.

Ich weiß, er wird dafür sorgen, dass es Pika gut geht. Ich frage mich nur, warum die Polizei ihn mit niemandem reden lässt.

»Wann musst du los?«, frage ich.

»Nachdem ich mich fertig gemacht habe. Das Flugzeug wird in diesem Moment startklar gemacht.«

»Kann ich etwas für dich tun? Ich könnte dir etwas Kleidung einpacken, während du dich duschst, wenn du das möchtest?«

»Ich habe eine Unterkunft in Vegas. Dort habe ich Kleidung.«

Natürlich hat er eine Unterkunft in Vegas, denke ich und keuche auf, als ich seinen Finger auf meinem Nippel spüre.

»Allerdings könntest du etwas anderes für mich tun.«

»Und was?«, frage ich.

»Ich wünsche, dass du mit mir unter die Dusche kommst.«

Ein Lächeln formt sich auf meinem Mund und wird breiter, als ich Hitze in seinem Blick erkenne. »Du wünschst, dass ich mit dir unter die Dusche komme?« Ich rutsche auf meinen Knien über das Bett näher zu ihm hin.

»Ich brauche dich«, grummelt er, umfasst meinen Nacken und drückt seine Lippen auf meine.

Er umfasst meine Taille, lässt seine Hände weiter nach oben wandern und zieht mir dabei das Top über den Kopf. Sein Mund verlässt meinen nur einen kurzen Moment. Danach zieht er mir das Höschen aus, legt seine Hand zwischen meine Beine und berührt meine Klit.

»Oh«, stöhne ich auf und werde auf seinen Schoß gezogen. Ich halte mich an seinen Schultern fest und werfe den Kopf zurück, als er den Kuss unterbricht und meinen Nacken liebkost. Bestimmt schiebt er meine Schenkel auseinander und öffnet mich für seine Berührung. Ich spüre seine Lippen auf meinem Nippel, als er mit einem Finger kurz in mich eindringt, nur um dann meine Klit zu umkreisen. Ich fasse in sein Haar, als er sich meinem anderen Nippel widmet und hart daran zieht.

»Kai«, wimmere ich und schiebe ihm meine Hüften entgegen. Ich lasse meine Hände über seinen Körper wandern, über seine Bauchmuskeln bis zum Saum seiner Boxershorts, unter die ich meine Finger schlüpfen lasse, um über die Spitze seines Schwanzes zu streicheln.

»Willst du ihn?«, knurrt er.

Ich sehe zu ihm auf. »Will ich.«

»Ja?«

»Ja.«

Er dringt mit zwei Fingern in mich ein und ich lasse meinen Kopf nach hinten fallen. Mit der anderen Hand hält er meinen Hintern fest und hilft mir, mich gegen ihn zu pressen. Ich komme mit einem Stöhnen, drücke mein Gesicht an seinen Nacken.

Er zieht seine Finger aus mir und langsam finde ich wieder zu mir. Ich hebe den Kopf und sehe ihm in die Augen.

»Auf.«

Ich hebe meine Hüften, während er seinen Schwanz aus den Boxershorts befreit. Dann greift er hinüber zum Nachttisch, um ein Kondom rauszuholen. Er benutzt die Zähne, um die goldene Folie zu öffnen, und streift das Kondom über seine gesamte Länge.

»Komm her.« Er umfasst meine Hüften und zieht mich zu sich.

Langsam lasse ich mich auf seinen Schwanz sinken, spüre jeden Zentimeter, der mich ausfüllt. Als ich ihn vollständig in mich aufgenommen habe, halte ich inne. Er umfasst mein Gesicht; Worte sind nicht nötig. Ich kann alles, was er in diesem Augenblick sagen möchte, in seinen Augen sehen. Ich halte mich an seinen Schultern fest, um mich hochzustemmen und meine Hüften kreisen zu lassen. Unsere Blicke halten einander fest, nur unsere Hände bewegen sich. Er berührt meine Brüste, liebkost meine Nippel und streichelt über meine Seiten tiefer, bis er meine Klit erreicht. Ich berühre die Stelle unserer Verbindung, fühle, wie sein Schwanz immer wieder in mich eintaucht.

»Kannst du das spüren?«

»Ja«, hauche ich, als er seinen Daumen über meine Klit streichen lässt. »Ausgefüllt.«

»*TU* Kai.« Er schließt die Augen und als er sie wieder öffnet, beginnt er, mich hart zu nehmen.

Ich wimmere, als er eine Stelle in meinem Inneren erreicht, die noch nie zuvor berührt wurde. Der Schmerz mischt sich mit Verlangen und bringt mich näher an meinen Orgasmus. Ich lehne mich nach vorn, beiße in sein Kinn und ziehe schließlich seine Unterlippe zwischen meine Zähne, ehe ich ihm über die Lippen lecke. Seine Zunge spielt mit meiner, und sein Geschmack, den ich so sehr liebe, durchdringt jede meiner Poren.

Kais Hüften beginnen zu zucken. Ich reite ihn härter und keuche in seinen Mund, als mein Höhepunkt durch meinen Körper schießt. Wellen purer Ekstase schwappen in jede Zelle meines Seins. Weit entfernt höre ich Kai meinen Namen brüllen; nur langsam finde ich zu mir zurück.

Seine Arme halten mich. Sein Gesicht ist an meine Schulter geschmiegt. Wir sind noch immer außer Atem und mir ist, als würde ich Millionen Kilo wiegen, als ich mich gegen seine Brust fallen lasse.

»Wirst du zurechtkommen, solange ich fort bin?«

Müde hebe ich den Kopf und sehe ihm in die Augen. »Wenn ich Nein sage, bleibst du bei mir?«

»Natürlich.«

Ich blinzle überrascht bei der Überzeugung in seiner Stimme und schlucke meine Emotionen hinunter. »Ich komme zurecht.« Ich will nicht, dass er sich Sorgen wegen mir macht. Das muss er bereits wegen seines Freundes tun. Ich hoffe, dass er die Dinge für Pika auf die Reihe bekommt, damit er bald wieder nach Hause kann. Doch solang er unterwegs ist, soll er sich keine Gedanken wegen mir machen müssen.

»Während ich weg bin, wird meine Mom vorbeikommen und sich mit dir ein paar Immobilien ansehen.«

»Immobilien?«

»Einfach ein paar Orte, an denen du eine Bäckerei eröffnen könntest.«

Ich nehme seine Worte in mich auf, lehne mich nach vorn und küsse ihn. »Ich sollte das Geld von der Versicherung wegen des Feuers in den nächsten Wochen erhalten.«

»Das ist ja perfektes Timing.« Er lächelt und mein Herz seufzt auf. »Allerdings will ich bezahlen.«

»Wofür bezahlen?«

»Die neue Bäckerei.«

»Nein.« Ich schüttle den Kopf. »Du hast schon zu viel für mich getan.«

Er betrachtet mein Gesicht für einen Moment, dann sieht er weg und ich habe das Gefühl, er radiert gedanklich gerade jedes Wort aus, das ich soeben gesagt habe.

»Lass uns duschen, damit ich zum Flughafen komme.« Er hebt mich von seinem Schoß und stellt mich auf die Füße. Dann kümmert er sich um das Kondom, wickelt es in ein Taschentuch und wirft es in den Müll.

Ich stemme beide Hände in die Hüften. »Das meine ich ernst, Kai.«

Er nimmt meine Haltung in sich auf. »Wir reden darüber, wenn ich wieder nach Hause komme«, murmelt er.

Ich beiße mir auf die Unterlippe, um still zu bleiben. Ich will nicht mit ihm streiten, kurz bevor er losmuss, aber wir werden darüber reden, sobald er zurück ist. Als wir hier auf Hawaii angekommen sind, wollte ich ihm Geld für die Sachen geben, die für mich besorgt wurden, doch Kai nahm nichts an. Er wollte nicht mal mit mir darüber diskutieren. Damals war ich in so einem desolaten Zustand, dass ich nicht härter um meinen Standpunkt, meine Sachen selbst zu bezahlen, gekämpft habe.

Kai legt seine Hand auf meinen unteren Rücken und führt mich zur Dusche, wo er mich reinschubst und mir folgt. Nach dem Duschen ziehen wir uns beide an – Kai seinen üblichen Anzug, ich schlüpfe in eine bequeme Hose und ein Tanktop.

»Ich weiß, dass du mit der Arbeit aufhören möchtest, die du im Moment machst, aber bedeutet das auch, dass du aufhören wirst, Anzüge zu tragen?«, frage ich und nehme seinen Anblick in mich auf. Der dunkle Anzug mit dem weißen Hemd und der Krawatte passt ihm wie eine zweite Haut. Er offenbart seine schmale Taille und seine breite Brust. Ich habe mir nie viele Gedanken über die Kleidung von Männern gemacht, aber Kai weiß wirklich sehr gut, wie er sich zu kleiden hat. Die Vorstellung, ihn nie wieder so zu sehen, ist ein wenig enttäuschend.

»Sieh mich nicht so an, wenn du weißt, dass ich losmuss«, knurrt er, umfasst meine Taille und zieht mich an seinen Körper.

»Ich habe nur eine Frage gestellt«, murmle ich gegen seine Lippen, als sein Mund auf meinen trifft.

»Bleib brav, solang ich weg bin.«

»Sei vorsichtig«, flüstere ich liebevoll und streiche über seinen Nacken.

Er sieht mich mit einem warmen Ausdruck an, dann küsst er mich ein weiteres Mal und zieht mich aus dem Zimmer. Hand in Hand gehen wir zur Eingangstür, wo ich einen letzten Kuss bekomme. Kais Wagen steht vor dem Haus. Sobald er hinter dem Lenkrad sitzt, hebt er das Kinn und ich werfe ihm einen Luftkuss zu.

12. Kapitel

Myla

A Bullet and a Band-Aid

»Also, was willst du machen?«

Ich drehe mich um und stehe direkt vor Frank. »Zum Strand gehen.« Ich lächle.

»Oh«, sagt er und klingt enttäuscht.

»Woran hast du gedacht?«, frage ich ihn.

Sofort ändert sich sein Ausdruck und etwas blitzt in seinen Augen auf. »Hast du jemals mit einer Waffe geschossen?«, fragt er.

Ich schüttle den Kopf. »Ich habe Unterricht in Selbstverteidigung genommen und ein wenig Kampfsport gemacht, aber mit einer Waffe habe ich noch nie geschossen.«

»Nun, dann ist heute der perfekte Tag dafür.« Sein Grinsen wird breiter und er legt einen Arm um meine Schultern.

»Was ist hier los?«, fragt Aye, als er in die Küche kommt.

»Ich werde Myla das Schießen beibringen«, sagt Frank.

Aye sieht mich, dann Frank an und runzelt die Stirn. »Myla kommt nicht mal in die Nähe einer Pistole. Das würde damit enden, dass sie sich selbst erschießt ... oder einen von uns.«

»Hey!«, sage ich schmollend.

Er zuckt mit der Schulter und zieht schließlich eine Braue hoch. »Du weißt, es ist wahr.«

Ich verdrehe die Augen.

»Was, wenn wir unter Beschuss geraten?«, fragt Frank.

Ich sehe ihn an, als sei er verrückt geworden.

»Das könnte passieren«, meint er.

Ich kann fühlen, wie alles Blut mein Gesicht verlässt, denn er hat recht. Es könnte passieren.

»Könnte es nicht«, versucht Aye, mich zu beruhigen, als er bemerkt, wie bleich ich geworden bin.

Ich schlucke und denke über das nach, was Frank soeben

gesagt hat. So nervös mich das macht, aber ich weiß, dass er recht haben könnte. Ich muss lernen, wie man schießt. »Ich will es lernen«, sage ich.

Franks *Echt?* und Ayes *Wird nicht passieren* erklingen zur gleichen Zeit.

Ich ignoriere beide und fahre fort. »Ich denke, das wäre gut ... nur für den Fall ...«

»Kai würde dem nicht zustimmen, Myla«, argumentiert Aye.

»Kai ist nicht zu Hause und er muss es ja nicht erfahren«, gebe ich zurück.

Er wirkt nicht überzeugt, aber ich kann sehen, dass er mir insgeheim recht gibt, auch wenn er es nicht zugeben möchte.

»Fein, dann werde ich alles arrangieren, aber ihr müsst schwören, alles zu tun, was ich euch sage«, versucht Aye, mit uns zu verhandeln.

»Ich schwöre.« Ich überkreuze die Finger auf der Höhe meines Herzens.

Er murmelt etwas vor sich hin und wendet sich an Frank. »Wenn sie sich verletzt, bist du dafür verantwortlich.« Er zeigt auf Franks Brust.

»Klar«, sagt Frank, grinst und zwinkert mir zu.

»Das kann ja was werden. Ich hole den Wagen«, murmelt Aye und verlässt die Küche.

»Wird schon gut gehen«, meint Frank.

Das hoffe ich.

»Ich kann nicht glauben, dass du mich angeschossen hast.« Frank stöhnt auf und legt sich zurück auf die Trage.

»Es ist nur ein Kratzer.« Aye verdreht die Augen.

Ich drücke Franks Hand, denn auch wenn es tatsächlich nur ein Kratzer ist, stimmt es: Ich habe ihn angeschossen.

»Eine Kugel hat mich gestreift«, knurrt Frank.

Aye schüttelt bloß den Kopf.

»Alles klar, Sie können nun gehen«, sagt der Sanitäter, nachdem er die kleine Wunde versorgt hat.

»Bist du sicher? Was ist, wenn ich eine Gehirnerschütterung habe?«, fragt Frank.

Der Sanitäter sieht ihn an, als hätte er den Verstand verloren.

»Komm schon, Frank. Wir bringen dich nach Hause, dort kannst du dich hinlegen und ausruhen«, werfe ich ein.

»Klingt klug. Ich bin ein wenig erschöpft«, erklärt er mir und ich muss darum kämpfen, nicht zu lachen. »Du solltest mich außerdem Onkel Frank nennen.« Er legt einen Arm um meine Schultern und bringt mich mit seinem Gewicht ins Straucheln.

»Okay, Onkel Frank.« Ich neige den Kopf, um zu ihm aufzusehen.

Er lächelt, bevor er ernst wird. »Erzähl Kai nichts davon.«

Ich presse die Lippen zusammen, um nicht zu lachen, und nicke ein Mal. Dann helfe ich ihm, den restlichen Weg zum Auto zu laufen. Keinesfalls werde ich Kai davon erzählen. Ich kann mir seine Reaktion bereits vorstellen.

Kai

Sobald ich in Vegas das Flugzeug verlassen habe, gehe ich auf den Wagen zu, der auf mich wartet. Frank jr., der Sohn meines Onkels, steht davor, die Arme vor der Brust gekreuzt und einen Ausdruck im Gesicht, der deutlich seinen Unmut beschreibt. Er sieht genauso aus wie mein Onkel, doch während Frank sen. leicht verrückte Züge aufweist, ist sein Sohn ernst. Er ist meine rechte Hand, seit wir kleine Kinder waren.

»Bruder«, sagt er leise, begrüßt mich mit einem Handschlag und einer angedeuteten Umarmung.

»Wie läuft es?«

»Könnte besser sein, aber andernfalls wärst du ja auch nicht hier«, erwidert er.

»Konntest du Kontakt zu Rosenblum herstellen?«, frage ich, öffne die hintere Tür und werfe meine Tasche auf die Rückbank, ehe ich mich zur Fahrerseite begebe.

»Er trifft sich mit uns«, murmelt er, sobald wir beide sitzen.

Ich starte den Motor, ziehe mein Handy aus der Tasche und schreibe Aye eine Nachricht, um ihn wissen zu lassen, dass wir angekommen sind – und um zu fragen, was Myla macht. Seine Antwort, dass es ihr gut gehe und sie in der Küche gerade backe, kommt beinah sofort zurück.

Ich entspanne mich, schalte auf *Drive* und mache mich auf den Weg zur Polizeistation.

»Mein Dad rief am Nachmittag an, während du in der Luft warst. Er meinte, er wurde angeschossen«, sagt er beiläufig.

Ich ziehe die Brauen zusammen. Wenn etwas vorgefallen wäre, wäre ich sofort verständigt worden.

»Hat er sich selbst angeschossen?«, frage ich halb im Scherz.

»Er meinte, deine Frau hätte es getan.«

Ich steige auf die Bremse, sehe zu meinem Cousin und ziehe mein Handy wieder aus der Tasche, um die Nummer meines Onkels zu wählen.

»Bist du gelandet?«, fragt er nach dem ersten Freizeichen und klingt völlig normal.

»Vor ungefähr zehn Minuten.«

»Fein. Myla geht es gut, ich habe sie im Blick. Ich halte dich über alles auf dem Laufenden.«

Ich beiße die Zähne zusammen. »Ich habe gehört, dass du angeschossen wurdest.«

»Verdammtes Weibsbild. Ich habe dich gebeten, ihm nichts zu sagen«, beschwert er sich.

Ich höre Myla im Hintergrund antworten: »Ich habe nicht mal mit ihm gesprochen!«

»Wie zum Teufel konnte dich Myla anschießen, Frank?«, belle ich in die Leitung.

»Sie wollte lernen, wie man eine Waffe benutzt«, sagt er und ich höre Myla, die fragt, was ich gesagt habe.

»Verflucht noch mal, Frank! Was zur Hölle hast du dir dabei gedacht?«, brülle ich.

»Woher sollte ich wissen, dass sie so eine schlechte Schützin ist?«, protestiert er.

»Ich werde dich umbringen, Frank. Ich schwöre bei Gott, wenn ich heimkomme, bringe ich dich um.«

»Hey! Ich sollte derjenige sein, der sich beschwert. Immerhin bin ich es, der angeschossen wurde.«

»Wo ist Aye?«, frage ich und für einen Moment wird es leise.

»Du musst es nicht mal aussprechen«, sagt Aye mit einem Seufzen.

»Offenbar muss ich. Was zur Hölle treibt ihr da?«

»Frank meinte, es sei gut, wenn Myla lernt, wie man richtig schießt, und ich war derselben Meinung. Der Plan war gut. Nur an der Umsetzung haperte es.«

»Übergib nie wieder ... unter keinen Umständen ... Myla in Franks Obhut. Hast du mich verstanden?«

»Du weißt, dass ich das nicht tun würde«, bestätigt er.

»Gut. Wie schlimm ist er verletzt?«

»Angekratzt«, flüstert er und ich kann mir bildlich vorstellen, wie Frank die Situation aufbauscht, als handle es sich um eine tödliche Wunde.

»Gib mir Myla.«

»Hallo«, sagt sie sanft.

»Keine Waffen, *Makamae*«, sage ich ernst und höre, wie sie herumgeht.

Dann umschmeichelt mich ihre süße, sanfte Stimme erneut. »Ich dachte, es wäre gut, zu wissen, wie man eine Waffe benutzt. Nur für den Fall.«

»Falls du noch immer so denkst, wenn ich nach Hause komme, bringe ich dir bei, wie man eine auf sichere Weise benutzt«, verspreche ich.

»Sei nicht wütend auf Onkel Frank. Er wollte bloß helfen.«

»Du hast ihn angeschossen, was bedeutet, du hättest auch dich anschießen können. Vielleicht wollte er bloß helfen, hat aber nicht mitgedacht.«

»Bei aller Fairness, ich wusste nicht, dass die Waffe so in meinen Händen herumspringt, wie sie es schließlich getan hat«, meint sie.

Ich will gar nicht über die Art von Waffe nachdenken, die sich auf diese Weise in ihren Händen verhalten hat. »Keine weiteren Waffen.«

»Keine weiteren Waffen«, wiederholt sie und wispert nach einem Moment: »Ich liebe dich.«

Ich lasse die Worte in mich sinken und antworte schließlich genauso leise: »Ich dich auch, *Makamae*. Anständig bleiben. Ich melde mich, sobald es mir wieder möglich ist.«

»Versprochen«, sagt sie, und ich beende den Anruf.

»Eines Tages werde ich deinen Vater umbringen«, sage ich zu meinem Cousin.

Frank jr. schüttelt den Kopf. »Er fordert es heraus.«

»Er ist verrückt.«

»Das ist wahr«, murmelt er.

Mein Onkel ist ein guter Mann, aber verdammt, er erzeugt auch ständig irgendein neues Drama. Ich halte an einer roten Ampel und reibe mir mit den Händen über das Gesicht. Dabei denke ich an all die Situationen, die ich bereits mit ihm erlebt habe, und die Herausforderungen, die ich mit ihm am Hals hatte.

»Wie läuft es mit Myla?«

»Gut«, sage ich und es ist die Wahrheit. Sie hat alles für mich in eine neue Perspektive gerückt. Eines Tages, wenn wir gemeinsam am Strand sitzen und unseren Kindern zusehen, wie sie im Meer spielen, werde ich zurückblicken und wissen, dass all dieser Mist, mit dem wir hier zu kämpfen haben, es wert war.

»Also ist das etwas Ernstes mit euch zweien?«

Ich sehe zu meinem Cousin hinüber; ein Mann, den ich wie einen Bruder liebe. »Es gab nie einen Moment, in dem es nichts Ernstes war. Selbst als ich dagegen angekämpft habe, habe ich für diese Sache gekämpft«, spreche ich die einzige Wahrheit aus.

Er schüttelt mit einem Grunzen den Kopf. Die Ampel schaltet auf Grün und ich fahre los.

Als wir die Polizeistation erreichen, sehe ich Richard Rosenblum, meinen Anwalt, bereits vor der Eingangstür stehen, sein Handy am Ohr. Wir parken, steigen aus und gehen die Stufen nach oben.

»Habe gerade den Anruf mit Richter Connell beendet und erklärt, dass hier ein Klient ohne Erklärung festgehalten wird. Er meinte, er werde den Polizeichef anrufen. Wenn alles gut geht, haben sie ihren Mist auf der Reihe, sobald wir reinkommen.«

»Ebenfalls nett, dich zu sehen, Rich«, murmle ich und kann fühlen, wie sich meine Mundwinkel heben. Seit ich denken kann, arbeiten Rich und auch sein Vater vor ihm bereits mit meiner Familie zusammen.

Er lächelt. »Jaja. Nettigkeiten können wir später bei einem Bier austauschen, sobald wir deinen Mann hier rausgeholt haben.«

Frank jr. öffnet die Tür und wir gehen alle nach drinnen.

Rich führt uns zu einem Aufzug, danach geht es noch ein paar Stufen nach oben zu einem großen Aufenthaltsraum. »Wartet hier«, bittet er uns.

Ich nicke und sehe ihm dabei zu, wie er mit der Frau am Empfangstresen zu sprechen beginnt. Als sie den Hörer des Telefons abnimmt, schüttelt er den Kopf und sagt etwas zu ihr, was sie dazu bringt, sich aufzurichten und ihn anzufunkeln. Ich sehe, wie sich ihre Lippen bewegen, kann aber keine Worte vernehmen, während sie etwas in den Hörer spricht, wieder auflegt und sich an Rich wendet. Er schüttelt erneut den Kopf und kommt zu uns zurück.

»Der Polizeichef ist in einer Besprechung.«

»Ernsthaft?«, fragt Junior und spricht damit auch meine Frage aus.

»Ich schätze, er redet gerade mit dem Richter. Geben wir ihm ein paar Minuten. Danach werde ich noch einen Anruf machen.«

Wir warten weitere fünf Minuten, dann öffnet sich plötzlich eine der Türen und Pika kommt heraus. Er wirkt etwas zerknirscht. Seine Kleidung ist zerknittert, seine Haare sind ein einziges Durcheinander, doch er scheint nicht verletzt zu sein. Er kommt auf uns zu, während Rich zu dem Officer geht, der

Pika rausgebracht hat.

»Schön, euch zu sehen. Eine Gefängniszelle ist nicht der ideale Ort, um zu ausreichendem Schlaf zu kommen«, grummelt er und schüttelt zuerst mir, dann Junior die Hand.

»Haben sie irgendwas zu dir gesagt?«, frage ich.

Er sieht kurz über seine Schulter. Offenbar will er nicht an diesem Ort darüber sprechen. »Wir reden, wenn wir hier raus sind.«

Ich nicke.

Rich kommt wieder zu uns. »Er meinte, er dürfe nicht mit mir sprechen.« Er sieht zu Pika. »Wir sollten uns draußen unterhalten.«

Pika nickt.

Wir verlassen das Gebäude und gehen auf unseren SUV zu, mit dem wir hergekommen sind.

»Willst du mir erklären, was das Ganze sollte?«, fragt Rich.

Pika rollt seinen Kopf und sieht zu mir. »Scheint so, als hätte jemand davon Wind bekommen, dass ich ein Auge auf Paulie und Thad habe.«

»Was bedeutet das?«, will Rich wissen, der von der Tragweite der Situation keine Ahnung hat.

Pika sieht von Rich zu mir, als würde er um Erlaubnis bitten. Ich nicke ihm zu, fortzufahren. »Ich bin Thad zu Paulies Haus gefolgt. Auf dem Weg dorthin haben mich die Cops abgefangen. Ich habe mir nicht viel dabei gedacht, bis sie mich wegen eines angeblichen Einbruchs in der Gegend festgenommen haben.« Er macht eine kurze Pause. »Ich sagte ihnen, dass ich bis zu diesem Moment nicht in der Gegend gewesen sei und sie den falschen Mann hätten. Doch angeblich passte ich zu der Beschreibung, die jemand abgegeben hätte, und musste mit auf das Revier. Ich bin zwar nicht schwarz, aber meine Hautfarbe ist dennoch zu dunkel, um nicht zu tun, was sie von mir verlangt haben. Seltsam kam mir das Ganze erst vor, als sie mich ohne einen Anruf einsperrten.«

»Das ist doch Bullshit«, sagt Rich.

»Das bestätigt nur, dass sich hier einige geschmierte Cops

herumtreiben. Und die, die nicht bestochen werden, haben Schiss davor, was man ihnen antut, falls sie sich auflehnen«, erwidert Pika.

»Willst du mich aufklären, was sonst noch vor sich geht?«, fragt Rich.

Ich sehe mich um. »Nicht hier.«

»Dann treffen wir uns in einer Stunde im Büro meines Vaters«, bietet er an.

»Gut. Bis dahin kann sich Pika duschen und etwas essen«, stimme ich zu.

»Bis später.« Rich geht zu seinem Wagen und wir steigen in den SUV.

»Danke, dass du gekommen bist und mich da rausgeholt hast.«

Ich sehe in den Rückspiegel zu Pika. Es ist nicht seine Schuld, dass er Gefühle für Myla entwickelt hat. Dagegen kann man schwer etwas tun. In ihrer Gegenwart fühlt man sich rein. Bei Männern wie uns macht das etwas mit deiner Seele.

»Wir sind eine Familie«, sage ich nur.

Er nickt und ich sehe wieder auf die Straße.

Sobald wir meine Eigentumswohnung erreichen, geht Pika ins Bad, um zu duschen. Als er wieder zu uns in den Wohnraum kommt, telefoniere ich gerade mit Kenton Mayson. »Bist du sicher, dass Amidio für diese Sache verantwortlich ist?«, frage ich, denn wenn das so ist, bedeutet das nichts Gutes.

Vor einigen Jahren hätte ich gesagt, dass es keine Rolle spielt, aber heute tut es das. Der Mann ist wahnsinnig. Gerüchten zufolge nimmt er neuerdings Meth, was ausschlaggebend für die plötzliche Veränderung seiner Persönlichkeit ist. Dabei haben all die Dämonen seiner Vergangenheit bereits sein Gewissen und den Großteil seiner Seele ausgelöscht.

»Zumindest wird das auf der Straße erzählt und ich zweifle nicht daran. Angeblich ging es bei dem Geschäft vordergründig um ein großes Stück Land, mit dessen Verkauf nicht alle Beteiligten einverstanden waren. Da sie nicht nachgegeben haben, wurde ihnen gedroht«, erklärt Kenton.

Das klingt schlüssig. Wenn es um Ländereien geht, ist das eine große Sache. Hier geht es nicht nur um den Marktwert, sondern auch um den Straßenwert. Wenn du Ländereien in einer guten Gegend besitzt, wo du mit Mädchen, Waffen und Drogen handeln kannst, kannst du damit eine ganze Stadt einnehmen. Das ist der Grund, warum ich Myla das Erbe ihrer Eltern nicht anfassen lasse.

»Ich werde ein paar Anrufe machen und sehen, was ich tun kann. Für den Moment – achte besonders auf deine Frau«, sagt Kenton.

»Du weißt, dass ich das tue«, gebe ich zurück.

Er legt auf und ich sehe zu Junior und Pika. »Wir sollten eine Weile auf dem Festland bleiben. Ich brauche euch, damit ihr hier in Vegas alles für Myla vorbereiten könnt. Findet ein Haus in der Nähe der Stadt, das aber dennoch weit genug draußen ist, damit wir zumindest fünf Hektar Spielraum haben. Ihr müsst gewährleisten können, dass es dort sicher ist. Tut alles, was für ihre Sicherheit möglich ist, ehe ich sie von Hawaii herbringe.«

»Was hast du vor?«, fragt Pika.

»Ich glaube, dass sich die Beziehung zwischen Paulie und seinem Sohn bald drastisch verändern wird.«

Etwas blitzt in Pikas Augen auf. »Was denkst du, wie viel Zeit uns noch bleibt?«

»Ich bin nicht sicher. Wir werden einige Monate brauchen, bis wir hier alle Vorkehrungen getroffen haben. Ich bringe Myla nicht her, ohne sichergehen zu können, dass das neue Haus ein geschützter Ort ist. Diese Situation bahnt sich schon länger an, wir sind also nicht in Eile, aber ich will hier sein, wenn alles zusammenbricht.«

»Ich bin ehrlich gesagt überrascht, dass er so lang gewartet hat«, murmelt Junior und verlässt den Raum; sein Handy in der Hand.

»Was werden wir unternehmen?«, fragt Pika.

»Wir müssen herausfinden, wer alles in diese Sache involviert ist, erst dann können wir unseren Zug machen. Soviel ich bisher mitbekommen habe, hat Thad Paulie jr. erzählt, er wisse, wer Mylas Eltern waren. Paulie ist klar, würde er sie heiraten, würde er Zugang zu all ihrem Besitz bekommen, den ihr ihr Vater hinterlassen hat. Zugleich würde er sich mehr Macht aneignen, als sein Vater besitzt, und damit würde er genau das erreichen, was er seit seinem sechzehnten Lebensjahr erreichen möchte.«

»Warum ist Thad in all das verstrickt? Was hat er von der ganzen Sache?«

»Das will ich herausfinden«, murmle ich und streiche über mein Kinn.

»Sie hat Angst vor ihm«, sagt Pika leise.

»Das hat sie. Sie hat mir nicht gesagt, warum, aber ich weiß, dass sie ihn fürchtet. Sie war jung, als sie bei seiner Familie unterkam. Sie war nicht alt genug, um viele Erinnerungen an ihre biologischen Eltern mitzunehmen, deshalb gehe ich davon aus, dass er ihr Angst gemacht hat und sie nicht darüber hinweggekommen ist«, erkläre ich, doch mein Bauchgefühl sagt mir, dass der Grund für ihre Angst größere Ausmaße hat.

»Ich kenne die Details nicht.« Pika schüttelt den Kopf. Auch er kennt die Angst in ihren Augen, wenn der Name ihres Bruders fällt.

Ich beiße die Zähne zusammen. »Es ist an mir, mir Sorgen um Myla zu machen.«

»Verstanden«, gibt er zurück und hält die Hände hoch, als er die Warnung in meiner Stimme vernimmt.

»Wir treffen uns gleich mit Rich«, sagt Junior, der wieder zu uns stößt.

»Dann lasst uns aufbrechen«, gebe ich zurück.

Wir gehen zu unserem SUV. Dieses Mal fährt Junior, Pika springt auf den Rücksitz. Als wir die Rechtsanwaltskanzlei erreichen, warten Rich und sein Vater bereits auf uns. Ich lasse die zwei so viel wissen, wie ich kann. Richs Vater hat sich seit meiner Geburt um meine Familie gekümmert, dennoch vertraue ich niemandem vollkommen.

»Wirst du zurück nach Hause fliegen?«

Ich schüttle den Kopf. »Nein, ich will vor meiner Abreise ein passendes Haus hier in Vegas finden.«

»Du hast eine Eigentumswohnung«, erwidert er verwirrt.

»Das Gebäude kann ich nicht vollständig absichern. Ich will etwas außerhalb finden, mit ein paar Hektar Land.«

»Ich kenne einen Makler. Wenn du möchtest, lasse ich dir die Infos zukommen.«

»Danke«, murmle ich und schüttle seine Hand, ehe wir wieder gehen.

Ich habe noch ein paar Tage Zeit, um die Dinge zu regeln, bevor ich nach Hawaii zurückkehre und Myla erklären muss, warum wir eine Weile in Vegas sein werden. Mir ist klar, dass sie sich zu Hause gut aufgehoben fühlt. Es gefällt mir nicht, sie aus ihrer sicheren Umgebung zu reißen, aber ich muss sie bei mir haben; ich kann nicht so lang ohne sie hier sein.

Die nächsten Tage sehe ich mir Dutzende Häuser an und ich bin kurz davor, aufzugeben, doch dann finde ich ein Haus, das Myla lieben wird. Es ist ein zweistöckiges Lehmziegelgebäude auf zwanzig Hektar Land. Das Haus ist sehr viel kleiner als unseres auf Hawaii, aber es ist offen angelegt und eignet sich hervorragend für unsere Zwecke. Meine Männer werden das Gebäude mit größter Sorgfalt absichern, damit wir es eine Weile bequem haben werden, solang wir in Vegas sind.

Ich betrete das Haus und gehe in die Küche, um mir eine Flasche Wasser zu besorgen, ehe ich nach Myla suchen werde. Sie weiß noch nicht, dass ich wieder da bin. Wir haben am frühen Nachmittag telefoniert und ich sagte ihr, wir würden uns morgen sehen, doch nachdem ich den Kaufvertrag für das Gebäude unterzeichnet hatte, habe ich mich in das Flugzeug gesetzt. Mein Körper fühlt sich an, als müsse er einen Entzug ohne sie durchstehen.

Ich öffne den Kühlschrank und greife nach einer Wasserflasche, als etwas in meinem Augenwinkel meine Aufmerksamkeit auf sich zieht. Ich richte mich zu meiner vollen Größe auf und schalte das Oberlicht an. Dann betrachte ich eine Torte, die das Cover eines Kochbuchs zieren könnte. Ich gehe darauf zu und nehme all die kleinen Details in mich auf. Der weiße Zuckerguss sieht glatt und cremig zugleich aus. Darauf ist in drei Schichten jeweils eine Blume angebracht. Sähe man nicht genau hin, könnte man meinen, sie sei echt.

»Du hast mir nichts davon gesagt, dass du Geburtstag hast. Onkel Frank hat es erwähnt. Ich kann nicht glauben, davon nichts gewusst zu haben.«

Ich sehe von der Torte zu meiner Frau, die eine helle Schlafhose und ein Tanktop darüber trägt. Sie lehnt mit der Schulter gegen den Türstock, ihre Arme unter den Brüsten gekreuzt, was sie anhebt, und die Fülle an Haaren, die sie normalerweise hochbindet, umrahmt ihr Gesicht.

»Ich feiere nie«, erkläre ich und bis zu diesem Moment habe ich nicht mal daran gedacht, dass ich Geburtstag habe.

»Das wurde mir auch gesagt, trotzdem wollte ich dir zumindest eine Torte machen.« Sie zuckt die Achseln.

Ich mag das. Ich kann mir gut vorstellen, wie sie in der Küche herumhuscht und mit einem Lächeln auf ihrem Gesicht backt – dasselbe Lächeln, das ich nur sehe, wenn sie etwas tut, das sie liebt.

»Wirst du mich mit einem Stück füttern?«

Sie senkt die Lider ein wenig, was meinen Schwanz in meinen Boxershorts zucken lässt. Ich gehe auf sie zu, lege eine Hand auf ihre Hüfte und sehe meinen Onkel in der Halle stehen, als ich über ihre Schulter blicke. »Frank, du bist entlassen.«

Er grinst und weiß offenbar genau, warum ich mich so kurz halte.

»Danke, Onkel Frank«, sagt Myla und errötet, als er ihr zuzwinkert.

Sobald er außer Hörweite ist, ziehe ich sie an den Hüften näher an mich. »Ich habe dich vermisst, *Makamae*«, wispere ich gegen ihren Mund, ehe ich ihre Lippen küsse und darüber lecke.

Sie öffnet den Mund, ihr Körper schmiegt sich an meinen, während ihr Geschmack mein System flutet. Sie drückt ihre

Nägel durch den Stoff meines Hemds in meine Haut. Ohne den Kuss zu unterbrechen, dränge ich sie zurück gegen die Anrichte, hebe sie hoch und spreize ihre Beine, um Platz für meine Hüften zu machen.

»Ich habe dich auch vermisst«, haucht sie und keucht auf, als ich beginne, ihren Nacken zu liebkosen und tiefer zu ihren Brüsten zu wandern.

Sie packt mein Haar und entlockt mir ein Knurren, als sie mich von sich wegzieht. »Warte kurz«, wimmert sie.

Ich sehe ihr in die Augen. »Was ist?«, frage ich schwer atmend.

Sie drückt gegen meine Brust und ich helfe ihr bedauerlicherweise von der Anrichte runter, um ihr dabei zuzusehen, wie sie zum Kühlschrank geht und ganz nach oben fasst. Sie holt eine kleine Box heraus und schaltet das Licht wieder aus. Ich frage mich, was sie tut, als im selben Moment eine Kerze aufflackert, die sie auf der Torte anzündet.

»Du musst dir etwas wünschen«, sagt Myla beinah schüchtern.

Ich sehe in ihr wunderschönes Gesicht, das nur von der kleinen Flamme erhellt wird, und frage mich – nicht zum ersten Mal –, was ich getan habe, um die Götter so milde zu stimmen. »Mein Wunsch ist bereits in Erfüllung gegangen«, sage ich mit rauer Stimme.

Ihr Ausdruck wird sanft und ihr Haar bewegt sich, als sie den Kopf zur Seite neigt. »Weißt du, warum man an seinem Geburtstag die Kerze auf der Torte ausbläst?«, fragt sie und trägt die Torte zu mir.

Ich schüttle den Kopf.

»Im altertümlichen Griechenland taten sie es, um der Göttin Artemis Tribut zu zollen. Sie machten eine runde Torte für die Gestalt des Mondes, die Kerzen sollten das Mondlicht darstellen. Später glaubten die Menschen, dass die Wünsche zu den Göttern vordrangen, wenn die Kerze ausgeblasen wurde. Manche Menschen glauben, dass der Rauch der Kerze für ein weiteres Jahr alle schlechten Geister von einem fernhalten würden.

Wo du hinblickst, überall steckt ein wenig Tradition darin, in jedem Event, in jedem Urlaub, und diese hier will ich mit dir teilen und irgendwann mit unseren Kindern.«

Oh ja, das gefällt mir. Ich weiß nicht, was ich getan habe, um das alles für den Rest meines Lebens zu verdienen, doch ich werde einen Weg finden, um all dem hier gerecht zu werden.

Ich gehe auf Myla zu, nicht über den Wunsch nachdenkend, denn diesen weiß ich bereits, und blase die Kerze aus. Ich nehme ihr vorsichtig die Torte aus der Hand, stelle sie auf die Arbeitsfläche und wende mich ihr erneut zu. Langsam ziehe ich sie an mich, lasse die Hände unter ihr Tanktop zu ihrem Rücken wandern und unter ihre Hose zu ihrem Hintern. Langsam ziehe ich das dünne Material über ihre Hüften, ihren Po, ihre Schenkel, bis die Schwerkraft für mich übernimmt und die Hose zu Boden fällt. Dann streiche ich über ihre Kurven, über ihre Hüften, ihre Taille, bis ich den Stoff ihres Tanktops erreiche und es ihr über den Kopf ziehe.

»Genau so solltest du mich immer begrüßen«, sage ich, neige mich nach vorn und streife mit den Lippen über ihr Ohr, was ihr ein Schaudern entlockt.

»Es sind zu viele Leute in der Nähe«, sagt sie mit einem Stöhnen, als ich über ihren Bauch tiefer streichle.

Ich schiebe meine Finger zwischen ihre Schamlippen und umkreise ihre Klit. Sie hat recht, es sind ständig zu viele Leute um uns herum. Aber im Moment ist niemand hier. Ich hebe sie wieder auf die Anrichte und höre ihr Aufkeuchen, als ihre Haut auf den kalten Granit trifft.

»Welche Torte hast du für mich gemacht?« Ich tauche meinen Finger in den cremig weißen Zuckerguss.

»Vanillecremetorte mit einem Mangokern.«

Ich halte ihr meinen Finger entgegen und sie lässt ihre Zunge aufblitzen. Ihr Blick hält meinen fest, während sie die Creme langsam ableckt.

»Willst du auch etwas davon haben?«, fragt sie.

Lächelnd nehme ich noch etwas von dem Zuckerguss auf und bedecke damit die Spitzen ihrer Brüste, dann beuge ich mich nach vorn und nehme abwechselnd ihre Nippel in den Mund. Sie reckt sich mir entgegen und drückt mir ihre Fersen in den Rücken. Ich reiße mich von ihren Brüsten los und küsse eine Spur über ihren Bauch nach unten.

»Schmeckt gut«, wispere ich gegen ihre Haut.

Ihr Bauch bebt. Ich lecke kurz über ihren Venushügel, dann suche ich nach ihrem Blick.

»Aber ich hatte schon Besseres.« Ich umkreise mit der Zunge ihre Klit, ziehe sie mit einem leichten Saugen in meinen Mund.

Ihr Körper erzittert.

Ich halte inne, hauche meinen Atem gegen ihr perfektes Zentrum. Hitze brennt in ihren Augen, als ich zu ihr aufsehe. Ich erhebe mich, öffne langsam meine Krawatte sowie mein Hemd, und lasse beides zu Boden fallen.

Myla zieht ihre Beine auf die Arbeitsfläche, was sie noch weiter für mich öffnet. Ich knurre zustimmend, entledige mich meines Gürtels und befreie meinen Schwanz aus der Enge der Hose. Dann streiche ich mit der Spitze durch ihre Feuchtigkeit, ehe ich langsam in sie eindringe.

»Kai«, haucht sie und drückt ihren Rücken durch, was mich noch tiefer in sie eintauchen lässt.

Ich habe von ihr geträumt, seit ich von hier wegmusste, habe aber selbst nicht Hand angelegt, um den Druck abzubauen, der sich mit jedem erneuten Aufwachen ohne sie in mir aufbaute. Alles in mir sehnt sich nach dieser Erlösung; ich werde mich nicht lang zurückhalten können.

Myla hält sich an meinen Schultern fest und ich stoße meine Hüften nach vorn. Fuck. Sie sieht aus wie eine heidnische Göttin, ihre Beine weit für mich geöffnet, ihr Kopf nach hinten geneigt, ihre langen Haare, die die Arbeitsplatte berühren, während das Mondlicht ihre Konturen nachzeichnet.

Ich halte ihren Hintern fest, um sie zu fixieren, und streiche mit dem Daumen über ihre Klit. Als ich das Tempo erhöhe, hebt sie den Kopf und sieht mir in die Augen.

»Du musst für mich kommen.« Ich gebe ihr einen Klaps auf den Schenkel, was sie augenblicklich feuchter werden lässt. Ihr

Kopf fällt wieder nach hinten, ihre Hände gleiten von meinen Schultern.

Auf der Arbeitsplatte liegend, drückt sie den Rücken durch und spielt zugleich mit ihren Nippeln. Verflucht schön. Ich habe nie zuvor etwas Erotischeres gesehen, als diese Frau stöhnend auf der Arbeitsfläche, während ich sie ficke.

Ich stoße härter in sie, da spüre ich plötzlich ihre Hand auf meiner; meine Finger noch immer ihre Klit liebkosend. Ihre Beine schließen sich fester um mich, als sich ihre Pussy zusammenzieht und mich ihr Orgasmus mit sich reißt.

Ich lehne den Kopf an ihre Brust und versuche, wieder zu Atem zu kommen. Dabei lausche ich ihren schweren Atemzügen und genieße das Pochen ihres Herzschlags.

Ich kann spüren, wie sie zittert, und frage mich, ob sie weint. Als ich aufsehe, entdecke ich ein überraschtes Lächeln auf ihrem Gesicht, das ich selbst im Mondlicht gut erkennen kann.

»Ich fühle mich nicht sehr geschmeichelt«, sage ich.

Unsere Blicke treffen sich. »Nicht doch. Das war großartig.«

Ich lache leise, nehme mein Gewicht von ihr und helfe ihr, sich aufzusetzen, während ich mich gleichzeitig aus ihr zurückziehe. »Warum lachst du dann?«

»Es ist nichts.« Sie schließt die Augen.

Ich sehe hinunter und begreife, dass ich einmal mehr versagt und kein Kondom benutzt habe. So ein Problem hatte ich bisher noch nie. Ich weiß nicht ganz, was das über Myla aussagt, dass sie die Fähigkeit besitzt, mir so dermaßen den Kopf zu verdrehen. Nicht, dass es mir etwas ausmachen würde, sie zu schwängern, aber ich weiß, dass sie noch nicht bereit dafür ist. Ich respektiere und liebe sie genug, ihr diese Zeit zu geben – zumindest für den Moment.

»Sag es mir.« Ich hebe mein Hemd auf und helfe ihr, es anzuziehen.

»Es ist nur ... ich kann in dieser Phase nicht mit der Pille anfangen.«

»Wie bitte?«

Sie beißt sich auf die Lippe und sieht sich um, ehe sie ihren

Blick wieder auf mich richtet. »Der Arzt meinte, ich kann erst mit der Pille starten, wenn ich meine Tage bekomme.« Ihre Brauen ziehen sich zusammen, dann reißt sie die Lider auf.

»Was ist?«

»Oh nein«, flüstert sie und hält sich den Mund zu.

»Myla, was ist?«

»Ich bin überfällig«, haucht sie und alle Farbe weicht aus ihrem Gesicht.

»Überfällig wofür?«, frage ich, noch immer verwirrt.

»Oh nein, oh nein, oh nein«, jammert sie, ohne den Blickkontakt zu unterbrechen.

Dann trifft es mich.

Überfällig. Ihre Periode ist überfällig.

Leichtigkeit flutet meinen Körper, doch dann nehme ich ihren bleichen Anblick in mich auf und bin sofort besorgt. »Rede mit mir«, sage ich liebevoll und ziehe meine Anzughose wieder an.

»Es ist zu früh. Wir sind noch nicht bereit.«

»Es ist nicht zu früh.« Ich lege meine Hand auf ihren Bauch, überwältigt von dem Gedanken, dass darin mein Kind wachsen könnte.

»Wir müssen in den Laden fahren«, sagt sie, wischt meine Hand weg und springt von der Anrichte.

»Ich schicke jemanden.«

»Nein«, gibt sie zurück und fasst mit beiden Händen nach mir. »Falls ich es tatsächlich bin, will ich nicht, dass jemand etwas davon weiß.«

»Wir, *Makamae*«, knurre ich.

»Was?« Sie schüttelt den Kopf und sieht sich in der Küche um.

»Das ist *mein* Sohn, der da in dir wächst. Du bist hier nicht auf dich allein gestellt und wirst es auch niemals sein.«

»Kai.« Sie schüttelt den Kopf und ich sehe Tränen aufblitzen.

»Das ist unser Moment und den teilen wir mit sonst niemandem, dennoch geht es hier um uns zwei«, sage ich eindringlich.

»Du hast recht«, flüstert sie. »Es ist nur ... Ich habe das so nicht geplant. *Nichts* davon.«

Ich fange eine ihrer Tränen auf. »Das habe auch ich so nicht geplant«, erinnere ich sie.

»Ich weiß.« Sie schließt die Augen und öffnet sie langsam wieder. »Ich muss wissen, ob ich es bin.«

»Ich bringe dich in den Drogeriemarkt. Wir wissen nicht, ob du schwanger bist, vermutlich ist alles halb so schlimm.« Ich höre die Leblosigkeit in meiner Stimme, während ich sie zu unserem Zimmer bringe. Dort ziehe ich ein frisches Hemd an und auch sie schlüpft in andere Kleidung.

Die Fahrt zum Drogeriemarkt und zurück verläuft schweigend. Ich versuche, nicht sauer wegen der gesamten Situation zu sein. Ich verstehe, dass bei so einer Sache einiges berücksichtigt werden muss, aber es macht mich wütend, dass sie so tut, als sei es das Ende der Welt, von mir ein Kind zu bekommen.

»Lass mich das machen«, sage ich, als ich bemerke, dass sie zittert, und nehme ihr die kleine Schachtel ab, um sie zu öffnen.

»Was ist, wenn der Test negativ ausfällt?«, wispert sie und sieht ihn sich an.

Ich kämpfe die Worte zurück, die mir auf der Zunge brennen, und als sie weiterspricht, bin ich froh, es getan zu haben.

»Auf dem Weg zum Laden habe ich mir vorgestellt, was es heißen könnte, schwanger zu sein. Es hat mir noch immer Angst gemacht, aber ich habe auch so etwas wie Aufregung gespürt. Inzwischen glaube ich, wenn ich den Test mache und er negativ ausfällt, könnte ich enttäuscht sein.«

Die Verärgerung, die sich in mir zusammengebraut hat, legt sich wieder. Ich hebe ihr Kinn, damit ich ihr in die Augen sehen kann. »Es gib immer eine neue Chance, Myla.«

Sie nickt und geht in das Badezimmer. Bevor sie die Tür schließt, sieht sie noch einmal über ihre Schulter zu mir. Es fühlt sich wie eine Ewigkeit an, dass sie nicht in meiner Gegenwart ist. Als sie endlich zurückkommt, nehme ich sie in die Arme.

»Hast du eine Uhr?«, fragt sie leise.

»Ja.«

»Wir müssen drei Minuten warten«, flüstert sie, bevor sie ihr Gesicht an meine Brust schmiegt.

Ich stelle den Timer auf meiner Uhr, lege die Arme wieder um sie und dann warten wir. Als der Alarm losgeht, küsse ich sie auf den Scheitel und lasse sie los. Eine Sekunde später kommt sie mit dem Test zurück.

Ich kann den Ausdruck auf ihrem Gesicht nicht lesen, also nehme ich ihr den Test ab. »Was bedeutet das?«, frage ich, die zwei pinken Linien betrachtend.

»Ich bin schwanger.«

Ich sehe lächelnd zu ihr auf. »Ja?«, frage ich und spüre, wie mein Lächeln breiter wird.

Ihr Ausdruck wird sanft, sie nimmt mir den Test aus der Hand und betrachtet ihn erneut. »Macht dich das glücklich?«

»Ja«, sage ich, ohne auch nur den geringsten Zweifel zu verspüren. Ich weiß, dass das hier richtig ist.

»Ich bin schwanger«, wiederholt sie und ihr Blick trifft auf meinen. »Ich bin aufgeregt. Ist das nicht seltsam?«

Ich lasse meinen Atem entweichen, all die Anspannung von vorhin verflüchtigt sich aus meiner Brust. »Es ist nicht seltsam«, beruhige ich sie und muss grinsen, als sie auf mich springt und ihre Beine um mich schlingt.

»Das ist verrückt.«

Da hat sie recht, doch seit dem ersten Moment, als ich sie in Seattle sah, war unsere Beziehung verrückt.

»Komm, lass uns Kuchen essen, nachdem du mir nun meinen Wunsch erfüllt hast«, sage ich.

Sie sieht mich liebevoll an und nimmt mein Gesicht in ihre Hände. »Lass uns Kuchen essen«, wispert sie und küsst mich sachte auf die Lippen.

13. Kapitel

Myla

Oh Baby

Seit ich herausgefunden habe, dass ich schwanger bin, wurden alle Pläne, eine Weile in Vegas zu verbringen, auf Eis gelegt. Kai will nicht riskieren, dass dem Baby oder mir etwas zustößt, und ehrlich gesagt, bin ich froh darüber. So habe ich eine Sache weniger, über die ich mir Sorgen machen muss. Die Idee, mich in einer ungewohnten Umgebung aufzuhalten, wo niemand da ist, an den ich mich anlehnen kann, gefällt mir kein bisschen. Kais Familie kommt immer wieder vorbei, seit ich hier auf Hawaii bin, und seine Mom ist völlig aus dem Häuschen, weil sie Grandma wird. Obwohl ich erst wenige Wochen schwanger bin, wollte ich ihr diese Sache nicht vorenthalten. Wir hätten außerdem nicht gewusst, wie lang wir in Vegas bleiben würden.

Ich sehe hinunter zum Wasser und erblicke Kai, der wie ein Krieger aus dem Meer steigt, bereit für den Kampf – und alles in mir schmilzt dahin. In meinen wildesten Träumen hätte ich nicht vermocht, mir vorzustellen, dass jemand wie er mein Ehemann und der Vater meines Kindes sein würde, doch die Dinge entwickeln sich immer anders und immer so, wie sie sein sollen.

Er kommt auf mich zu. Noch immer rinnt Meerwasser über seinen gemeißelten Körper. Er baut sich vor mir auf, eine Hand auf jeder Seite des Liegestuhls, auf dem ich liege. »Du solltest nach drinnen gehen.« Er küsst meine Nase, dann meine Lippen, und lässt seine Hände zu meinem Bauch wandern.

»Es geht mir gut.« Lächelnd strecke ich mich und küsse ihn.

»Hast du genug Wasser getrunken?«, will er wissen und streicht mit den Fingern über den Saum meines Bikini-Unterteils.

»Ja.« Ich verdrehe die Augen, als ich bemerke, dass sein Blick an der Stelle hängen bleibt, die er mit den Fingern berührt.

»Es ist heute ziemlich heiß hier draußen.« Schließlich sieht er wieder zu mir hoch; seine Augen sind dunkler als gewöhnlich.

»Liebling, wir sind auf Hawaii. Hier ist es immer heiß.«

Er betrachtet mich liebevoll, dann küsst er mich noch einmal auf die Lippen. »Ich werde nachsehen, ob wir einen Stuhl mit einem Sonnenschutz für dich haben.«

»Ich mag die Sonne«, beschwere ich mich.

Ich mag es, dass er sich um mich sorgt, aber ich schwöre, seit wir die Sache mit dem Baby herausgefunden haben, scheint er nur noch angespannt zu sein, und tut alles in seiner Macht Stehende, um mich in den Wahnsinn zu treiben.

»Das ist nicht gut für dich, *Makamae.*«

»Kai.« Ich schüttle den Kopf.

Er hebt die Hand und streicht über den Saum meines Bikini-Oberteils und die Stellen, die nicht von der Sonne berührt wurden.

»Lass uns hineingehen.« Er schlüpft unter den Stoff und streicht über meinen Nippel, was mich zum Keuchen bringt. »Ich bin hungrig.« Er leckt sich über die Lippen und ich folge der Bewegung seiner Zunge. Diese flüssige Hitze in meinem Bauch dehnt sich bis zwischen meine Beine aus. »Myla«, sagt er, als ich über seine Bauchmuskeln streichle, bis hinunter zu seinen Badeshorts. Es klingt wie eine Warnung.

Es ist schwer für mich, die Hände von ihm zu lassen. In den letzten Wochen ist mein Verlangen für ihn nur noch schlimmer geworden. Glücklicherweise verwehrt mir Kai nie etwas.

»Ich kann sehen, dass du feucht bist«, flüstert er neben meinem Ohr.

Ich ziehe mich zurück, um ihn anzusehen. Sein Blick ist zwischen meine Beine gerichtet, auf den feuchten Fleck auf meinem Bikini.

Er zieht meine Unterlippe in seinen Mund und ich kann seine Finger spüren, die sich in meine Haut drücken. Er neigt sich hinunter zu meinem Bauch und haucht einen Kuss darauf. Sachte saugt er an meiner Haut, was alles in mir dazu bringt, sich zusammenzuziehen, und noch mehr Feuchtigkeit sammelt sich zwischen meinen Beinen.

»Ich kann dich riechen.« Er liebkost mich direkt über meinem Venushügel.

Ich greife in sein Haar und versuche, ihn wegzuziehen.

»*TU* Kai«, knurrt er und ich winde mich innerlich. »Auf«, sagt er.

Ich bemerke nicht mal, dass er mich hochhebt, bis mein Hintern nicht länger den Liegestuhl berührt und meine Arme gezwungen sind, sich um seinen Nacken zu schließen, damit ich nicht zu Boden falle.

Ich halte mich an ihm fest, während er mich in das Schlafzimmer trägt. Er kickt die Tür mit dem Fuß zu und setzt mich vorsichtig auf dem Bett ab, dann beginnt er, seine Shorts auszuziehen. Sein Schwanz springt hervor und ich lecke mir über die Lippen, als er sich vor mich stellt. Er öffnet die beiden Schleifen meines Höschens, kurz darauf ist auch mein Oberteil ausgezogen.

»Ähm«, wispere ich, als er sich auf das Bett legt und mich so auf sich platziert, dass ich zum Kopfteil blicke und meine Pussy genau über seinem Mund schwebt.

»Füttere mich, *Makamae*.«

Mit an den Wänden abgestützten Händen sehe ich auf ihn nieder und lasse langsam den Atem entweichen, ehe ich mich auf ihn senke. Sein Blick, der auf mich gerichtet ist, fängt Feuer. Ich will mich zurücklehnen, um sein Gesicht zu sehen, nicht nur seine Augen, doch er packt meine Hüften und zieht mich auf seinen wartenden Mund.

Bei der ersten Berührung seiner Zunge senken sich seine Lider, als hätte er gerade das Köstlichste gekostet, von dem er jemals gegessen hat. Er leckt erneut über mich, seine Zunge umkreist meine Klit, während sich seine Finger in meine Schenkel drücken und er mich fester auf sich zieht.

»Kai«, wimmere ich.

»Reite meine Zunge, Baby«, knurrt er, was meine Pussy dazu bringt, sich zusammenzuziehen, und meine Hüften, ihm entgegenzuzucken.

Ich berühre meine Brüste, ziehe an meinen Nippeln, die in letzter Zeit total sensibel sind. Ich verliere mich so sehr in all den Gefühlen, dass es mich kalt erwischt, als Kai mit seinem Mund von mir ablässt.

»Dreh dich um.«

Es dauert etwas, um mich neu zu positionieren. Ich berühre seinen Bauch, streiche über seine Bauchmuskeln und nehme seinen Schwanz in die Hand. Mit der anderen umfasse ich seine Hoden, beuge mich zu ihm und lecke über die Spitze. Salziger Geschmack breitet sich auf meiner Zunge aus.

Er hebt mir seine Hüften entgegen und mit einem Mal komme ich mir so mächtig vor. Selbst während er mich liebkost, kontrolliere ich sein Verlangen. Ich beuge mich gerade so viel vor, um mit der Zunge um seinen Schaft zu lecken, und bleibe auf diesem Kurs, selbst als er seine Hüften hebt, als würde er um mehr bitten. Langsam streiche ich mit der Hand über seine Länge, genieße das Gefühl von ihm in meiner Hand, wie weich und hart er sich zugleich anfühlt.

Erneut lecke ich über die Spitze, nur dass ich ihn dieses Mal bis tief in meine Kehle aufnehme. Als er im Gegenzug mit zwei Fingern in mich eintaucht, stöhne ich auf. Ich hebe und senke meinen Mund auf seinem Schwanz; jede meiner Bewegungen wird von ihm erwidert. Ich bin kurz davor, zu kommen, und weiß, dass ich verloren bin, wenn ich über diese Klippe stürze.

Als sich seine Finger schneller bewegen, intensiviere ich meine Liebkosung ebenfalls. Mir ist klar, dass ich mit ihm kommen werde. Ich arbeite zugleich mit Mund und Händen, streiche seine Länge auf und ab und umfasse seine Hoden.

Ich nehme ihn ganz in mich auf, als Lichter hinter meinen geschlossenen Lidern explodieren und der unglaublichste Orgasmus, den ich je hatte, durch meinen Körper rauscht. Es ist mit nichts, was ich je gefühlt habe, vergleichbar.

Ich lehne meine Stirn gegen seine Schenkel und nehme tiefe Atemzüge. Versuche, mich wieder unter Kontrolle zu bringen.

Kai dreht mich um, sodass ich neben ihm liege. Seine Arme um mich gelegt, zieht er mich an seine Brust und streichelt über meinen Rücken, bis sich unsere Atmung wieder normalisiert hat.

»Das war der Wahnsinn«, sage ich und lege mein Kinn auf seine Brust.

Er sucht meinen Blick und etwas, das ich nie zuvor gesehen habe, erfüllt seine Augen. »Du kommst immer sehr intensiv, *Makamae*, jedes Mal, wenn ich dich lecke, aber dieses Mal hast du mein Gesicht mit Nässe überströmt.«

Ich senke mein Gesicht, damit er nicht sieht, wie rot ich werde, doch er greift in mein Haar und holt meinen Blick zu sich zurück.

»Es ist wundervoll, zu wissen, dass ich diese Kontrolle über dich habe«, sagt er liebevoll.

Er hat recht. Wenn wir zusammen sind, fällt es mir leicht, mich ihm hinzugeben. *Ich liebe es, zu wissen, dass er auf mich achtgibt*, denke ich und schlafe ein.

»Tammy«, rufe ich, als ich meine Rechtsanwältin – oder ich schätze, inzwischen *Ex*-Rechtsanwältin – über die Straße gehen sehe. Sie wendet sich uns zu und blickt zwischen Kai und mir hin und her. Dabei blitzt etwas in ihren Augen auf, das ich jedoch durch die Distanz nicht richtig deuten kann.

»Myla.« Sie sortiert ihren Gesichtsausdruck und kommt auf uns zu.

Ich sehe hoch zu Kai, um zu erkennen, ob er diese seltsamen Schwingungen auch wahrnimmt. Sein Kiefer ist angespannt und eine Vene ist zu erkennen, die immer auftaucht, wenn er wütend wird.

»Wie geht es Ihnen, Myla?«

Ich lasse Kai los, um sie zu umarmen. »Gut. Wie geht es Ihnen?«, frage ich und mache wieder einen Schritt zurück.

Sie betrachtet uns, dann schluckt sie und lächelt schließlich. »Sehr gut. Ich treffe mich mit jemandem«, sagt sie an Kai gewandt, ehe sie ihre Aufmerksamkeit wieder auf mich richtet.

»Sorry, dass ich so unhöflich bin. Das ist mein Ehemann Kai. Kai, das ist Tammy«, erkläre ich.

Tammy lächelt, doch Kai erwidert nichts.

»So, also Sie treffen sich mit jemandem? Das ist doch toll.« Ich verziehe unbeholfen die Lippen und spüre, wie sich Kai hinter mich stellt.

»Entschuldige, *Makamae*, aber wir sollten uns beeilen«, sagt er.

Ich nicke. »Sorry, Tammy, aber wir haben einen Termin beim Arzt. Wir erfahren heute, ob es ein Junge oder ein Mädchen wird. Kai ist ein wenig aufgeregt.« Grinsend lege ich eine Hand auf meinen Bauch.

Man muss schon genau hinsehen, um zu erkennen, dass ich schwanger bin, es ist erst eine kleine Rundung sichtbar. Inzwischen haben wir die fünfzehnte Woche erreicht und heute werden wir das Geschlecht des Babys erfahren. Kai schwört darauf, dass es ein Junge wird.

»Sie sind schwanger«, wispert Tammy, die zuerst zu Kai, dann zu mir und schließlich auf meinen Bauch sieht. »Das ist der Grund, warum Sie die Scheidung nicht durchgezogen haben«, sagt sie und ich werde rot. Tammy schlägt sich die Hand vor den Mund. »Entschuldigen Sie bitte, so habe ich das nicht gemeint.«

Meine Eingeweide ziehen sich zusammen und mir wird übel. »Wir wussten es zu diesem Zeitpunkt noch nicht.« Ich möchte klarstellen, dass wir bereits *davor* beschlossen haben, zusammen zu sein. Bevor wir herausfanden, ein Baby zu bekommen.

»Ich muss los«, sagt sie.

Ich sehe ihr nach, wie sie davonstürmt, und betrachte schließlich Kais Gesicht. »Das ist deine Ex-Freundin, nicht wahr?«, flüstere ich und fühle mich wie eine völlige Idiotin. Nein, wie eine dumme Kuh – eine idiotische dumme Kuh.

»Das ist sie«, bestätigt er und ich fühle mich gleich noch mieser.

»Es tut mir so leid«, hauche ich und blicke zu Boden.

»Es gibt nichts, was dir leidtun müsste, Myla.« Er hebt mein

Kinn an. »Wir haben uns lange vor dir getrennt.«

»Sie liebt dich noch immer.«

»Sie liebt die Idee, mit jemandem zusammen zu sein, mehr als die eigentliche Beziehung.«

»Wie bitte?«, frage ich und ziehe die Brauen zusammen.

»Sie ist die einzige Anwältin hier in der Stadt. Ihr Job war ihr immer wichtiger, als eine Beziehung mit mir aufzubauen. Ich habe das akzeptiert. Genauso wie ich akzeptiert habe, dass sie nicht meine Zukunft bedeutet. Sie ist eine süße, schöne Frau, aber sie ist mit ihrer Kanzlei verheiratet.«

»Du hast sie geliebt.«

»Nein, *Makamae*.« Er streicht über meinen Nasenrücken. »Ich hatte sie gern. Sie ist ein guter Mensch, aber ich habe sie nie geliebt. Liebe ist eine Obsession, die man nicht bekämpfen kann, egal, wie sehr man sich dagegen wehrt. Ich liebe *dich*.«

»Ich hoffe, sie findet so etwas auch.«

Kais Ausdruck wird sanft und er streicht mit dem Finger meinen Kiefer entlang. »Das hoffe ich auch.«

Er nimmt meine Hand wieder in seine und führt mich über die Straße zur Arztpraxis. An der Rezeption müssen wir ein Formular ausfüllen, danach werden wir in eines der Untersuchungszimmer gebracht. Sobald ich auf dem Behandlungsstuhl sitze, kommt die Ärztin mit einem Lächeln in das Zimmer. Sie ist klein, vielleicht einen Meter fünfundfünfzig, mit pechschwarzem Haar, das ihr bis zum Kinn reicht. Es bringt ihre ohnehin markanten asiatischen Züge noch besser zur Geltung.

»Myla.« Sie tätschelt mein Bein und murmelt ein *Hi* in Kais Richtung.

Habe ich schon erwähnt, dass sie meinen Ehemann hasst? Okay, *Hass* ist ein sehr hartes Wort. Sie mag ihn kein bisschen. Während meines ersten Besuchs tickte Kai völlig aus, nachdem ich eine leichte Schmierblutung nach einer der Untersuchungen gehabt hatte. Er drohte, die Praxis schließen zu lassen. Das kam natürlich nicht so gut an. Ich dachte, die kleine Frau würde ihn umbringen. Es hat ganze zehn Minuten gedauert, bis ich Kai so weit beruhigen konnte, dass er zugehört und verstanden hat, dass alles normal und okay ist.

»Wie geht es Ihnen?«, frage ich die Ärztin.

Sie lächelt, dann sieht sie zu Kai und verzieht das Gesicht. »Bisher ganz gut.«

»Das ist doch fein«, erwidere ich und drücke Kais Hand fest genug, damit seine Haut kurzfristig einen helleren Ton annimmt.

»Geben Sie mir einen Moment, damit ich das Ultraschallgerät vorbereiten kann.« Sie geht hinüber zum Waschbecken, um sich die Hände zu waschen.

»Aber klar doch.« Ich lege einen fröhlichen Ton an den Tag und ihr Gesicht erhellt sich etwas, was sich jedoch sofort wieder ändert, als sich Kai bewegt und sie daran erinnert, dass er sich ebenfalls mit uns im Zimmer befindet.

Die Ärztin kommt zu mir und tastet meinen Bauch ab. Danach verteilt sie das Gel darauf und beginnt mit dem Ultraschall. Ein Rauschen ertönt, ehe das Geräusch eines kleinen schlagenden Herzens den Raum füllt.

Kais Hand verkrampft sich um meine. Das ist nicht das erste Mal, dass er den Herzschlag unseres Babys hört, doch ich kann immer noch die Verwunderung in seinen Zügen erkennen, während er den Bildschirm neben der Ärztin studiert.

Es hat mir Angst gemacht, als ich festgestellt habe, dass meine Periode ausblieb, doch je mehr ich darüber nachdachte und darüber, wer der Vater meines Kindes ist, desto aufgeregter wurde ich. Mir ist klar, dass Kai und ich noch eine Menge zu lernen haben, aber zugleich weiß ich, dass ich mit niemandem sonst eine Familie gründen wollen würde. Kai wird immer alles in seiner Macht Stehende tun, um mich und die Kinder, die wir zusammen haben werden, zu beschützen. Das ist doch die wichtigste Eigenschaft, die der Vater deiner Kinder haben kann.

»Bitte setzen Sie sich etwas auf«, sagt die Ärztin.

Ich tue, was sie verlangt, und sie drückt etwas gegen meinen Bauch, bevor ich mich wieder hinlegen darf.

»Sehen wir mal, ob das geholfen hat.« Erneut fährt sie mit

dem Ultraschallgerät über meine kleine Wölbung. »Da haben wir es ja.« Ein seltsames Lächeln schleicht sich in ihre Züge und sie blickt zu Kai. »Sie bekommen einen Jungen.«

»Das weiß ich«, erwidert Kai.

Die Ärztin verengt die Augen und betrachtet mich, als würde sie fragen: »Was wollen Sie bloß mit einem Idioten wie ihm?«

Ich kann nur mit den Schultern zucken, denn Kai behandelt mich völlig anders, als die meisten vielleicht denken mögen. Ich kann an einer Hand abzählen, wann er mir gegenüber auch nur leicht die Stimme erhoben hat.

Ich lächle zu ihm hoch. »Er ist seit Wochen davon überzeugt, dass es ein Junge wird.«

Er küsst mich auf die Lippen, bevor er sich wieder zu seiner vollen Größe aufrichtet.

»Möchten Sie ein Bild vom Ultraschall haben, das sie mit nach Haus nehmen können?«

»Ja, bitte«, flüstere ich.

Die Ärztin klickt auf dem Gerät herum, und ich versuche, an ihr vorbeizulinsen, um besser sehen zu können. Sobald sie alles erledigt hat, druckt sie einige Bilder aus, die sie mir überreicht. Dann verlässt sie ohne ein Wort das Behandlungszimmer.

»Ich befürchte, wir müssen uns eine neue Ärztin suchen, oder du schaffst es, dich zu entschuldigen, damit es mir nicht noch unangenehmer wird, hier zu sein.«

»Es ist dir unangenehm, hier zu sein?«

Manchmal frage ich mich, ob Kai mitbekommt, was um ihn herum passiert. »Ja, es ist mir unangenehm. Es ist fast unerträglich, sich im gleichen Zimmer mit euch beiden aufhalten zu müssen.«

»Ich werde mich entschuldigen«, verspricht er und nimmt mir die Papiertücher aus der Hand, mit denen ich meinen Bauch von dem Gel befreien wollte, um die Arbeit für mich zu übernehmen.

»Ich konnte diesen besonderen Moment heute nicht mal richtig genießen«, schmolle ich und bereue die Worte sofort, als sich etwas in seinen Augen verändert.

»Möchtest du, dass sie zurückkommt und den Vorgang wiederholt?«

»Nein.« Ich schüttle wie wild den Kopf. »Entschuldige dich einfach bei ihr.«

»Ich habe dir bereits gesagt, dass ich das tun werde«, murmelt er, aber ich kann erkennen, dass er es lieber bleiben lassen würde.

»Gut.« Ich rutsche vom Behandlungstisch und richte meine Hose, dann erinnere ich mich daran, was die Ärztin gesagt hat. »Wir werden einen Jungen bekommen. Das überrascht dich tatsächlich nicht, stimmt's?«

»Nein, ich wusste es.« Kai küsst mich auf den Kopf, dann öffnet er mir die Tür.

»Woher?«, frage ich und halte auf dem Flur inne, um ihn zu betrachten.

»Keine Ahnung. Ich wusste einfach, dass es ein Junge wird.«

»Ganz schön seltsam.« Ich zucke die Achseln und setze mich wieder in Bewegung.

Kais Arm legt sich um meine Schultern. Wir machen einen kurzen Halt an der Rezeption, um einen neuen Termin zu vereinbaren, dann gehen wir zu unserem Wagen. Auf dem Weg nach Hause schweigen wir. Kais Hand liegt mit meiner verschränkt in meinem Schoß und ich streichle über seine Haut.

»Ich danke dir«, sage ich, als wir in die Einfahrt biegen und er den Wagen auf *Parken* stellt.

»Wofür?«, will er verwirrt wissen.

Ich denke an all die Sachen, die ich gern sagen würde. »Für all die Dinge, die du für mich tust.«

Er zieht die Brauen zusammen und ich senke meine Stimme. »Dafür, mich geheiratet zu haben, mich zu lieben, mir ein Kind zu schenken. Obwohl ich das alles nicht erwartet habe, bin ich dennoch sehr dankbar dafür.«

»Die Götter haben dich schon vor lange Zeit zu einem Teil in meinem Leben gemacht, *Makamae*«, sagt er leise. Sein Gesichtsausdruck wird sanft, als er meine Hand zu seinem Mund hebt und einen Kuss auf meinem Ring platziert.

14. Kapitel

Myla

Explosion

»Pika!«, rufe ich vom Treppenansatz aus, als ich meinen Freund unten im Wohnzimmer sitzen und zum Ozean hinausblicken sehe.

Er wendet sich mir zu, während ich vorsichtig die Stufen hinabeile und mich in seine Arme werfe. Er fängt mich auf und drückt mich kurz, ehe er mich wieder abstellt und meine Hände von sich nimmt.

»Wie geht es dir?« Ich freue mich so sehr, ihn zu sehen.

»Gut.« Er lächelt und betrachtet schließlich für einen kurzen Moment meinen rund gewordenen Bauch. »Du bist glücklich.«

»Sehr glücklich«, wispere ich.

Er nickt und sein Ausdruck wird sanft.

»Myla.«

Ich sehe zu Kai, stemme eine Hand in meine Hüfte und setze einen pikierten Ausdruck auf. »Du hast mir nicht gesagt, dass Pika nach Hause kommen wird.«

»Es ist mir entfallen. Kann ich dich bitte für einen Moment in meinem Büro sprechen?«, fragte er und ich bemerke sofort den angespannten Unterton in seiner Stimme.

»Ähm ...« Ich sehe zu Pika, dann zurück zu Kai und frage mich, warum sich beide so seltsam verhalten. »Klar«, erwidere ich. Ich gebe Pika noch eine Umarmung und flüstere ihm zu, wie sehr ich mich freue, dass er zurück ist. Dabei bemerke ich, dass er die Umarmung nicht erwidert. Damals, vor all diesen Monaten, ehe Kai wieder nach Hause gekommen ist, war Pika eine Stütze für mich. Die Distanz, die er plötzlich zwischen uns aufkommen lässt, beunruhigt mich.

»Myla«, knurrt Kai.

Ich gehe auf sein Büro zu und frage mich, was zum Teufel gerade passiert ist. Kai steht im Türrahmen und ich kann nur hoffen, dass nichts Schlimmes geschehen ist. Es war ruhig in letzter Zeit und ich würde das gern so beibehalten. Sobald ich die Schwelle übertreten habe, schließt er die Tür und beginnt, auf und ab zu marschieren.

»Ist alles okay?«, wispere ich und setze mich auf seinen Stuhl.

»Fass Pika nie wieder an.«

Von all den Dingen, die ich erwartet hätte, stand das nicht auf dem Plan. Ich betrachte sein Gesicht und bemerke, wie angespannt sein Kiefer ist. In seiner rechten Wange zuckt ein Nerv – das passiert immer, wenn er richtig angepisst ist. »Darf ich fragen, warum?« Ich lehne mich auf meinem Stuhl zurück.

»Weil ich das nicht mag.«

»Kai ...«

»Nein, Myla. Alles, was ich will, ist dein Versprechen, dass du ihn nie wieder anfassen wirst.«

»Du verhältst dich, als würde ich mit ihm rummachen.«

»Du hast dich ihm an den Hals geworfen«, knurrt er, fährt sich durchs Haar und lenkt seinen Blick durch das Fenster nach draußen.

»Ich habe ihn vermisst. Er ist mein Freund«, sage ich sanft.

Kai kommt auf mich zu, bis sein Gesicht nur wenige Zentimeter von meinem entfernt ist. »Tu es nie wieder. Verstanden?«

Ich bin überrascht von seinen Worten und der Intensität seiner Stimme. »Sag mir nicht, was ich zu tun habe, und sprich nie wieder auf diese Weise mit mir.« Ich will mich erheben, als er seine Hände plötzlich links und rechts von mir abstützt und mich zwingt, sitzen zu bleiben.

»Tust du es noch ein Mal, schicke ich ihn fort, Myla. Dieses Mal für immer.« Sein Ton ist tödlich und eine Gänsehaut breitet sich über meine Wirbelsäule aus.

Ich hatte bisher niemals, kein einziges Mal, Angst vor Kai, doch dieser Kerl vor mir ist nicht der Mann, in den ich mich verliebt habe. Dieser Mann ist ein völlig anderer – jemand, den ich nicht sonderlich mag. Ich will ihn fragen, was vorgefallen ist, warum er sich so verhält, doch stattdessen nicke ich und schlucke die Kränkung runter, damit ich von ihm fortkomme.

»Ich werde es nicht noch einmal tun«, flüstere ich.

Ohne seine Position zu verändern, studiert er für einen Moment mein Gesicht, dann lehnt er sich zu mir. Als ich erkenne, was er tun will, drehe ich den Kopf zur Seite, sodass seine Lippen auf meine Wange treffen.

»Myla«, sagt er sanft und diese Sanftheit macht mich nur noch wütender.

»Ich fühle mich nicht gut. Ich denke, ich werde mich etwas hinlegen«, erwidere ich. Sorge verändert seine Züge und sofort habe ich ein schlechtes Gewissen, doch das hält mich nicht auf.

»Lass mich dir ins Bett helfen.« Er erhebt sich zu seiner vollen Größe, macht jedoch keinen Schritt zurück.

»Nein, ich komme schon klar.« Ich nutze die Räder des Stuhls, um nach hinten zu gelangen und aufzustehen. Ich gehe um Kai herum und halte kurz inne, als ich den Türknauf berühre. Mit erhobenen Schultern drehe ich mich noch einmal um. Wenn ich jetzt gehe und all die Dinge, die er gesagt hat, so stehen lasse, werde ich weder ihm noch meinem Spiegelbild je wieder in die Augen sehen können. »Ich weiß nicht, was passiert ist oder warum du dich so verhältst, wie du es eben getan hast, aber lass mich eins klarstellen, damit das nie wieder geschehen muss.« Ich atme tief ein und wieder aus. Sortiere die Worte in meinem Kopf, bevor ich sie ausspreche. »Ich bin keiner deiner Männer. Ich bin niemand, den du herumkommandieren und dem du sagen kannst, was ich zu tun habe. Ich bin deine Frau, weil ich deine Frau sein wollte, und wie alle Entscheidungen im Leben, kann auch diese geändert werden. Solltest du jemals wieder so mit mir reden, tun wir es danach nur noch über einen Anwalt.«

Ich wende mich ab, verlasse das Büro und eile zu unserem Schlafzimmer. Dort angekommen, bemerke ich Aye, der auf dem Flur steht. Ich winke ihm kurz zu, dann schließe ich die Tür hinter mir und lehne mich gegen das Holz, als bereits die ersten Tränen zu fließen beginnen. Mir ist klar, dass Eifersucht an seiner Reaktion schuld war, aber ich verstehe nicht, warum. Dann wird mir die Bedeutung seiner Worte bewusst. Er meinte, er würde Pika dieses Mal für immer wegschicken, was bedeutet, dass er ihn auch das erste Mal weggeschickt hat. Ich hatte weder über Pika noch über Aye jemals Gedanken in sexueller Hinsicht. Kai hat vom ersten Moment an jeden meiner Gedanken beherrscht und daran wird sich nie etwas ändern.

Ich gehe auf das Bett zu und beginne, meine Kleidung auszuziehen. Aus dem Augenwinkel nehme ich meine Gestalt im Spiegel wahr und halte inne, um mich zu betrachten. Ich berühre meinen Bauch, lege eine Hand auf unseren Sohn und schicke ein stummes Gebet in den Himmel, dass sein Dad und ich einen Weg finden, mit den Dingen zwischen uns klarzukommen.

Ich fühle eine Bewegung und drücke die Handfläche etwas fester auf meine Wölbung, um es erneut zu spüren. Ich habe das noch nie zuvor gefühlt. Als es erneut geschieht, etwas intensiver dieses Mal, erstreckt sich ein Lächeln über meine Lippen. Ich gehe zum Bett hinüber, lege mich auf den Rücken und platziere erneut meine Hände auf meinem Bauch, als ich eine weitere Bewegung spüre. Es fühlt sich an, als würden Schmetterlinge in meinem Bauch tanzen. Ich stelle mir meinen kleinen Jungen vor, der in mir Purzelbäume schlägt.

»Warum lächelst du?«

»Das Baby bewegt sich.« Als mir bewusst wird, dass ich mit Kai rede – nur Momente, nachdem ich beschlossen habe, ihn einige Tage anzuschweigen –, presse ich die Lippen aufeinander.

»Du kannst ihn fühlen?«, fragt er und ich bemerke, wie er immer näher kommt. Seine Energie hüllt mich ein.

Ich will ihm nicht antworten, doch ich kann nicht anders. »Ich kann ihn fühlen«, erwidere ich mit geschlossenen Augen.

Die Matratze senkt sich, dann schlüpft seine Hand unter meine, um meinen Bauch zu berühren. Ich lege meinen Arm neben mich und lausche schweigend Kais Atem. Ich mag es nicht, mich in seiner Gegenwart unwohl zu fühlen, doch im Moment will ich nicht mal, dass er mich anfasst.

»Droh mir nie wieder damit, mich zu verlassen.«

Meine Brust wird eng und ich atme durch die Nase ein.

»Ich hätte nicht so mit dir reden dürfen.«

Das hast du gut erkannt, Idiot, denke ich.

»Sieh mich an, Myla.«

Zur Antwort presse ich meine Lider nur noch fester zusammen.

Seine freie Hand berührt mein Kinn. »Er hat mir erzählt, dass er sich in dich verliebt hätte«, knurrt Kai und meine Augen öffnen sich automatisch. »Hast du eine Ahnung, wie es sich anfühlt, wenn man weiß, dass ein anderer Mann im Haus ist, der deine Frau liebt?« Er verändert die Position seiner Hand an meinem Kinn, um über meine Unterlippe zu streichen. »Zu wissen, dass sie von ihm getröstet wird, wenn man selbst nicht anwesend ist?«

»Ich habe ...«

Er unterbricht mich, indem er seinen Daumen auf meine Lippen drückt und mit dem Gesicht näher kommt. »Es spielt keine Rolle. Ich habe versucht, mich davon zu überzeugen, dass es nichts bedeutet. Dass du nicht dasselbe empfindest.«

»Pika ist ein Freund, wie Aye es auch einer ist«, flüstere ich.

»Das weiß ich, Myla«, knurrt er.

Ich rutsche von ihm fort und lehne mich gegen das Kopfteil des Betts.

»Meine Welt wird von dir eingenommen, jeder meiner Gedanken. Die Vorstellung, jemand könnte versuchen, bei dir zu landen, treibt mich in den Wahnsinn. Zu wissen, dass er noch dazu so etwas wie ein Freund ist, jemand, dem ich deine Sicherheit anvertraue, macht es nicht besser. Zu sehen, wie glücklich es dich macht, dass er wieder hier ist – es hat sich wie ein Messer in meinen Eingeweiden angefühlt.« Er kommt näher und legt seine Hände auf beide meiner Hüften. »Ich habe armselig reagiert, *Makamae*«, sagt er liebevoll und mein Herz schmerzt von der Verletzlichkeit, die ich in seinem Blick erkenne. Ich hasse das.

»Ich weiß im Moment nicht, was ich dazu sagen soll. Du hast mir wirklich Angst eingejagt.« Ich senke die Lider, spüre, wie sich seine Arme um meine Hüften schließen und sich sein Kopf vorsichtig auf meinen Bauch legt.

Wir müssen einen Weg finden, um diese Sache zwischen uns auszuräumen, oder sie wird uns beide in den Wahnsinn treiben. »Ich liebe dich. Nur dich«, erkläre ich und streiche durch sein Haar. »Du meintest, ich hätte dich vereinnahmt. Nun, das hast du auch gemacht, vom ersten Moment an, als ich damals neben dir aufgewacht bin.«

Ich atme ein und ziehe an seinen Haaren, damit er zu mir hochschaut. »Ich liebe dich, Kai. Egal, ob du mich gerade dazu bringst, so wütend zu sein, dass ich Feuer spucken könnte, oder so glücklich, dass ich glaube, auf Wolken zu schweben. Ich gehöre immer nur dir und niemandem sonst«, flüstere ich den letzten Teil.

Er betrachtet mein Gesicht, ehe er sich nach unten neigt und meinen Bauch küsst, dann kommt er wieder zu mir hoch und nimmt meine Lippen mit einem Kuss in Besitz, den ich in meinem ganzen Körper fühlen kann. Ein Kuss, der all die Wärme in mir zurückholt.

»Ich habe keine Ahnung, wie ich mit der Freundschaft zwischen dir und Pika umgehen soll, aber ich für dich werde ich es versuchen.« Er streicht mir das Haar aus dem Gesicht.

»Wenn du mir eher gesagt hättest, was in dir vorgeht, ohne auszuflippen, hätte ich Verständnis für deine Gefühle aufbringen können«, erkläre ich und streiche über die Unterseite seines Kiefers. »Du musst lernen, mit mir zu reden, ohne mir Vorschriften zu machen.«

»Ich arbeite daran«, sagt er und gibt mir noch einen Kuss, dann dreht er mich auf die Seite und legt seine Hände auf meinen Bauch. »Hast du wirklich gefühlt, wie er sich bewegt?«, will er wissen und Begeisterung erfüllt seinen Blick.

»Ja. Es war nur ganz kurz, aber ich habe es gefühlt.«

»Ich habe es verpasst«, gibt er zurück und klingt enttäuscht.

Ich schüttle den Kopf. »Nein, hast du nicht. Ich denke, im Moment kann ihn außer mir noch niemand spüren.« Liebevoll streiche ich Kai durch das Haar.

»Sag es mir das nächste Mal, damit ich es versuchen kann.« Er küsst mich auf den Bauch, legt sich auf den Rücken und zieht mich vorsichtig auf sich. Behutsam streichelt er mich und ehe ich mich versehe, bin ich eingeschlafen und wache Stunden später in einem leeren Bett auf.

Ich stehe auf und finde ein T-Shirt und eine gemütliche Hose. Angezogen verlasse ich das Schlafzimmer und mache mich auf den Weg zu Kais Büro. Die Tür ist nicht ganz zu, also betrete ich den Raum und finde ihn an seinem Tisch sitzend vor, den Blick auf das Telefon gerichtet.

»Was ist los?«, frage ich.

Er hebt den Kopf und betrachtet mich von oben bis unten, ehe er meine Hand nimmt und mich auf seinen Schoß zieht.

»Kai«, wispere ich, als er sein Gesicht an meine Halsbeuge drückt und einatmet. »Rede mit mir.«

»Ich muss einen Anruf machen.«

»Okay«, murmle ich verwirrt.

»Jemand hat mir erzählt, dass letzte Nacht eine Frau verletzt wurde. Sie ist in schlechter Verfassung«, sagt er leise.

»Was ist geschehen?« Ich schlinge beide Arme um ihn.

Er schweigt für einen langen Moment und ich denke bereits, er wird mir nicht antworten. »Sie wurde aus kurzer Distanz angeschossen.«

Jeder Muskel in meinem Körper spannt sich an. Das habe ich nicht erwartet.

»Glücklicherweise hat sich der Vorfall in der Nähe des Krankenhauses ereignet und die Ärzte waren in der Lage, ihr schnell genug zu helfen. Sie ist fast gestorben.« Er hält mich noch etwas fester. »Das hätte nicht geschehen dürfen. Der Mann, der in diese Sache involviert war, hat versichert, dass sie mit all dem nichts zu tun hat.«

»Das tut mir sehr leid.«

»Das ist einer der Gründe, warum ich alles dafür tun möchte, mir um diesen Mist nicht ewig Gedanken machen zu müssen. Sie war unschuldig. Nur zum falschen Zeitpunkt am falschen Ort.«

Ich kann spüren, wie schwer es ihm fällt, sich zusammenzureißen, also komme ich ihm so nah wie möglich. »Was wirst du tun?«, frage ich sanft und beobachte dabei jede Regung in seinem Gesicht.

»Kenton hat mich vor einer Weile angerufen und gefragt, ob ich für ihn einen Anruf erledigen könnte.«

Ich nicke und nehme sein Gesicht in meine Hände.

»Ich vermute, Kenton wird um ein weiteres Treffen bitten, damit er herausfinden kann, was passiert ist und warum meine Anweisung, sie aus der Sache rauszuhalten, ignoriert wurde.«

»Weißt du, warum das passiert ist?«

»Sie hat einen Mord beobachtet. Sie war die einzige Zeugin. Der Mann, der hinter ihr her war, ist dafür bekannt, sich nicht immer an Vereinbarungen zu halten und sein eigenes Ding zu machen. Dieses Mal war es nicht anders.«

»Oh Gott«, flüstere ich. Mein Herz bricht für diese Frau. »Ich kann mir vorstellen, dass du hin- und hergerissen bist und nicht weißt, ob du dich auch weiterhin einmischen sollst, aber vermutlich ist es besser, wenn du diesen Anruf erledigst.«

»Das weiß ich, Liebes.« Er legt seine Hand auf meinen Bauch und küsst mich. Dann schiebt er mich auf seinem Schoß zurecht und hebt den Hörer hoch.

»Mir wurde gesagt, dass du mich sprechen willst«, beginnt er und ich bin von der Kälte in seiner Stimme überrascht. Vor allem nach dem liebevollen Moment von eben. »Ich habe Verständnis für deine Situation, allerdings ...« Er hält für einige Sekunden inne. »Du bringst mich in eine sehr unangenehme Lage«, knurrt er und sein Griff um mich wird fester. »Bring jedes Arschloch um, das auch nur daran gedacht hat, sie zu verletzen.«

Ich weiß, dass er an mich denkt, als er die Worte ausspricht.

»Ich werde den zweiten Anruf erledigen, aber du schuldest mir etwas«, erwidert Kai.

Ich frage mich, warum er das gesagt hat.

Seine Stimme wird freundlicher, als er erneut spricht. »Es tut mir leid, was vorgefallen ist.« Damit legt er auf. »Ich muss nach

Vegas.«

»Ich weiß.«

Er atmet aus und zieht mich eng an seinen Körper. »Ich weiß, dass du dich hier am wohlsten fühlst, aber du musst mich dennoch begleiten.«

»Natürlich«, erwidere ich und klinge sehr viel mutiger, als ich mich fühle.

»Dir wird nichts zustoßen. Du hast mein Wort.«

»Das weiß ich«, hauche ich und schmiege mich dichter an ihn.

»Dieser Job wird nicht immer Teil unseres Lebens sein. Das verspreche ich dir.«

»Wie ist das überhaupt Teil deines Lebens geworden?« Ich setze mich auf, um ihn ansehen zu können.

Kai stellt mich auf die Füße, nimmt meine Hand und führt mich aus dem Büro. Ich denke zuerst, dass er mich in unser Schlafzimmer bringt, doch er geht mit mir nach draußen zu den Lougestühlen, die nah am Wasser aufgestellt wurden. Dort setzt er sich und zieht mich zwischen seine Beine. »Meine Familie ist in Mafia-Angelegenheiten involviert, seit mein Urgroßvater von den Fidschi-Inseln nach Amerika ausgewandert ist. Er hat ein Unternehmen auf Hawaii gestartet, wusste aber, dass er Leute mit Geld hinter sich braucht, wenn er expandieren will. Das war nicht einfach. Es wollte ihm niemand eine Chance geben. Niemand hat daran geglaubt, dass sein Unternehmen gewinnbringend sein würde, und doch kam eines Tages ein Mann, der ihm ein Angebot unterbreitet hat. Er bot ihm an, ihm zu helfen, wenn mein Urgroßvater im Gegenzug dem anderen einen Gefallen tun würde. Jeden Monat würde er eine Lieferung erhalten, die Drogen und andere Dinge enthielte, die wiederum auf dem Schwarzmarkt verkauft werden sollten. Mein Urgroßvater willigte ein. Er dachte, er würde dabei sauber bleiben, immerhin könnte er behaupten, er hätte nichts von den Inhalten der Lieferungen gewusst.

Ein Jahr später wurde mein Urgroßvater schließlich gierig und beschloss, sich selbst einige Dinge liefern zu lassen, um sie zu verkaufen. Nach fünf Jahren war er einer der reichsten Männer auf Hawaii. Ungefähr zu dieser Zeit hat er ein junges, prominentes Mädchen kennengelernt, in das er sich sofort verliebt hat. Er bat sie, ihn zu heiraten.«

Lächelnd schüttle ich den Kopf.

»Sie hat ihn daran erinnert, was wirklich zählt im Leben, und langsam hat er sich wegen seines Unternehmens Sorgen gemacht. Er konnte nicht länger behaupten, dass seine Hände sauber wären, also hat er begonnen, sich nach und nach zurückzuziehen und die Bestellungen kleiner zu halten.

Er und meine Urgroßmutter hatten inzwischen im kleinen Kreis am Meer geheiratet und neun Monate, nachdem sie sich ihr Eheversprechen gegeben hatten, wurde mein Großvater geboren. Mein Urgroßvater dachte, er hätte alles, was er jemals gewollt hatte. An jenem Tag, als er seine Frau und seinen Sohn aus dem Krankenhaus nach Hause holen wollte, wurde sie ermordet.«

»Nein«, flüstere ich.

»Nach diesem Vorfall hat mein Urgroßvater all seine Hoffnung verloren und damit begonnen, alles in seiner Macht Stehende zu tun, um die Männer ausfindig zu machen, die etwas mit dem Tod seiner Frau zu tun hatten. Er schwor sich, eines Tages die Kontrolle über die gesamte Mafia zu erlangen und sie alle auszurotten. *I ulu no ka lālā i ke kumu.*

»Was bedeutet das?«, frage ich, als er die Tränen von meinen Wangen wischt.

»Die Äste wachsen nur wegen des Stamms.« Er neigt meinen Kopf, damit sich unsere Blicke treffen. »Er ist gestorben, bevor sich sein Vorhaben umsetzen ließ. Mein Großvater, mein Vater und nun ich – wir sind stärker, als sie es sind, und wir haben begonnen, ihre Schwachstellen zu studieren, um sie gegeneinander auszuspielen. Eines Tages werden sie fallen und ich werde derjenige sein, der noch steht.«

Ich bete, dass er recht behält. Dass es ihn noch gibt, wenn das alles vorbei sein wird. »Das macht mir Angst«, gebe ich zu.

»In dieser Sache steckt viel Vorbereitung. Das wird nicht von heute auf morgen geschehen, sondern seit Jahren geplant. Ich behaupte nicht, dass es einfach sein wird, aber wir kommen dem Ziel jeden Tag ein Stück näher.«

Er verändert seine Position und hilft mir, mich neben ihn zu legen; mein Kopf in seiner Armbeuge, seine Hand auf meinem Bauch. Wir liegen schweigend da, sehen hoch in den Nachthimmel und beobachten, wie die Sonne über dem Ozean erwacht. Erst dann bringt er mich nach drinnen und legt sich zu mir in unser Bett.

»Wir landen gleich«, informiert mich Kai und küsst mich auf das Haar.

Ich sehe mich im Flugzeug um und fühle Erleichterung in mir aufkommen. Nachdem Kai seiner Mom und seinem Dad erzählt hatte, was vor sich geht, boten beide an, uns nach Vegas zu begleiten. Wir wissen nicht, wie lang wir bleiben werden. Seine Eltern bei mir zu haben, beruhigt mich daher etwas. Ich schätze, auch Kai ist erleichtert, dass sein Dad bei uns ist – jemand, dem er vollkommen vertrauen kann und der bei uns bleiben wird, während Kai seinen Geschäften nachgeht.

Es dauert weitere zehn Minuten, bis das Flugzeug landet. Sobald wir auf dem Boden aufsetzen, holt Kai eine Tasche aus dem Stauraum über uns, stellt sie auf seinem Sitz ab und öffnet sie. Er zieht etwas Ledernes daraus hervor, das er wie eine Weste überstreift. Unter einem Arm ist ein Waffenholster angebracht, unter dem anderen ist Platz für ein Messer. Sobald er das lederne Ding befestigt hat, nimmt er ein großes Messer aus der Tasche, dann eine Pistole und steckt beides an den dafür vorgesehenen Platz. Erneut greift er nach oben und holt sein Jackett herunter, das er anzieht und mit dem er die Waffen verdeckt.

»Trägst du immer auf diese Weise Waffen mit dir herum?«, frage ich, als das Gefühl des Unwohlseins zurückkehrt.

Er geht vor mir in die Hocke und sein Ausdruck wird liebevoll. »Ich gehe nicht davon aus, dass etwas passieren wird, aber ich möchte achtsam sein.«

»Achtsam zu sein, klingt gut.«

Lächelnd lehnt er seine Stirn gegen meine. »Ihr bedeutet mein Leben und ich würde sterben, wenn einem von euch etwas zustoßen würde.« Er legt seine Hand an meine Wange.

»Sag so etwas nicht«, flüstere ich.

Er stößt einen undefinierbaren Laut aus, dann küsst er mich zuerst auf die Stirn, anschließend auf meine Lippen. »Ich will, dass du immer in Pikas Nähe bleibst, wenn ich nicht da bin.«

»Das werde ich«, erwidere ich und bemerke, dass die anderen bereits damit beschäftigt sind, ihre Sachen aus den oberen Staufächern zu nehmen.

Kai nickt und küsst mich noch einmal. Dann hilft er mir dabei, meine Sachen zusammenzusuchen, damit wir das Flugzeug verlassen können.

»Bist du sicher, dass du mich nicht bei dir haben möchtest?«, fragt Onkel Frank Kai und ich muss mich abwenden, um mich vom Lachen abzuhalten.

»Frank, ich habe dir bereits gesagt, dass mich dein Sohn begleiten wird, solang wir hier sind.«

»Ich denke, du solltest mich ebenfalls mitnehmen. Du weißt nie, was schiefgehen kann.«

»Ich weiß sehr gut, was schiefgehen kann«, murmelt Aye und zwinkert mir zu, als ich leise kichere.

Onkel Frank ist ein guter Mensch, aber er zieht das Unglück wie magisch an.

»Fein. Dann helfe ich dabei, auf Myla aufzupassen«, grummelt er, schnappt sich seine Tasche und verlässt das Flugzeug.

»Das wird ein langer Ausflug werden«, sagt Kais Dad, der Frank beobachtet, während dieser die Stufen des Flugzeugs hinunterstürmt.

»Er meint es nur gut«, wirft Kais Mom ein.

»Damit hilft er mir aber nicht. Es endet immer nur damit, dass er etwas Dummes tut und ich hinter ihm aufräumen muss«, erwidert Kai.

»Er ist der Ansicht, du seist noch immer sauer auf ihn, weil er versucht hat, Myla das Schießen beizubringen«, erklärt Leia.

»Ich bin auch noch immer sauer deswegen. Er hat Myla nichts beigebracht, außer, dass es besser ist, nie auf das einzugehen, was Onkel Frank vorschlägt.«

»Vielleicht hast du recht«, gibt sie zurück.

»Das habe ich.«

»Er will sich nur gebraucht fühlen«, murmelt sie und Kais Dad verdreht die Augen.

»Er wird mich nicht begleiten und es ist mir egal, ob er die nächsten Tage wie ein Kleinkind herumstampft. Es wird dennoch nichts ändern«, sagt Kai.

Seine Mom nickt und verlässt ebenfalls das Flugzeug.

»Sie hat recht, das weißt du. Onkel Frank will bloß helfen«, gebe ich leise zu bedenken.

»Das mag schon sein, aber im Moment habe ich alle Hände voll zu tun und keine Zeit, seinen Babysitter zu spielen.«

»Ich weiß«, erwidere ich und trete hinaus in die Sonne. Sobald sich meine Augen an das Licht gewöhnt haben, bemerke ich zwei große SUVs.

»Wir fahren mit Junior.« Damit führt mich Kai zu einem der SUVs, wo ein großer Kerl steht, der Onkel Frank sehr ähnlich sieht. Er hat die Arme auf Höhe seiner Brust verschränkt.

»Mein Bruder«, sagt Kai und der Kerl gibt ihm eine halbe Umarmung. Als er wieder einen Schritt zurückmacht, fällt mir auf, dass dieser Mann dabei war, als wir geheiratet haben.

»Du erinnerst dich an Myla«, sagt Kai und stellt mich erneut vor.

Der Mann beugt sich zu mir und küsst mich auf beide Wangen. Dabei sagt er leise meinen Namen.

»Alles gut bei dir?«

»Alles bestens.« Er zuckt die Schultern und ich begreife, wie anders er im Gegensatz zu seinem Vater ist.

»Fein«, murmle ich, da er nichts weiter sagt.

Kai hilft mir in den Wagen; er und Junior setzen sich nach vorn und reden leise miteinander, während ich aus dem Seitenfenster blicke.

Als wir das Haus erreichen, bin ich überrascht, wie wunderschön es ist. Kai meinte, es sei nicht mit dem Haus auf Hawaii vergleichbar, aber für die Zeit in Vegas annehmbar genug. Mein Ehemann ist offenbar verrückt, denn das Haus ist nicht einfach nur okay – es ist wundervoll. Die Fassade ist weiß und weist eine Textur auf, die an einen Zuckerguss erinnert. Die Fenster sind rot eingefasst und passen gut zu den Balken, die unter dem Dach hervorlugen. Noch verblüffter bin ich, als wir nach drinnen gehen und ich mit den bloßen Füßen weißen Marmor betrete, der sich kalt anfühlt. Wo ich auch hinblicke, sind Fenster, die einem die Aussicht auf die überwältigende Wüstenlandschaft ermöglichen. »Es ist wunderschön«, wispere ich.

Kai legt seine Arme um mich. »Ich bin froh, dass du so darüber denkst.« Er küsst mich auf den Hinterkopf und hält mich fest, bis es an der Zeit ist, aufzubrechen.

15. Kapitel

Myla

Demon Slayer

Ich küsse meinen Mann zum Abschied, dann setze ich mich zusammen mit Pika und Aye auf den Rücksitz des SUV und sehe dabei zu, wie Kai auf eine Gruppe von Männern zugeht. Selbst in der Dunkelheit kann ich etwas erkennen. Einer der Männer kämpft hart mich sich, sich zusammenzureißen. Ich weiß, dass es sich dabei um Kenton handelt.

»Wird alles gut gehen?«, frage ich, ohne den Blick von der Gruppe zu nehmen.

»Du kennst die Antwort«, erwidert Aye und der Wagen fährt los.

Ich nicke. Kai hätte nicht seine Hilfe angeboten, wenn er annehmen würde, dass etwas schiefgehen könnte.

Ich lege meine Finger an die Scheibe, als ich ihn plötzlich sehe. Meine Eingeweide ziehen sich zusammen und Galle steigt meine Kehle hoch, was es mir schwer macht, zu atmen. Ich wusste, dass er in Vegas ist, doch die Idee, ihm über den Weg zu laufen, kam mir nicht in den Sinn. Kein einziges Mal. Als würde er realisieren, dass ich in seiner Nähe bin, dreht er den Kopf und sein Blick landet durch das getönte Glas hindurch direkt auf mir. Sein Gesicht wird für einen Moment hart, doch dann erscheint ein Lächeln auf seinem Mund. Er zwinkert und hebt sein Kinn in meine Richtung. Ich schlucke und drehe mich von dem Fenster weg, als meine Hände zu zittern beginnen.

»Bist du okay?«, fragt Pika.

Ich nicke und beuge mich meinem Schoß entgegen, wo ich tiefe, stille Atemzüge nehme. Ich möchte verhindern, dass jemand Kai verständigt. Er würde sich nur unnötig Sorgen machen, und das will ich nicht. Nicht in diesem Augenblick, solang er Sachen zu erledigen hat, die seine volle Aufmerksamkeit verlangen.

»Myla, rede mit mir«, sagt Pika liebevoll und kommt näher.

Ich schüttle den Kopf und rutsche von ihm weg. Ich will von niemandem angefasst werden. Ich lege meine Hände auf meinen rebellierenden Magen und versuche, mich zu beruhigen. Eins weiß ich bestimmt – auszuflippen, wäre nicht gut für unseren Sohn. Ich würde niemals etwas tun, das ihn in Gefahr bringen könnte.

»Möchtest du, dass ich Kai anrufe?«

Es wäre so einfach, Kai anzurufen; ich würde mich sofort besser fühlen, doch das kann ich nicht. »Nein. Ich ...« Ich halte inne. »Ich habe bloß schlimmes Sodbrennen«, lüge ich.

Er betrachtet mein Gesicht, nimmt meine Antwort jedoch hin. Ohne ein weiteres Wort fahren wir zurück zum Haus. Sobald wir dort ankommen, gehe ich direkt in unser Zimmer, ziehe meinen Pyjama an und lege mich ins Bett. Ich wache auf, als sich die Matratze senkt und Kais Duft meine Nase füllt.

»Myla, ich will, dass du aufwachst.«

Der Schmerz in Kais Stimme lässt mich herumfahren. Ich versuche, mich aufzusetzen, doch seine Hand auf meiner Taille hält mich an Ort und Stelle fest. »Ist alles okay?«, frage ich verschlafen und streiche mir das Haar aus dem Gesicht.

Er schüttelt den Kopf und Verzweiflung erscheint auf seinem sonst so attraktiven Gesicht.

»Was ist geschehen?«

»Ich muss mit dir sprechen, Myla. Pika hat mir erzählt, dass du Thad heute Nacht gesehen hast und einen kleinen Zusammenbruch hattest. Ich weiß, dass du darüber nicht reden möchtest, aber du musst dich mir gegenüber öffnen. Ich will verstehen, warum in deinen Augen jedes Mal, wenn sein Name fällt, Angst aufflackert und du dich verspannst. Ich bitte dich, mit mir darüber zu sprechen und mir anzuvertrauen, was auch immer vorgefallen ist. Ich will nicht, dass unser Kind in dir diese Energie fühlen muss, und ich will das auch nicht für dich«, wispert er.

Jedes seiner Worte löst Schmerz in meiner Brust aus. Die einzige Person, mit der ich je darüber gesprochen habe, war mein Therapeut auf dem College. Ich weiß, dass ich mich Kai gegenüber öffnen muss. Er verdient es, das alles zu verstehen, und es ist nicht fair von mir, das alles vor ihm zu verbergen, selbst wenn es sich dabei um den dunkelsten Teil von mir handelt.

»Bitte«, wiederholt er und klingt völlig zerstört.

»Willst du dich zu mir legen?«

Er zieht seine Kleidung aus, kommt zu mir ins Bett und nimmt mich in eine Umarmung. Dieses Gefühl von Sicherheit gibt mir die Courage, die ich brauche. Ich schließe die Augen. Ich hasse es, dass ich diese Sache mit ihm teilen muss. Ich will nicht, dass das, was Thad mir angetan hat, unsere Beziehung überschattet. Vorsichtig öffne ich die Lider und sehe zu Kai hoch. »Mein Leben war wundervoll, während ich aufgewachsen bin. Ich weiß, dass meine leiblichen Eltern gelitten haben, aber sie haben mich Leuten anvertraut, die mich ehrlich geliebt und gewollt haben.«

Liebevoll streicht Kai über mein Haar, über meinen Rücken, und zieht mich schließlich noch fester an sich.

»Wusstest du, dass meine Ersatz-Mom keine weiteren Kinder bekommen konnte?«, frage ich.

Er schüttelt den Kopf und ich fahre fort. »Sie und mein Dad haben es nach Royce und Thad probiert, aber es hat nicht geklappt, also haben sie aufgegeben und sich einfach gefreut, die beiden zu haben. Dann ist mein Dad auf sie zugekommen und hat mit meinem zukünftigen Ziehvater gesprochen. Ihm die Situation erklärt.« Ich halte inne und atme aus. »Sie haben sofort eingewilligt. Meine Mom war so aufgeregt, ein weiteres Kind zu bekommen, noch mehr, weil sie endlich eine Tochter haben würde. Mein Leben war gut. Es hat keinen Zeitpunkt gegeben, an dem ich mich ungewollt oder ungeliebt gefühlt habe«, sage ich, um zu verdeutlichen, dass nichts, was nun folgt, die Schuld meiner Eltern war. Sie waren wie ich ein Opfer.

»Das weiß ich, Myla.«

Ich nehme einen Atemzug und entlasse die Luft langsam, um die Courage zu sammeln, die ich für meine nächsten Worte brauche. »An meinem sechzehnten Geburtstag sind meine Mom und mein Dad mit mir und einer Gruppe Mädchen essen gegangen. Geburtstage wurden immer groß gefeiert, allerdings war dieser während der Schulzeit und so fand die richtige Party erst am Wochenende statt und das Essengehen sollte nur eine kleine Vorfeier werden.« Ich hebe die Hand und streiche über Kais Unterlippe. »Ich erinnere mich, sehr viel Spaß an diesem Abend gehabt zu haben. Meine Freundinnen und ich waren zu dem Zeitpunkt bereits alle verrückt nach Jungs und mein Dad hat alle möglichen Kerle an unseren Tisch eingeladen, damit sie sich vorstellen konnten. Mein Dad war einfach der Beste. Das ist er noch immer.«

»Er ist ein guter Mensch«, stimmt Kai zu und ich kuschle mich enger an ihn.

»In jener Nacht hat sich mein Leben verändert ... oder zumindest das Leben, das ich bis dahin kannte. Als wir heimkamen, bin ich hinauf in mein Zimmer gegangen, habe meine Hausaufgaben und mich anschließend bettfertig gemacht. Mein Bruder Royce ist zu mir gekommen und sagte mir, dass er am Samstag bei einem Spiel sein würde, aber den Rest des Wochenendes mit mir verbringen würde. Wir hatten alle dieselben Freunde, somit war klar, dass ich nicht nur mit den Mädchen abhängen würde. Ich war ziemlich aufgeregt, meine erste Party mit Mädchen *und* Jungs zu feiern. Royce war genauso aufgeregt, er hatte sich in eine meiner Freundinnen verknallt.

Nicht lang, nachdem er gegangen war, kamen Mom und Dad und wünschten mir eine gute Nacht. Ich lag im Bett und dachte darüber nach, wie großartig mein Tag gewesen war, als sich die Tür öffnete und ein schmaler Lichtstreifen ins Zimmer fiel, der die Silhouette von jemandem offenbarte. Ich hatte nicht mal Angst.« Ich kann spüren, wie Tränen meine Augen füllen und reibe mein Gesicht an Kais Schulter.

»Thad ist zu mir ins Zimmer gekommen, hat die Tür hinter sich geschlossen und alles war schwarz. Ich habe mir keine Gedanken gemacht, als er auf mein Nachfragen hin nichts erwidert hat. Ich war auch nicht verwundert, als er sich neben mich auf das Bett setzte«, flüstere ich den letzten Teil.

»Stopp!«, donnert Kai.

Ich zucke zusammen, höre aber nicht auf. Ich kann nicht. Ich will, dass er versteht. »Er hat mich drei Jahre lang vergewaltigt«, wispere ich. »Nicht jede Nacht, aber oft.«

»Er ist ein toter Mann. Ich schneide ihm seinen verdammten Schwanz ab und verfüttere ihn an ihn selbst. Ich schwöre bei Gott, er wird nicht mehr lang leben.«

»Er hat mir gedroht, meine Eltern umzubringen, wenn ich es ihnen erzähle, und ich habe ihm geglaubt. Es ging mir ziemlich mies dabei, aber ich wusste nicht, was ich tun soll.« Ich setze mich auf und rutsche bis zum Kopfteil des Betts zurück. »Ich bin in der Schule immer schlechter geworden. Ich habe generell aufgehört, mich um mein Leben zu kümmern. Alles, was ich wollte, war, wegzukommen. Das ist auch der Grund, warum ich sofort ausgezogen bin, als ich in der Kochschule angenommen wurde.«

»Ich wünschte, ich hätte das früher gewusst«, knurrt Kai.

»Niemand wusste davon. Ich hatte Angst, dass er die einzigen Menschen, die für mich Familie waren, umbringen würde. Zwei gute Menschen, die mich mit offenen Armen in ihrer Familie willkommen geheißen haben. Ich habe das alles schrecklich gefunden. Jede Sekunde davon«, sage ich weinend und bedecke mein Gesicht mit beiden Händen.

»Komm her, *Makamae.*« Kai nimmt meine Hände weg und zieht mich an seine Brust.

Obwohl er versucht, mich zu trösten, kann ich jeden angespannten Muskel in seinem Körper fühlen, als bereite er sich auf einen Kampf vor.

»Es tut mir leid, dass ich es dir nicht früher gesagt habe. Ich konnte einfach nicht, egal, wie oft ich es mir vorgenommen habe«, hauche ich.

»Das verstehe ich«, flüstert er und streicht von meinem Kopf über mein Haar und schließlich über meinen Rücken, um mich noch etwas näher zu ziehen. Nach ein paar Minuten hebt er mein Kinn an. »Ich werde meine Mom herholen, damit sie bei dir ist, solange ich weg bin.«

Mein Körper spannt sich augenblicklich an. »Wo musst du hin?« Panik kommt in mir auf.

»Ich werde bald zurück sein«, übergeht er meine Frage und ich versuche, mich an ihm festzuhalten. »Ich muss los, *Makama-e*. Ich werde bald zurück sein. Versprochen.« Er küsst mich auf das Haar, dann weist er mich zurück, als ich noch einmal versuche, nach ihm zu greifen. Sekunden später ist zur Tür raus und lässt mich schluchzend zurück.

Kurz darauf kommt seine Mom zu mir, klettert neben mir ins Bett und hält mich, bis ich mich in den Schlaf geweint habe.

Kai

»Steh auf und zieh dich an.« Ich trete gegen Ayes Bett, dann gehe ich auf den Flur zurück und mache dasselbe bei Pikas Bett.

Die beiden brauchen zwei Minuten, um angezogen aus ihren Zimmern zu kommen, bereit, zu gehen.

Ich wusste instinktiv, was mit Myla geschehen ist, aber ich wollte nicht wahrhaben, dass meinem wunderschönen Mädchen tatsächlich so etwas Abscheuliches passiert ist.

»Was ist los?« Pika ist der Erste, der fragt, als er seine Waffe hinten in seinen Hosenbund schiebt.

»Ich brauche euch, um Thad zur Strecke zu bringen.«

»Was ist vorgefallen?«, will Aye wissen.

Ich sehe Pika in die Augen und begreife, dass er versteht.

»Wir reden im Wagen«, murmle ich und gehe in den vorderen Teil des Hauses.

Ich weiß, wo sich Thad vor ein paar Stunden aufgehalten hat, und möchte die Möglichkeit nicht verstreichen lassen, an ihn heranzukommen. Seit er mit Paulie jr. abhängt, besteht die Chance, dass dieser ihn deckt, wenn er herausfindet, dass ich ihm nachstelle.

»Willst du mir nun sagen, was los ist?«, fragt Aye erneut, sobald wir im Wagen sitzen und in Richtung Stadt fahren.

»Fuck!«, brülle ich und schlage auf das Lenkrad, als mich eine neue Welle des Zorns überkommt. »Was ich euch jetzt erzähle, wird verdammt noch mal diesen Wagen niemals verlassen. Habt ihr verstanden?«, sage ich durch zusammengebissene Zähne hindurch.

»Du hast mein Wort«, erwidert Aye leise.

Aus dem Augenwinkel sehe ich Pika nicken.

»Ihr wart bereits dabei, als Thads Name gefallen ist, und habt Mylas Reaktion darauf mitbekommen«, beginne ich und versuche, meinen Atem zu kontrollieren, als ich bemerke, dass ich das Lenkrad immer fester umfasse. »Er hat sie vergewaltigt.« Meine Stimme bricht und mir wird klar, dass ich kurz davor bin, auszuflippen. Zu wissen, dass meine Frau – die Frau, die ich liebe, die Mutter meines Kindes – wegen einem anderen leiden musste, zerreißt mich innerlich.

»Das kann nicht dein Ernst sein«, ruft Aye und boxt so hart in die Rückseite meines Sitzes, dass ich den Aufschlag spüren kann.

»Dafür stirbt er«, knurrt Pika.

Ich halte den Wagen mitten auf der Straße an und drehe mich um, sodass ich beide ansehen kann. »Er gehört mir. Ihr schießt nur, wenn etwas schiefgeht und ich diese Sache nicht beenden kann.«

»Sie ist auch uns beiden wichtig«, gibt Aye zu bedenken, doch ich schüttle den Kopf.

»Er gehört mir«, wiederhole ich.

Sie stimmen beide zu.

Ich setze den Wagen wieder in Bewegung und fahre Richtung Lagerhalle, wo wir Thad vorhin bereits begegnet sind. Der Parkplatz ist bis auf einen weißen großen Van leer und ich weiß augenblicklich, dass hier gerade aufgeräumt wird. Ich hole mein Handy hervor und schicke Kenton eine Nachricht, um ihm mitzuteilen, dass ich mich in seinem Gebiet aufhalte und Hilfe von seinem Mann Justin benötige. Es dauert keine Minute und

Kenton antwortet. Auch Justins Nachricht lässt nicht lang auf sich warten und kurz darauf habe ich alles, was ich über Thad wissen muss.

Ich danke ihm und sage ihm, dass mein Angebot, für mich zu arbeiten, noch immer steht. Er wollte nicht darauf eingehen, als ich es ihm zum ersten Mal angeboten habe.

Seine Antwort – *Sorry, Charlie* – bringt mich fast zum Lachen. Ich muss seine Entscheidung akzeptieren. Loyalität findet man heutzutage ziemlich selten. Ich starte den Motor und fahre in Richtung des Strips. Thad hat dort vor zwanzig Minuten seine Kreditkarte benutzt. In Anbetracht der Summe, die geflossen ist, sitzt er gerade an einem der Spieltische.

»Er hält sich im *Bellagio* auf«, sage ich und werfe einen Blick in den Rückspiegel. »Aye, dich kennt er nicht. Ich brauche dich, um an ihn heranzukommen, sobald wir drinnen sind.«

»Wie lautet der Plan?«, will er wissen und lässt seine Fingerknöchel knacken.

»Ich werde eine Frau auf ihn ansetzen, die uns hilft, ihn aus dem Gebäude rauszubekommen.«

»Was soll ich inzwischen machen?«, fragt Pika.

»Ich brauche dich im Wagen.«

Die restliche Fahrt über schweigen wir. In meinem Kopf spielt sich jedes mögliche Szenario ab. Es wird nicht einfach werden, Thad allein aus dem Gebäude zu bekommen, aber ich kenne Männer wie ihn und wenn ich das Angebot süß genug mache, wird er nicht widerstehen können.

Sobald wir vor dem Hotel halten, kommt Pika herum und setzt sich hinter das Lenkrad, während Aye und ich bereits nach drinnen gehen.

»Sag Bescheid, wenn du ihn siehst«, sage ich zu Aye und mache mich Richtung Bar davon.

Es kostet mich weniger als zehn Minuten, um zwei Frauen zu finden, die auf mein Angebot eingehen. Ich erzähle ihnen, dass einer meiner Brüder aus Studienzeiten in der Stadt ist und wir uns einen kleinen Scherz mit ihm erlauben. Zuerst wirken die beiden zurückhaltend, doch als ich ein Bündel Geldscheine aus der Tasche ziehe, sind sie mehr als bereit, mitzumachen.

Es dauert weitere zehn Minuten, bis ich eine Nachricht von Aye erhalte, der mir mitteilt, wo sich Thad aufhält. Wie vermutet, sitzt er an einem der Blackjack-Tische. Ich schicke die zwei Mädchen zu ihm und sie tun, worum ich sie gebeten habe, flirten mit ihm und flüstern in sein Ohr. Selbst vom anderen Ende des Raumes aus kann ich sehen, dass er auf die Anmache der beiden einsteigt.

Schließlich versuchen die Frauen, ihn zu überreden, mit ihnen nach draußen zu gehen, und ich kann den exakten Moment einschätzen, als er sich entschließt, sie zu begleiten. Er zieht eines der Mädchen auf seinen Schoß und packt das andere am Hinterkopf, dann nötigt er die beiden, sich zu küssen. Kurze Zeit später stolpern sie zu dritt aus dem Casino. Aye und ich folgen ihnen.

Sobald wir draußen sind, bringen die beiden Mädchen Thad wie vereinbart zu unserem SUV, setzen sich mit ihm auf den Rücksitz und schließen die Tür. Wenige Sekunden später gehe ich zu dem Wagen, öffne die hintere Schiebetür und setze mich zu ihnen.

»Was zum Teufel ...?«, ruft Thad, als beide Mädchen aus dem Wagen klettern.

Stattdessen gesellt sich Aye neben Thad, der gerade im Begriff ist, seine Hose wieder zu schließen.

»Wo soll ich uns hinbringen?«, fragt Pika, als er bereits vom Bürgersteig fährt.

»Zu Dino«, erwidere ich.

Er nickt und biegt auf die Hauptstraße ab.

»Ich fragte, was zum Teufel das soll?«, ruft Thad.

Aye legt einen Arm um seine Schultern und drückt ihn nach hinten.

»Zieh dein Hemd aus«, verlange ich.

Er sieht mich an, als sei ich verrückt geworden, bis ihn die Gewichtigkeit der Situation mit voller Wucht trifft.

»Ich sagte ... zieh dein Hemd aus!«, brülle ich.

Er hebt beide Hände hoch, dann knöpft er das Hemd auf

und schlüpft hinaus, ehe er es mir aushändigt. Ich lege es auf meinen Schoß, bevor ich damit beginne, meine Manschettenknöpfe zu lösen, und meine Hemdsärmel nach oben zu streifen.

»Ich bin nicht verkabelt«, sagt er zu mir.

Ich lache ihm ins Gesicht. Ohne ein weiteres Wort ziehe ich mein Messer hervor und steche ihm damit zweimal seitlich in den Bauch. Die Wunde beginnt zu bluten und ich presse sein Hemd darauf, um die Blutung aufzuhalten.

»Du hast mir das Messer in den Bauch gerammt«, flüstert er.

Ich hebe sein Gesicht, damit er mich ansieht und nicht das Blut, das sein Hemd tränkt.

»Ich werde dich heute Nacht töten. Ich werde dir so lang Schmerzen zufügen, bis dich der Blutverlust ohnmächtig werden lässt. Dann werde ich dich aufwecken und dir deinen eigenen Schwanz zum Fraß vorwerfen, bis du daran erstickst und wir deinen leblosen Körper der Wüste überlassen, wo die wilden Tiere um deine Überreste kämpfen können«, donnere ich und drücke seine Kehle so fest zu, bis Schmerz und Begreifen seine Augen erfüllen.

»Sie hat es dir erzählt«, keucht er.

Ich beuge mich nach vorn, bis sich unsere Nasen berühren. »Ja, sie hat es mir erzählt«, erwidere ich und lehne mich gerade so weit zurück, um ihm mit dem Ellenbogen ins Gesicht zu schlagen.

Sein Körper sackt zusammen und ich wische mir die Hände ab, ehe ich aus dem Fenster blicke. Ich wurde für Situationen wie diese ausgebildet. Jede Zelle in meinem Körper weiß, was zu tun ist. Innerlich bereitet sich alles in mir auf das vor, was nun kommt, und wenn es vorbei ist, werde ich nach Hause zu meiner Frau fahren und ihr sagen, dass sie nie wieder Angst haben muss, denn ich habe ihren schlimmsten Dämon gefoltert.

Sobald wir bei Dino ankommen, lasse ich mein Fenster nach unten. Seine Haustür öffnet sich und er kommt auf die Veranda. Dino ist rund hundertvierzig Kilo schwer, zwei Meter groß und hat eine Glatze. Sobald er begreift, wer wir sind, schwingt er seine Flinte auf seine Schulter. »Hab dich schon eine Weile nicht gesehen«, meint er und betrachtet die Leute, die mit mir im Wagen sitzen.

»Es ist eine Weile her«, stimme ich ihm zu.

Dino besitzt ein Haus mitten in der Wüste auf einem zweihundert Hektar großen Grundstück. Vor ungefähr fünfzehn Jahren hat er mehrere Luftschutzbunker unter seinem Anwesen errichten lassen. Diese Bunker sind schalldicht und sehr gut gesichert – der perfekte Ort, um jemanden umzubringen, wenn man sich dabei Zeit lassen möchte.

»Ich brauche für heute Nacht einen Bunker«, sage ich, steige aus dem Wagen und gehe auf die Veranda zu.

»Kein Problem.« Er grüßt mich mit einem Händedruck und bedeutet Pika, ihm zu folgen. »Ich begleite euch nach draußen«, murmelt er und schwingt sich auf ein Quad, während ich mich auf den Beifahrersitz unseres SUVs setze.

»Dieser Ort ist verflucht unheimlich«, murmelt Aye, als wir durch die Wüste fahren.

In unregelmäßigen Abständen kommen wir an Sandhügeln vorbei, auf denen je eine gut sichtbare rote Lampe angebracht ist. Diese signalisiert, dass der Bunker besetzt ist. Es gibt nur einen Grund, um hierherzukommen.

Es dauert gut dreißig Minuten, bis wir da sind. Dino steigt von seinem Quad und wir gehen gemeinsam zur Tür des Bunkers.

»Du kennst die Regeln. Du bist eingeschlossen, bis du anrufst. Kleidung sowie benötigtes Zubehör ist vorhanden. Gehe sicher, dass du die Schlüssel im Wagen lässt, damit ich jemanden herschicken und ihn solang abholen lassen kann.«

»Verstanden.«

Er öffnet die Tür und der Geruch von Reinigungsmittel trifft auf meine Nase. Ich atme noch einmal Frischluft ein, dann betrete ich den Bunker; hinter mir Pika und Aye, die Thad reintragen.

»Ruf an, wenn du fertig bist«, wiederholt Dino und schließt die Tür hinter uns ab.

Die nächsten sechs Stunden foltere ich Thad, bis er kaum noch in der Lage ist, seinen Kopf eigenständig zu heben. Dann schneide ich ihm seinen Schwanz ab und schiebe ihn in seine Kehle, wie ich es ihm angedroht habe.

Man kann mich einen Teufel nennen, aber als wir aus dem Bunker gehen und seinen leblosen Körper zurücklassen, fühle ich mich kein bisschen schmutzig. Ein Dreckstück weniger auf dieser Welt, das sich an Unschuldigen vergreift.

Als wir zu Hause ankommen, gehe ich hoch in unser Schlafzimmer und unter die Dusche, ehe ich mich zu Myla ins Bett lege. Im selben Moment, als ich mich hinlege, schmiegt sie sich an mich und sieht mit Tränen in den Augen zu mir hoch.

»Es ist vorbei«, sage ich.

Ihre wunderschönen Augen schließen sich und sie lehnt sich nach vorn, um einen Kuss auf mein Schlüsselbein zu drücken. Ich ziehe sie fest an mich, ihre Arme um mich geschlungen, eine meiner Hände auf ihrem Bauch, wo ich zum ersten Mal unseren Sohn fühlen kann. »Er hat sich bewegt«, flüstere ich ehrfürchtig.

»Das macht er schon die ganze Nacht. Als würde er versuchen, mir zu sagen, dass alles gut werden wird.«

Ich atme lang gezogen aus. »Du hast nichts mehr zu befürchten, *Makamae*«, beschwichtige ich sie.

Sie nickt an meiner Brust und ich warte, lausche, bis ihre Atemzüge immer gleichmäßig werden und ich ihr in den Schlaf folge.

16. KAPITEL

Myla

Redemption

Wir sind seit drei Wochen aus Vegas zurück. Vielleicht macht es mich zu einer schrecklichen Person, aber zu wissen, dass Thad tot ist und weder mir noch sonst jemandem wehtun kann, erleichtert mich.

Ich hatte Mitgefühl für meine Eltern, als sie mich angerufen und mir gesagt haben, dass er vermisst wird. Mir ist klar, dass ihnen der Verlust ihres Sohnes das Herz bricht. Ich würde ihnen gern sagen, welches Monster er war, damit sie deswegen nicht so traurig sein müssen, aber ich weiß, dass das am Ende nicht zählt. Er hat für das, was er getan hat, mit seinem Leben bezahlt.

Ich habe gerade genug Mut aufgebracht, um mit meinem Bruder Royce zu sprechen, und auch wenn das Gespräch unangenehm war, fühlt es sich gut an, das alles losgeworden zu sein.

Meine Beziehung zu Kai hat sich auch verändert, seit wir wieder zurück auf Hawaii sind. Diese Mauer, die bisher zwischen uns stand, ist eingebrochen. Er weiß nun alles über mich und ich bin sicher, dass er immer da sein wird, um mit mir gegen alle Dämonen zu kämpfen, die in mir aufkommen könnten.

Ich liege schweigend da, sehe hinaus zum Ozean und versuche, einzuschlafen, doch da ist dieses Gefühl, dass etwas Schlimmes passieren wird, und ich kann es nicht abschütteln. Etwas zieht wie ein Gewitter herauf. Ich kann nicht sagen, was das ist, aber die Energie hat sich die letzten Tage über verändert und auch Kai ist angespannter als sonst. Jedes Mal, wenn ich ihn darauf anspreche, meint er, dass er mit mir reden werde, wenn die Zeit reif dafür sei.

»Ich muss für ein paar Stunden weg, Liebes«, sagt Kai, als er in unser Zimmer kommt, wo ich schon die ganze Zeit über versuche, zu schlafen.

Ich wende mich ihm zu. Sofort fällt mir auf, dass er besorgt wirkt. »Willst du, dass ich dich begleite?«

Kopfschüttelnd lehnt er sich zu mir und platziert einen Kuss auf meinen Lippen. Als er sich zurückzieht, streicht er noch einmal über meine Wange. »Es wird nicht lang dauern«, sagt er, doch das Unbehagen in seinen Augen lässt meine Angst nur noch zunehmen.

»Ist alles okay?«

»Alles ist in Ordnung. Ruh dich aus.«

Ich mustere sein Gesicht und bemerke, dass sich sein Kiefer nur noch mehr anspannt. »Ich liebe dich.« Ich hebe die Hand, um über sein Kinn zu streichen.

Sein Blick wird sanfter und sein Ausdruck verändert sich. »Ich liebe dich auch. Ich werde bald zurück sein«, erklärt er und dieses Mal klingt es überzeugender, als die Worte seinen Mund verlassen.

»Wir werden hier sein und auf dich warten«, erwidere ich, anstatt zu tun, was ich eigentlich tun möchte – mich an ihn zu klammern, sodass er nicht ohne mich loskann.

Kai presst die Lippen auf meine und berührt ein letztes Mal meinen Bauch, bevor er das Zimmer verlässt. Es kostet mich all meine Kraft, im Bett zu bleiben und ihm nicht aus dem Haus zu folgen.

Nachdem er gegangen ist, stehe ich auf und rufe seine Mom an, um herauszufinden, ob sie weiß, was vor sich geht. Sie meint, Kai habe kein Wort gesagt und dass vermutlich meine Hormone für diese Gefühle verantwortlich seien. Sobald ich den Anruf beendet habe, gehe ich in die Küche. Ich werde mich mit Backen ablenken, bis er wieder nach Hause kommt.

Ich sehe zur Uhr und schließlich hinüber zu Pika, der mir Gesellschaft leistet, seit ich aufgestanden bin. Als ich bemerke, dass auch er die Uhr betrachtet, hole ich das Telefon. Ich habe Kai noch nie angerufen, während er arbeitet, aber ich muss sichergehen, dass alles in Ordnung ist, damit die Gefühle in meinem Bauch weggehen. Pika wirkt ebenfalls, als könne er eine Entwarnung gebrauchen.

Ich wähle Kais Nummer, schlinge einen Arm um mich und drücke mit der anderen Hand den Hörer ans Ohr. »Kai ...« Mein Herz setzt aus, als ich begreife, dass ich nur zur Mailbox gelangt bin. »Hey ... ich ... ich wollte nur sichergehen, dass alles in Ordnung ist.« Ich halte inne, entlasse einen zittrigen Atemzug und Tränen füllen meine Augen. »Bitte komm nach Hause«, flüstere ich und lege schließlich auf. »Er ist nicht rangegangen«, erkläre ich Pika und stelle das Telefon zurück auf die Anrichte.

»Ich bin sicher, es geht ihm gut.«

»Ich auch«, stimme ich halbherzig zu.

»Er hält sich möglicherweise irgendwo auf, wo er nicht rangehen kann«, meint Pika und versucht offenbar, nicht nur mich zu überzeugen. Obwohl ich nicke, wird der Knoten in meinem Bauch immer größer.

Als plötzlich das Telefon läutet, hebe ich in der Hoffnung ab, es möge Kai sein, der mir sagt, dass er sich auf dem Weg nach Hause befindet.

»Hallo?«

»Honey, Meka ist auf dem Weg zu dir, Bane und ich ebenfalls«, sagt Leia.

»Was ist passiert?«, frage ich aufgebracht. Egal, was sie mir mitteilen wird, ich ahne sofort, dass es mich innerlich zerbrechen wird.

»Das weiß ich nicht. Niemand weiß es. Nachdem du mich angerufen hast, habe ich mir Sorgen gemacht und Bane gebeten, Nachforschungen anzustellen, was Kai tut«, flüstert sie. »Er hat herausgefunden, dass Kai ein Treffen arrangiert hat und mit dieser Person auf dessen Jacht rausfahren wollte. Bane hat Kai das Versprechen abgenommen, sich in einer Stunde zu melden. Als er das nicht getan hat, hat Bane die Küstenwache verständigt. Die Leute dort erklärten, dass ein Notruf eingegangen sei, doch als die Küstenwache eintraf, sind nur noch Trümmer eines Bootes zu finden gewesen. Sie gehen von einer Explosion aus.«

»Nein.« Ich schließe die Augen, während mein Magen ins Bodenlose stürzt und ich dagegen ankämpfen muss, mich zu übergeben.

»Sie haben dort alles abgesucht, aber bisher wurden keine Überlebenden gefunden«, sagt Leia weinend, und ich setze mich auf die Couch, die hinter mir steht. »Wir fahren hinaus zur Küstenwache, um zu sehen, ob wir weitere Informationen erhalten können«, sagt sie, doch ihre Worte werden undeutlich wie unter Wasser.

Jemand nimmt mir das Telefon aus der Hand, dann höre ich Aye, der Bane verlangt. Danach geht alles in einem Nebel unter, bis ich meinen Namen höre, der laut gerufen wird.

»Myla!«

Ich schrecke von der Couch hoch, als Meka in das Wohnzimmer gestürmt kommt.

»Oh Gott«, wimmert sie und läuft mit tränenüberströmten Wangen auf mich zu.

»Nein«, hauche ich, was ich eben auch zu Kais Mom gesagt habe. Ich will nicht glauben, dass das wahr ist, aber es gibt keinen Grund, etwas anzuzweifeln. Es steht alles in Mekas Augen geschrieben.

»Es tut mir so leid!« Sie weint noch mehr, während meine Brust unter all dem Druck zu zerspringen droht.

Meine Knie geben nach und ich falle schluchzend zu Boden. Schlanke Arme schließen sich um mich und bald spüre ich Mekas Tränen, die mein Shirt durchnässen. Ich kann nicht sagen, wie lang wir mitten im Wohnzimmer hocken und heulen. Irgendwann kommen Pika und Aye und trennen uns voneinander.

Aye hilft mir, mich auf die Couch zu setzen, gerade als Kais Mom und sein Dad das Zimmer betreten. Neue Tränen fließen.

»Honey«, sagt Leia und setzt sich zu mir.

Als sie mich an sich zieht, weiß ich, dass sie mir keine guten Neuigkeiten zu berichten hat. Es braucht alle Kraft in mir, um mich auf das Atmen zu konzentrieren, mich daran zu erinnern, dass ich das für unseren Sohn tun muss. Ich will nicht ansatzweise darüber nachdenken, wie ich ohne Kai weitermachen soll. Ich wüsste nicht, wie ich leben soll, wenn ich mich von meinem Seelengefährten verabschieden müsste.

»Wir haben noch nicht mal einen Namen ausgesucht«, wispere ich und sehe zum Ozean hinaus, der im Licht der untergehenden Sonne orangefarben schimmert.

»Wie bitte, Honey?«, fragt Kais Mom und legt ihre Hand auf meine Wange, um meine Aufmerksamkeit auf sich zu ziehen.

»Wir hatten noch keine Gelegenheit, einen Namen auszusuchen.« Ich schüttle den Kopf. »Kai sagte, er wolle warten, bis unser Sohn geboren sei, damit er einen Namen bekommt, der auch wirklich zu ihm passt, und nun wird er nicht hier sein, um das zu tun.«

»Oh Myla«, flüstert sie. »Denk im Moment nicht an so was. Im Augenblick sollten wir beten, dass sie ihn finden.« Sie sagt die letzten Worte sehr leise und in ihren Augen kann ich erkennen, dass sie selbst nicht daran glaubt.

»Ich muss mich übergeben.« Ich stehe auf und eile auf die Toilette, wo mein Mittagessen wieder hochkommt. Ich warte, bis die Übelkeit etwas abgeflaut ist. Mit zitternden Knien erhebe ich mich und spritze mir über dem Waschbecken Wasser ins Gesicht. Das, was ich erblicke, als ich in den Spiegel schaue, habe ich selbst während der schlimmsten Jahre meines Lebens nicht gesehen. Das Mädchen, das mir entgegenschaut, wirkt leblos.

»Kann ich reinkommen?«, fragt jemand von der anderen Seite der Tür aus, zusammen mit einem leisen Klopfen.

»Ich komme schon«, erwidere ich heiser wispernd. Meine Kehle fühlt sich von all dem Weinen wie nach einem Feuer an, stellenweise zu eng, um überhaupt zu atmen.

Sobald ich die Tür öffne, sehe ich Aye vor mir stehen, der mich von oben bis unten betrachtet und schließlich in eine feste Umarmung zieht. »Er ist ein Kämpfer«, sagt er.

Ich nicke, denn das ist wahr. Ich habe keine Ahnung, was auf diesem Boot passiert ist, aber wenn es einen Weg für Kai gab,

ich sei tot. Niemand wird mich erwarten.«

»Was ist mit deiner Mom und deiner Familie?«, wispere ich aufgewühlt.

»Ich weiß, dass dir das schwerfallen wird, aber ich brauche deine Hilfe«, sagt er sanft.

Mir ist klar, dass er mich niemals um so etwas bitten würde, wenn er es nicht tun müsste. Aber das bedeutet nicht, dass es einfach sein wird, Leute anzulügen, deren Herz gebrochen ist, weil sie glauben, einen Sohn, einen Bruder und einen Freund verloren zu haben.

»Ich musste dich sehen, bevor ich gehe. Du darfst aber mit niemandem darüber sprechen. Nicht jetzt«, sagt er leise.

Kai redet mit mir. Er ist ehrlich zu mir. Das ist diese eine Sache, die ich immer von ihm verlangt habe, und nun muss ich beweisen, dass ich damit umgehen kann. »Ich werde mit niemandem darüber sprechen.« Ich drücke einen Kuss auf seine Brust und die Wärme, die ich auf meinen Lippen fühle, löst unglaubliche Freude in mir aus. Ich dachte, das hier nie wieder spüren zu können.

Er streicht erneut über die Rundung meines Hinterns, dann zieht er mich näher an sich, sodass ich seine Erektion an meinem Bauch fühlen kann.

»Kai«, zische ich.

Er dreht mich auf den Rücken. Kommt zwischen meine Beine, seine Arme links und rechts von mir auf der Matratze abgestützt, um mit seinem Gewicht nicht auf meinen Bauch zu drücken.

»Ich liebe dich«, wispert er feurig, ehe sein Mund auf meinem landet und sein Geschmack auf meiner Zunge explodiert.

Ich fahre mit den Fingern durch seine Haare, und küsse ihn mit allem, was ich habe, zurück – dankbar, dass ich das noch mit ihm haben kann, dass er hier bei mir ist.

Er zieht sich zurück, küsst über mein Kinn, meinen Nacken, und beginnt damit, die Knöpfe seines Hemds zu öffnen, das ich trage. Sobald ich entblößt vor ihm liege, leckt er über meinen Nippel, den er in seinen Mund zieht und hart daran saugt, bevor er sich dem anderen widmet. Alles in mir verzehrt sich nach diesem Mann, während ich dagegen ankämpfe, nicht laut seinen Namen zu rufen. Langsam leckt er über meinen Körper nach unten. Jeden Zentimeter Haut, den er berührt, scheint direkt mit meinem Lustzentrum verbunden zu sein. Als er meinen Venushügel erreicht, beiße ich mir so hart auf die Lippe, dass ich Blut schmecke.

»Du riechst so gut, *Makamae*. So süß wie Ananas«, murmelt er. Dann öffnet er mit seinen Fingern meine Pussy und beginnt, meine Klit zu lecken und zu liebkosen, ehe er sie zwischen seine Lippen saugt.

Meine Hüften zucken nach vorn und ich stoße ein *Bitte* durch zusammengebissene Zähne hindurch aus.

»Bitte, was?«, fragt Kai und ich spüre einen Finger, der um meinen Eingang kreist, während mich seine Zunge weiter foltert.

»Ich brauche mehr«, flehe ich und sehe an meinem Körper zu ihm hinab.

Sein Blick trifft auf meinen, als er mit zwei Fingern in mich eindringt, nur um sich Sekunden später wieder zurückzuziehen.

»Hör nicht auf!«, flehe ich. Ich weiß, dass ich kommen werde, sobald er die Stelle in mir berührt, die er immer so meisterhaft findet.

Sein Mund verweilt auf meiner Klit, während seine Finger immer wieder in mich eindringen und ein Feuer in mir entfachen.

»So nah«, sagt er.

Ich nicke. Oder ich denke zumindest, dass ich nicke, alles scheint zu verschwimmen. Als er seine Zähne zum Einsatz bringt, explodiere ich und muss meinen Mund bedecken, um den Schrei zu unterdrücken, der sich aus meiner Brust lösen möchte.

Ich fühle mich beschwingt und es dauert einen Moment, um zu mir zurückzufinden. Als ich es geschafft habe, ist Kai bereits ausgezogen und hat seine Hüften zwischen meinen Beinen platziert. Unsere Blicke halten einander fest, als er in mich eindringt, mich ausfüllt. Ich schlinge beide Beine um seine Hüften und die Arme um seinen Rücken. Seine Augen werden dunkler. Er beugt sich zu mir, küsst mich, spielt mit meiner Zunge und lässt seine Hüften kreisen. Bei jedem Eindringen ändert er den Winkel.

Ich stöhne in seinen Mund, drücke ihm meine Fersen in den Rücken und komme jedem seiner Stöße entgegen. Er beschleunigt das Tempo und unterbricht den Kuss, um über meinen Nacken zu lecken und schließlich einen Nippel zwischen seine Lippen zu nehmen. Um ein Aufschreien zu unterdrücken, beiße ich in das Kissen neben meinem Kopf.

Meine Nägel in Kais Rücken gedrückt, halte ich mich an ihm fest und nutze meine inneren Muskeln, um ihn zu ficken, um ihn ganz in mich aufzunehmen, ganz tief, um jedes Mal diesen versteckten Ort in mir zu spüren, der mich Sterne sehen lässt.

»Ich komme«, keuche ich.

»Lass es mich fühlen. Lass mich fühlen, wie du meinen Schwanz aussaugst«, stöhnt er.

Ich hebe den Kopf und beiße ihm in die Schulter, als mich mein Orgasmus trifft.

Noch einmal kommt er mir mit den Hüften entgegen, vergräbt sein Gesicht an meinem Nacken und stöhnt seine Erlösung hinaus.

Ich klammere mich an ihm fest und Kai dreht sich etwas zur Seite, um sein Gewicht von meinem Bauch zu nehmen. So liege ich da, in völliger Ehrfurcht und zugleich in dem Wissen, dass ich vor wenigen Stunden noch dachte, das hier nie wieder haben zu können.

»Wie hast du es von dem Boot geschafft?«, frage ich, sobald sich mein Verstand geklärt hat.

»Verflucht. Durch Frank. Ich schwöre, er hört nie auf mich, aber dieses Mal war ich froh, dass er meine Anweisung ignoriert hat. Er wusste, mit wem ich mich treffen wollte, und bot an, uns in einem anderen Boot zu folgen. Ich sagte ihm, dass er das unter keinen Umständen tun solle. Ich wollte vermeiden, dass einer der Männer misstrauisch wurde. Glücklicherweise ignorierte mich Frank diesmal.« Er macht eine Pause und streicht über meine Wange. »Als wir rausfuhren, sind die Männer plötzlich über Bord gesprungen und ich war allein auf der Jacht. Ich habe einen Notruf abgesetzt, wusste aber, dass ich nicht lang Zeit haben würde. Ich sprang, kurz bevor die Jacht explodierte. Wenig später ist Frank in einem kleinen Boot aufgetaucht, er hat ziemlich selbstzufrieden gewirkt. Niemand ahnt, dass ich noch am Leben bin. Dieser dumme Plan, mich umzubringen, zusammen mit Franks Ignoranz meiner Anweisung gegenüber bietet mir die perfekte Möglichkeit, eine Situation zu bereinigen, die schon viel zu lang meine Aufmerksamkeit fordert«, sagt er leise.

»Du musst zu mir zurückkommen, wenn das alles vorbei ist. Ich brauche dich hier, wenn unser kleiner Mann geboren wird, damit du ihm seinen Namen geben kannst«, sage ich und Tränen füllen meine Augen.

»Ich werde hier sein«, verspricht er und drängt seine Hüften erneut nach vorn, schiebt sich langsam in mich und zieht sich wieder zurück.

Zärtlich lehnt er seine Stirn gegen meine, bis wir beide erneut zusammen kommen; mein Höhepunkt prickelt durch meinen Körper, lässt mich satt und zufrieden zurück.

Meine Lider fallen zu, als ich Kai noch einmal flüstern höre: »Ich liebe dich.«

Ich murmle die Worte zurück. Nur am Rande bekomme ich mit, wie er die Knöpfe des Hemds schließt, das ich trage. Er schiebt mir etwas zwischen die Finger, doch ich schaffe es nicht länger, wach zu bleiben.

Als ich am nächsten Morgen munter werde, erinnere ich mich sofort an den Bootsunfall. Als ich bemerke, dass Kai nicht da ist, kommt Traurigkeit in mir hoch, doch dann spüre ich Feuchtigkeit zwischen meinen Beinen und als ich das Hemd hochschiebe, entdecke ich kleine Liebesbisse um meine Nippel. Ich lege mich hin und bete, dass er bald zu mir zurückkommt.

Als ich meine Hand unter meine Wange lege, bemerke ich den Ring, der wieder an meinem Finger steckt. Er ist genauso golden wie das Original, doch nun sind Diamanten um den gesamten Ring eingefasst. Ich nehme ihn ab und halte ihn hoch, als ich die Inschrift bemerke, die eingraviert wurde.

M & K – This is our story.

Ich stecke den Ring zurück und beginne zu heulen. Er hat recht. Das ist unsere Geschichte und sie beginnt jetzt.

17. KAPITEL

Kai

Sniper

Ich verlasse das Flugzeug und kämpfe mich zum Ausgang durch. Ich bin seit Jahren nicht mehr auf herkömmlichem Weg geflogen und habe vergessen, wie nervenaufreibend das sein kann. Doch ich musste diesmal ein paar Änderungen vornehmen, um nach Vegas zu kommen.

Die erste Änderung war, mein Haar abzurasieren und meinen Anzug gegen Jeans und ein T-Shirt zu tauschen, um dem Typen auf meinem neuen Ausweis ähnlich zu sehen. Die zweite war, wie alle Städter in der Mittelklasse zu fliegen.

Jeder, der mich kennt, muss mich weiterhin für tot halten. Ich habe früh gelernt, jede Möglichkeit zu nutzen, wenn sie sich einem anbietet, und genau das habe ich gestern getan.

»So, wo geht es jetzt für uns hin?«, fragt Frank und setzt eine dunkle Sonnenbrille auf.

Ich werfe ihm aus dem Augenwinkel einen Blick zu und frage mich nicht zum ersten Mal, wie er mich dazu überreden konnte, ihn mitzunehmen. »Ich habe dir bereits gesagt, dass du in der Unterkunft bleiben wirst«, murmle ich und trete aus dem Gebäude unter die Sonne von Vegas.

»Ich habe dich gestern gerettet«, sagt er zum gefühlt hundertsten Mal.

Angestrengt beiße ich die Zähne zusammen. Das hat er getan. Unwissentlich hat er mitgeholfen, einen perfekten Plan auf die Beine zu stellen. Paulie jr. hat keinen Schimmer, dass die Kerle, die er geschickt hat, um mich zu töten, diejenigen sind, die mir geholfen haben, seinen Untergang vorzubereiten.

»Du begleitest mich trotzdem nicht«, erwidere ich und sehe mich nach Sven um.

»Du lässt dir von einem Kerl helfen, dem du erst wenige Male begegnet bist, aber nicht von dem Mann, den du bereits ein Leben lang kennst?« Er schüttelt den Kopf und murmelt etwas von wegen, meine Mom hätte mich besser erziehen sollen.

Ich ignoriere ihn und gehe weiter, da entdecke ich Sven, der an einem kleinen Sportwagen lehnt.

»Was geht, Jungs? Alles klar?«, grüßt Sven uns, sobald wir ihn erreichen.

»Alles bestens. Wie stehen die Dinge?« Ich schüttle seine Hand und stelle meine kleine Tasche auf die Rückbank des Wagens. Dann mache ich Platz, damit sich Frank reinsetzen kann.

»Ihr wollt mich wohl veräppeln«, schimpft Frank und betrachtet den Rücksitz.

»Es tut mir wirklich leid. Meine Assistentin nutzt meinen regulären Wagen, ich musste den hier nehmen«, entschuldigt sich Sven, als sich mein Onkel bereits in den Wagen zwängt und einen empörten Laut ausstößt, als ich den Vordersitz noch etwas zurückschiebe, damit auch ich einsteigen kann.

»Ignoriere ihn einfach«, sage ich zu Sven, sobald wir alle sitzen.

»Wir haben noch genügend Zeit, daher schlage ich vor, dass wir zu mir fahren und alles noch mal durchsprechen«, bietet Sven an.

Ich nicke und befrage ihn zu dem Club, der sich in jenem Viertel befindet, in dem Paulie jr. seit Kurzem Drogen verkauft. Sven erzählt mir, dass auch in seinem Club Rauschgift eingeschmuggelt und einige Frauen mit Tabletten gefügig gemacht wurden. Als er zu den Cops gegangen ist, lag am nächsten Tag eine Leiche vor seiner Tür, zusammen mit einer Botschaft, dass er in Zukunft seinen Mund halten sollte.

Als wir Svens Haus erreichen, bin ich überrascht, wie normal dieser Ort wirkt. Ich weiß, dass Sven Geld besitzt, eine Menge sogar. Zu sehen, dass er in einer gewöhnlichen Nachbarschaft wohnt, lässt mich eine Braue heben.

»Ich habe noch ein Penthouse, aber in letzter Zeit bin ich lieber hier«, erklärt er und stellt den Wagen ab.

Ich steige aus und kippe den Sitz nach vorn, damit Frank aussteigen kann. Ich nehme meine Tasche und folge Sven.

Sein Haus ist riesig. Als ich es betrete, stehe ich in einem riesigen Foyer, von dem aus eine geschwungene Treppe nach oben führt. Auf der einen Seite befindet sich eine Bibliothek, auf der anderen ein Wohnzimmer.

»Ich sehe kurz nach, ob Mag zu Hause ist«, murmelt Sven.

Wir folgen ihm durch das Wohnzimmer in eine große offene Küche, an die ein kleines Speisezimmer anschließt.

»Oh, gut, dass du hier bist. Ich habe alle Sachen besorgen können, um die du mich gebeten hast«, ertönt eine weibliche Stimme, als wir um die Ecke kommen.

Ich kenne die Frau nicht. Ihr Haar ist dunkelbraun und es fällt ihr bis zur Mitte des Rückens. Sie ist ein wenig kurviger gebaut, mit Rundungen an genau den richtigen Stellen.

»Und hör endlich auf, mich *Mag* zu nennen. Ich heiße Maggie, zum hundertsten Mal, und Fleisch ist grässlich.« Sie schüttelt den Kopf, dann scheint sie Onkel Frank und mich zu bemerken und dreht sich um. Ihr Gesicht ist rund und es ist die Farbe ihrer Augen, die sie wunderschön macht. Sie sind so hell, sie wirken wie Honig. »Außerdem hast du keine Manieren«, schimpft sie mit Sven. Ihre Züge verändern sich und ein Lächeln erhellt nun ihr Gesicht. »Er ist unhöflich. Entschuldigt bitte. Ich bin Maggie, die Assistentin dieses Kerls. Schön, dass ihr hier seid.« Sie schüttelt meine Hand, dann will sie Frank begrüßen, der sie schnappt und an sich zieht.

»Freut mich, dich kennenzulernen, Maggie«, sagt mein Onkel und küsst ihre Hand.

»Aww, du bist wirklich zu lieb.« Sie tätschelt seine Wange und wendet sich schließlich an Sven. »Ich muss los. Ich habe heute Abend ein Date.«

»Du musst heute Abend arbeiten«, erklärt er, sein Kiefer so angespannt, dass es mich überrascht, dass Worte aus seinem Mund kommen.

»Ich arbeite abends nicht.« Sie lacht. »War schön, euch kennenzulernen, Jungs«, flötet sie, als sie bereits um die Kücheninsel herumgeht, ihre Tasche schnappt und die Küche verlässt – Svens Blick auf ihren Hintern geheftet.

»Ich bin gleich wieder da«, knurrt er, und stürmt aus der Küche, ihr hinterher. Gleich darauf wird die Haustür geöffnet und wieder geschlossen.

»Das war seltsam«, meint Frank, doch ich denke, ich weiß bereits, was hier vor sich geht.

Sven zählt zu den Männern, die in einen Raum voller Frauen gehen und sich jede aussuchen könnten. Offenbar hat er jedoch mit der Frau, die er will, seine Probleme. Sie scheint sich ihm nicht vor die Füße zu werfen und er scheint keine Ahnung zu haben, was er tun soll.

Es dauert bloß wenige Minuten und die Eingangstür öffnet sich erneut, dann ertönt ein lauter Knall, als sie wieder ins Schloss fällt, und Sven kommt zurück in die Küche. »Sie macht mich völlig verrückt«, knurrt er, geht zum Kühlschrank und holt sich ein Bier heraus. »Ich schwöre, wenn das so weitergeht, werde ich wegen dieser Frau und des Stresses, den sie verursacht, noch eingeliefert.« Er nimmt einen großen Schluck.

»Kriegst du das mit heute Abend hin?«, frage ich nach einem Moment.

Er sieht mich an und ein anderer Ausdruck tritt in seine Augen. »Verflucht, ja«, gibt er zurück und ich nicke ihm zu. »Ich zeige euch gleich eure Zimmer.« Er verlässt die Küche und führt uns nach oben. »Ihr könnt diese beiden Zimmer für euch haben. Mags Zimmer ist den Flur hinunter neben meinem«, erklärt er.

Ich beginne zu lachen, denn wie es aussieht, ist er für seine Verfassung selbst verantwortlich.

»Du musst nichts sagen. Ich weiß es bereits«, knurrt Sven, und sieht zwischen Frank und mir hin und her. »Ich werde duschen gehen. Wir treffen uns später unten, um die Details für heute Nacht zu besprechen.« Er fährt sich durch das Haar und verlässt den Raum.

»Den hat es ziemlich erwischt«, murmelt Frank und marschiert kopfschüttelnd in sein Zimmer.

Auch ich schließe die Zimmertür hinter mir. Ich möchte Myla anrufen und sichergehen, dass alles in Ordnung ist, aber das kann ich nicht, bis das hier vorbei ist. Ich wollte sie im Dunkeln über die Geschehnisse von gestern lassen, doch mir war klar, dass sie deswegen ziemlich sauer gewesen wäre. Nicht nur wegen dem, was ich vorhabe, sondern vor allem, weil sie noch länger gezwungen gewesen wäre, zu glauben, ich sei tot. Ich will mir nicht mal vorstellen, wie es wäre, würde mir jemand sagen, sie wäre nicht mehr am Leben. Ich könnte vermutlich nicht mal zehn Minuten damit umgehen.

Ich gehe hinüber zum Fenster. Maggie steht in der Auffahrt, das Handy am Ohr und blickt zum Haus. Mein erster Gedanke ist, dass jemand wissen könnte, dass ich hier bin, doch dann wischt sie sich über die Wange, sieht zum Himmel hinauf und sagt etwas, das ich als *Er ist ein Arsch* interpretiere. Damit schiebt sie sich hinter das Lenkrad, knallt die Tür zu und fährt aus der Einfahrt.

Ich setze mich auf das Bett, betrachte meine Hände und drehe meinen Ehering hin und her, ehe ich ihn abnehme und in meine Hosentasche schiebe. In ein paar Stunden, wenn ich ihn wieder anstecke, wird unsere gesamte Zukunft anders aussehen.

Es wird nur noch uns beide geben.

Ich warte noch etwas, dann gehe ich hinunter ins Wohnzimmer, wo Sven und Onkel Frank gerade miteinander lachen. Eins muss man Frank lassen, er schafft es immer, jede Situation aufzuheitern. Egal, wie wütend er mich oft macht, er ist Familie und nun hat er tatsächlich mal meinen Arsch gerettet.

»Bereit?«, frage ich.

Sven erhebt sich und geht hinüber in das Speisezimmer, wo einige Papiere auf dem Tisch ausgebreitet wurden. »Justin hat ein wenig recherchiert und herausgefunden, dass sich Paulie freitags immer im *Steam* aufhält. Ich schätze, er mietet den VIP-Bereich an, um allen zu zeigen, wie viel Geld er hat. Er wird immer von diesen beiden Männern begleitet.« Er reicht mir ein Bild. »Dieser Kerl hier wird vermisst.« Sven deutet auf Thad. »Aber dieser hier ist bei ihm.« Den anderen Kerl habe ich nie zuvor gesehen.

»Konnte Justin irgendwelche Informationen über diesen Mann herausfinden?«, frage ich und betrachte das Bild.

»Nein. Wie es scheint, ist er bereits seit einigen Jahren an Paulies Seite, die zwei haben ein ziemlich enges Verhältnis. Sein Name ist Ivan.«

»Der Kerl arbeitet verdeckt für ihn.«

»Wie bitte?« Sven nimmt mir das Bild ab. »Das bedeutet, wir brauchen einen anderen Plan. Die beiden sind garantiert zusammen in diesem Club und wenn er tatsächlich verdeckt für Paulie arbeitet, dann können wir es nicht riskieren, dass er etwas sieht, was nicht für seine Augen bestimmt ist.«

Ich weiß, dass er recht hat. Doch ich weiß ebenso, dass der Club für unser Vorhaben die beste Location sein wird. Nicht nur, dass Paulie an diesem Ort kaum geschützt ist, dort werden sich so viele Leute aufhalten, dass das Risiko, gesehen zu werden, ebenfalls gering ist. »Der Plan steht.«

Ich kann sehen, dass Sven nicht überzeugt ist, doch ich weiß, was ich tue. Lange bevor ich die Stellung meines Vaters übernommen habe, war ich seine rechte Hand; derjenige, der jede Situation überwacht hat. Ich kann sehr genau einschätzen, was jemand vorhat, lange bevor dieser ins Handeln kommt. Diese Art von Konditionierung bleibt ein Leben lang bestehen.

Wir reden noch ein wenig über den Ablauf des Abends, dann gehe ich hoch in mein Zimmer und wechsle die Kleidung. Ich ziehe ein weißes ärmelloses T-Shirt über meinen Kopf, darüber ein Hemd und lasse die Jeans, die ich bereits trage, an. Sven, den ich unten auf dem Flur treffe, ist ähnlich gekleidet.

»Bist du sicher, dass ich nicht mitkommen soll? Ich kann zumindest im Wagen auf euch warten«, bietet Onkel Frank erneut an und begleitet uns zur Tür.

»Wir gehen nicht in den Supermarkt«, erwidert Sven.

Ich schüttle den Kopf.

»Was, wenn ihr ein Backup braucht?«

»Werden wir nicht«, beruhige ich ihn.

Wir fahren zu dem Club und parken die Straße runter. Es ist

bereits nach Mitternacht, doch es sind noch immer einige Leute unterwegs.

»Wo ist dein Club?«, frage ich, als mir auffällt, dass sich in dieser Straße einige befinden.

»Einen Block weiter. Dieses Gebiet hier ist neu erschlossen worden. Das Nachtleben ist der Grund, warum Leute nach Vegas kommen.«

»Dieses Gebiet wird genauso von der Mafia regiert«, erwidere ich und sehe zu Sven, der sich mit der Hand durch das Haar fährt. »Hier war früher nichts als alte Warenhäuser, bis eine Gruppe Männer alles aufgekauft hat. Sie haben gewusst, dass Vegas eher früher als später expandieren würde. Möglicherweise gehört Paulie sogar der Club, in den wir heute gehen.«

»Justin hat kein Wort darüber verloren.«

»Nur, weil sein Name nicht auf einem Stück Papier steht, bedeutet das gar nichts.«

Wir erreichen den Club und einer der Türsteher, die Sven kennt, winkt uns ohne Nachfrage durch. Drinnen weichen wir den Kameras aus, die in einigen Bereich angebracht wurden.

Justin hat uns darüber in Kenntnis gesetzt, dass der Club drei Stockwerke hat. Das oberste Stockwerk ist der VIP-Bereich, der von Milchglasscheiben und roten Lichtern abgeschirmt wird. Es sieht aus wie eine beschlagene Duschkabine, in der sich tanzende dunkle Silhouetten bewegen. Das mittlere Stockwerk wird ebenfalls von Milchglas umschlossen, nur die Lichter sind blau und Technomusik dröhnt daraus hervor. Im untersten Stockwerk erstreckt sich die Bar, die den gesamten Raum einnimmt; in der Mitte befindet sich eine Tanzfläche.

»Lass uns nach oben gehen, damit wir uns einen Überblick verschaffen können.«

Wir wissen, wo sich Paulie aufhalten wird, doch es auf dem Papier zu sehen und hier zu sein, sind zwei verschiedene Dinge.

»Sven?«, fragt eine Frau, als wir die Hälfte der Treppe hinter uns gebracht haben.

»Hey, Babe. Ich habe im Moment keine Zeit.« Er nimmt ihre Hände von sich und joggt mir hinterher.

»Sven«, ruft eine andere.

Ich werfe einen Blick nach hinten und ziehe die Brauen zusammen, als er sie mit denselben Worten abwimmelt wie die erste.

»Hey, Fremder«, säuselt eine Blondine und stellt sich vor ihn.

Ich schüttle den Kopf. Ich hatte auch einige Partnerinnen, aber das hier ist verrückt. Kein Wunder, dass Maggie vor ihm davonrennt.

»Normalerweise ist es nicht so schlimm«, sagt er, sobald er sich von der Blondine befreit und mich eingeholt hat.

»Ich hätte dich zu Hause bei Frank lassen sollen«, murmle ich und sehe mich auf dem zweiten Stockwerk um.

»Fuck«, murmelt er, dann deutet er zum VIP-Bereich oder besser gesagt zu der Treppe, die nach oben führt. Davor ist ein roter Vorhang angebracht; eine Frau steht mit einem Klemmbrett in der Hand davor.

»Da müssen wir hoch«, sage ich zu Sven.

Er grinst und geht er auf den abgesperrten Bereich zu. Als ihn die Frau bemerkt, erhellt sich ihr Gesicht. Ich folge Sven und höre, wie er seinen Namen nennt. Dabei legt er eine Hand auf ihre Hüfte und neigt den Kopf zu ihrem Ohr. Sie wirft mir einen Blick zu, dann nickt sie und öffnet den Vorhang. Sven küsst sie auf die Wange. Er sagt noch etwas zu ihr, das ich nicht verstehe, ehe wir nach oben gehen.

Auf einer Seite des VIP-Bereichs erstreckt sich eine Bar, dahinter strömt Nebel nach oben über die Milchglasscheiben. Sven tippt mir auf die Schulter und nickt nach rechts. Ich erkenne den Kerl von dem Foto sofort. Er steht etwas abseits, den Kopf gesenkt und spricht in sein Handy.

»Wo ist Paulie?«, frage ich, als ich jemanden *Du Wichser!* rufen höre. Ich gehe auf den Tumult zu und sehe Paulie, der über einen jungen Kerl gebeugt dasteht, der auf einem Glastisch liegt. Dieser hält sich die Hände vor das Gesicht; an seinen Armen befindet sich Blut, das von offenen Wunden stammt. Paulie spuckt ihn an, dann lacht er, seinen Blick in die versammelte Runde gerichtet, um sicherzugehen, dass auch alle Anwesenden lachen.

»Dieser Kerl ist ein Arschloch«, murmelt Sven und ich kann ihm nur zustimmen. Er ist völlig irre.

»Wir müssen den richtigen Zeitpunkt abwarten. Du beobachtest Ivan, ich werfe solang ein Auge auf Paulie.«

Sven nickt und geht hinüber zur Bar, während ich mich weiterhin im Hintergrund aufhalte. Immer wieder stolpert eine Frau in meine Richtung, doch meine Blicke genügen, um sie zum nächsten Kerl zu schicken.

Es ist mir noch immer unverständlich, wie einfach es ist, mit Myla zusammen zu sein. Es ist, als hätten mir die Götter mit ihr alles geschickt, worum ich in meinem Leben je bitten könnte. Dinge, nach denen ich nicht mal Ausschau gehalten habe.

Ich beobachte Paulie, der sich aufrichtet und die Blondine mit sich hochzieht, die die ganze Zeit über zu seinen Füßen kniete. Dann geht er mit ihr zusammen zur Bar. Adrenalin flutet mein System und mein Puls zieht an. Ich kneife die Augen zusammen und sehe zu, wie er mit ihr hinter der Bar in einem Gang verschwindet, in dem alle paar Sekunden Stroboskoplichter aufblitzen.

Das ist sie – die Gelegenheit, auf die ich gewartet habe. Ich folge ihnen. Paulie hebt das Mädchen im Gehen hoch und sie schlingt die Beine um seine Hüften. Ich will mich ihnen nähern, halte jedoch inne, als ich einen Luftzug durch meinen Hemdsärmel fühle. Als ich meine Aufmerksamkeit wieder auf Paulie richte, liegt dieser am Boden, während die Blondine aus voller Kehle zu schreien beginnt und versucht, die Blutung zu stoppen, die innerhalb kürzester Zeit sein Hemd tränkt.

Ein Scharfschütze.

Ich sehe mich noch einmal um, schließlich landet mein Blick auf Sven. Ich habe keine Ahnung, was soeben passiert ist, aber wir müssen hier raus. Ein Tumult bricht um uns herum aus, als Leute auf Paulie zustürmen, der noch immer daliegt. Blut strömt aus seinem Mund.

Ich hebe mein Kinn zu Sven und wir bahnen uns einen Weg nach draußen. Als wir den Ausgang des Clubs erreichen, schalten sich die Lichter an. Ich trete hinaus auf den Bürgersteig, dränge mich durch die Menge, dic aus dem Gebäude strömt, und gehe die Straße entlang, in der wir geparkt haben.

»Was zum Henker ist passiert?«, will Sven wissen, als wir uns in den Wagen setzen.

Ihn ignorierend, ziehe ich mein Hemd aus und betrachte den Ärmel. Ich entdecke ein winziges Loch, wo die Kugel den Stoff gestreift hat, ehe sie Paulie traf. »Da war ein Scharfschütze positioniert«, sage ich, als wir an der nächsten Ampel halten.

»Fuck. Weißt du, wer der Kerl war?«

»Keinen Schimmer.« Ich denke darüber nach und versuche zu eruieren, wer mit der Sache etwas zu tun haben könnte.

»Wo war Ivan?«, fragt Sven.

»Er hat noch immer telefoniert, als Paulie den Raum verlassen hat.«

»Was nun?«

»Ich fliege nach Hause«, murmle ich, unsicher, ob ich sauer oder erleichtert sein soll.

»Diese Sache ist noch nicht durchgestanden«, erinnert mich Sven.

»Nein, ist sie nicht, aber nun müssen wir warten, bis sein Vater den nächsten Zug macht.«

»Wir lang wird das dauern?«

»Keine Ahnung. Ich nehme an, er wird herausfinden wollen, wer seinen Sohn erschossen hat – selbst wenn dieser jemand versucht, seinen Platz einzunehmen.«

»Damit fühle ich mich auch nicht besser.«

»Hast du jemals mit Bausteinen gespielt, als du noch ein Kind warst?«, will ich von ihm wissen.

Sven sieht zu mir und zuckt mit den Schultern. »Klar«, murmelt er, offenbar nicht sicher, worauf ich hinauswill.

»Was ist passiert, wenn du einen der unteren Blöcke aus einem Bauwerk herausgezogen hast?«

»Es fiel zusammen?«

»Nein. Aber jedes Mal, wenn du von unten einen Stein rausnimmst, wird das Konstrukt schwächer, bis es schließlich zusammenbricht.«

»Wie viele Teile müssen noch raus?«

»Nur eins«, sage ich zu ihm.

Die restliche Fahrt verbringen wir schweigend. Sobald wir das Haus erreichen, bringen wir Frank auf den neuesten Stand. Er hat dieselben Fragen wie wir und wir noch immer keine Antworten.

Sven bietet uns an, hier zu übernachten, doch es gibt für mich keinen Grund, noch länger in Vegas zu bleiben. Ich nehme jedoch sein Angebot dankend an, seinen Privatjet nach Hawaii zu nutzen. Als wir am Flughafen aus seinem Wagen steigen, erhält er eine Nachricht und beginnt zu lachen. Ich erwarte nicht, dass er uns daran teilhaben lässt, doch er hält mir das Display entgegen und ich kann nicht anders, als zu schmunzeln.

Justin: *Sag Hawaii, dass es mir für sein Hemd leidtut.*

Ich schüttle den Kopf und mache mich auf den Weg zu Svens Jet.

Ich betrete mein Haus und gehe ins Wohnzimmer, wo jeder in seinem Tun innehält und zu mir aufsieht. Ich habe jedoch nur Augen für Myla. »*Makamae.*«

Sie kommt zu mir, wirft sich mir in die Arme und sobald ich sie festhalte, ertönt ein Schluchzen, das mir durch Mark und Bein fährt.

»Ich bin zu Hause. Ich habe es dir versprochen.«

»Ich weiß«, heult sie.

Ich neige ihren Kopf zurück und küsse sie, nehme ihren Geschmack in mich auf und lasse ihn zurück in mein System fließen.

»Ich habe mir solche Sorgen gemacht.« Sie hält mich noch etwas fester und ich tue dasselbe.

»Nichts kann mich von dir fernhalten. Nicht mal der Teufel höchstpersönlich«, flüstere ich in ihr Ohr.

Sie nickt, dann hebt sie ihren tränenerfüllten Blick zu mir. »Ich liebe dich.«

»Ich liebe dich auch.« Ich nehme ihr Gesicht in meine Hände und küsse sie erneut; der salzige Geschmack ihrer Tränen mischt sich mit ihrer Süße.

»Oh Gott«, flüstert meine Mom.

Myla wischt sich über ihre Wangen und macht einen Schritt zurück.

»Du bist nicht tot?«, fragt meine Schwester heulend.

»Ich hatte Geschäfte zu erledigen«, erkläre ich.

»Ich sollte dir in den verdammten Hintern treten«, ruft Pika und kommt auf mich zugeschossen.

Ich bereite mich bereits auf eine Konfrontation vor, doch Myla schreitet ein. »Pika, ich wusste das alles!«

Pika stoppt auf halbem Weg und sieht zu ihr.

»Er ist in jener Nacht zu mir gekommen, als das Boot explodiert ist. Ich hätte es euch gern gesagt, aber ich habe versprochen, kein Wort zu erwähnen«, wispert sie.

Aye funkelt sie an. »Du hast alles drangesetzt, die Suche nach ihm fortzusetzen, und bist ausgeflippt, als wir eine Beerdigung erwähnt haben.«

Sie lässt den Kopf sinken und sieht auf ihre Füße. »Ich wollte keine Beerdigung planen. Ich wollte außerdem nicht, dass ihr die Hoffnung so schnell aufgebt.«

»Das ist nicht ihre Schuld, sondern meine. Ich habe ihr das Versprechen abgenommen, niemandem etwas zu verraten.« Ich lege einen Arm um Myla. »Ich konnte nicht riskieren, dass jemand herausfindet, dass ich noch am Leben bin.«

»Mir ist klar, dass wir dich so erzogen haben, aber das hier ging eindeutig zu weit. Deine Mom war ein Wrack, deine Schwester und dein Bruder sind zusammengebrochen«, wirft mein Dad ein.

»Sorry, Dad, aber ich musste sichergehen, dass meinem Sohn niemand ein Haar krümmen wird, sobald er auf die Welt kommt«, erkläre ich und sehe Verständnis in seinen Augen aufblitzen.

»Wir dachten, du seist tot. Ich habe mir bereits überlegt, wie ich die Beerdigung vorbereiten und gleichzeitig Myla durch ihre Schwangerschaft helfen kann, ohne dass sie mir kollabiert!«, ruft meine Mom.

Das schlechte Gewissen trifft mich hart. Sie hätte das durchgezogen; ihren eigenen Schmerz zur Seite geschoben, um sicherzugehen, allen anderen zu helfen, die daran beteiligt sind.

»Ich liebe dich, Mom«, sage ich, als sie ihre Arme um mich schlingt.

»Wenn du so etwas noch einmal machst, werde ich dich höchstpersönlich umbringen«, erwidert sie und ich höre zustimmendes Gemurmel, das ich jedoch ignoriere.

»Ich musste das für meinen Sohn tun«, wiederhole ich und meine Mom nickt an meiner Brust.

Seit Myla meine Frau ist und wir herausgefunden haben, dass wir ein Baby bekommen, bin ich nicht müde geworden, alles dranzusetzen, um uns ein gewöhnliches Leben zu ermöglichen. Unser Sohn soll die Chance haben, Normalität zu erfahren.

»Ich kann mich glücklich schätzen, euch als Eltern zu haben, aber ich wollte nicht, dass mein Kind in einem Haus aufwächst, in dem zu jeder Tageszeit Männer mit Waffen herumhängen. Ich will die Zeit mit meiner Familie genießen.«

»Das kann ich verstehen, Honey.«

»Zwerg.« Ich sehe zu meiner kleinen Schwester, die ihre Arme um mich und Mom schließt.

»Tu so etwas nie wieder«, wispert sie.

»Das werde ich nicht«, verspreche ich und werfe meinem Bruder einen Blick zu.

Er schließt die Augen, dann kommt er ebenfalls zu uns, legt die Arme um uns alle und murmelt etwas davon, mir den Arsch aufzureißen.

»Es tut mir leid, Leute. Danke dafür, dass ihr euch um Myla gekümmert habt«, sage ich zu Aye und Pika.

»Jederzeit«, erwidert Pika und dieses Mal fühle ich keine

Eifersucht, nur Dankbarkeit.

»Du musst mir für so etwas nicht danken«, erwidert Aye.

Ich nicke, lasse Mom, meine Schwester und meinen Bruder los und gehe zu meinem Dad, den ich ebenfalls umarme, wie ich es zuletzt als Kind getan habe.

»Ich liebe dich, mein Sohn, und ich bin stolz auf den Mann, der aus dir geworden ist«, sagt er zu mir.

Ich klopfe ihm auf den Rücken, dann mache ich einen Schritt zurück und ziehe Myla an mich, um sie hochzuheben.

»Was tust du da?«, ruft sie.

»Wir gehen jetzt ins Bett«, erkläre ich und betrachte ihr wunderschönes Gesicht.

»Deine Familie ist da und du bist gerade erst nach Hause gekommen.«

»Das ist mir egal.« Ich sehe zu meiner Familie. »Nichts gegen euch, aber ich bringe Myla nun ins Bett. Ihr könnt bleiben oder nach Hause gehen«, sage ich und mache mich auf den Weg in unser Zimmer. Dort setze ich sie vorsichtig auf der Matratze ab, gehe vor ihr auf die Knie und hebe ihr T-Shirt an, um meine Wange an ihren Bauch zu drücken.

»Du hast deine Haare abrasiert«, sagt sie leise und streicht über meinen Kopf.

Ich schließe die Augen und nehme das Gefühl in mir auf, von ihr berührt zu werden. »Ja.«

»Ich vermisse deine Haare.«

Ich lächle. »Ach ja?«

»Ja«, wiederholt sie, lehnt ihre Stirn an meine und streicht weiter über meinen kahl rasierten Schädel.

»Es wird nachwachsen.«

»Du siehst in Jeans gut aus«, meint sie.

»Ja?« Ich muss grinsen.

»Definitiv«, flüstert sie und drückt ihren Mund auf meinen.

Ich lasse sie für einen Moment gewähren, dann dränge ich sie nach hinten und übernehme die Führung. Das ist, wofür ich immer wieder töten würde – für diese Frau, die mein Kind in sich trägt. Sie sind all das wert.

Epilog

Kai

»Du schaffst das«, sage ich zu Myla, als sie mit einer weiteren Wehe kämpft.

»Oh Gott, Kai«, ruft sie.

Ich wünschte, ihr den Schmerz abnehmen zu können. Seit wir die Klinik vor fünf Stunden erreicht haben, hat sie starke Schmerzen. Da der Muttermund bereits fünf Zentimeter offen war, hat sie sofort eine PDA erhalten, doch diese betäubte nur die linke Seite ihres Körpers.

»Du machst das großartig.« Ich lehne meine Stirn gegen ihre, als sie sich zurücklehnt. Sie wirkt völlig erschöpft.

»Noch ein Mal, Myla«, fordert die Ärztin sie auf.

Ich will ihr sagen, dass sie ihren Mund halten soll, doch als ihr die Schwester ein Handtuch reicht, beruhige ich mich wieder.

»Er ist fast da«, ermutige ich Myla, als sie ihren Fuß gegen meine Hand stemmt und erneut zu pressen beginnt. Ihr Gesicht wird so rot, es wirkt beinah purpur.

»Zählt bis fünf«, weist uns die Ärztin an.

Wir beginnen zu zählen. Sobald wir die Fünf erreicht haben, fällt Myla schwer atmend nach hinten auf das Bett, als ein lautes Weinen den Raum erfüllt.

»Ich bin so stolz auf dich«, flüstere ich und küsse sie hinter ihr Ohr, als ihr unser Sohn auf die Brust gelegt wird.

»Er ist tatsächlich hier«, wispert Myla und streicht über sein noch feuchtes Haar. »Er ist so wunderschön.«

Sie sieht zu mir hoch, und die Ehrfurcht, die ich in ihren Augen entdecke, raubt mir den Atem.

Ich lehne mich zu ihr und wispere gegen ihre Lippen: »Er ist wunderschön.«

Seine Haut ist heller als meine, jedoch dunkler als Mylas. Sein Haar ist schwarz und bereits ein wenig gelockt. Seine Nase ist markant, wie meine und wie bei allen Männern meiner Familie.

»Wir brauchen einen Namen«, sagt Myla.

Ich sehe unseren Sohn an. Von dem Moment an, als wir darüber gesprochen haben, ihm einen Namen zu geben, habe ich gesagt, dass ich warten will, bis er da ist. Ich wollte unserem Sohn einen bedeutenden Namen geben, einen Namen, der Respekt verlangt. Einen Namen für einen guten Mann, einen Ehrenmann.

»Was hältst du von Maxim?«, frage ich.

Tränen füllen ihre Augen und sie blickt wieder auf ihn hinunter. »Maxim«, flüstert sie und küsst ihn auf den Kopf. »Es ist perfekt.«

»Ich nehme ihn nun kurz und mache ihn sauber«, sagt eine Schwester sanft.

Ich will sie aufhalten, doch ich weiß, dass sie nur ihren Job erledigen möchte.

»Ich bringe ihn gleich zurück«, versucht sie, mich zu beruhigen.

Ich nicke. Myla küsst ihn noch einmal auf den Kopf, ehe die Schwester ihn ihr aus den Armen nimmt.

»Ich kann noch immer nicht glauben, dass er da ist«, sagt sie und wir sehen dabei zu, wie die Schwester ihn sauber macht.

Als ich Myla zum ersten Mal begegnet bin, wusste ich, dass sie mein Leben verändern würde. Ich hatte nur keine Ahnung, welches Ausmaß diese Veränderung annehmen würde. Sie macht mich nicht nur zu einem Ehemann und Vater, ich will durch sie ein besserer Mensch sein. Jemand, auf den sie stolz sein kann, dass er zu ihr gehört.

»Ich liebe dich, *Makamae*«, sage ich zu ihr.

Sie streicht über meinen Kiefer. »Ich liebe dich auch.«

Ein Jahr später ...

Myla

»Kai!«, rufe ich, als sein Kopf zwischen meinen Beinen verschwindet.

Ich bin erst vor wenigen Augenblicken aufgewacht, Kai hinter mir, seine Hand um mein Handgelenk geschlungen, seine Beine um meine, sodass ich mich nicht bewegen konnte, während er seine Finger in mich schob, um mich zu foltern. Als ich das erste Mal kurz davor war, zu kommen, drehte er mich zu sich und liebkoste meine Brüste, meine Arme noch immer in seinem Griff. Nun ist sein Kopf zwischen meinen Beinen und ich habe die Gelegenheit, ihn anzufassen, doch das bedeutet nicht, dass er mir gibt, was ich will.

»Ich will wirklich kommen«, sage ich stöhnend, als er langsam einen Finger in mich schiebt und diese wundervolle Stelle in meinem Inneren findet. »Kai, bitte«, wispere ich.

Darauf muss er gewartet haben, denn nun liebkost er mit dem Mund meine Klit, und bewegt seine Finger schneller in mir, was meinen Höhepunkt zum Explodieren bringt. Meine Beine beginnen zu zittern. Ich greife mit beiden Händen in die Laken und hebe die Hüften an, während er meinen Orgasmus weiter ausreizt.

Ich versuche, meinen Körper wieder unter Kontrolle zu bekommen, doch da fühle ich seinen Mund bereits auf meinem Bauch. Dann auf meinen Brüsten. Kai wandert höher, bis er seine Hüften zwischen meinen Schenkeln positioniert hat.

»Guten Morgen.« Er umfasst mit einer Hand meinen Nacken. Lächelnd neigt er sich zu mir und stiehlt mir erneut den Atem, als er mit einem langen Stoß in mich eindringt. Mein Geschmack und seiner vermischen sich in meinem Mund, als er mich ganz für sich vereinnahmt. Er greift nach meinem Schenkel und hebt mein Bein an, um tiefer einzutauchen.

»Genau hier«, zische ich, als er diesen perfekten Punkt in meinem Inneren trifft, der mich meine Zehen krümmen und meine Hüften höher anheben lässt.

»Ich fühle dich. Massier meinen Schwanz.« Er stöhnt auf und erhöht das Tempo; beginnt, härter zuzustoßen.

»Oh Gott, ja«, rufe ich und drücke meine Hände über meinem Kopf gegen die Wand.

Kai neigt den Kopf und nimmt meinen Nippel in den Mund. Meine Pussy zieht sich um ihn zusammen, beginnt zu pulsieren und nimmt ihn noch tiefer in mich auf, als mich mein Orgasmus mitreißt.

Seine Hüften zucken noch einmal nach vorn, dann lehnt er seine Stirn gegen mein Schlüsselbein und ich kann seinen rasenden Herzschlag an meiner schweißnasse Haut fühlen.

»Das muss es sein«, sagt er schwer atmend und sieht mich an.

»Muss was sein?«, frage ich verwirrt, mein Höhepunkt klingt noch immer in meinem System nach.

»Dass ich mein Mädchen bekomme.«

Ich schüttle den Kopf und beginne zu lachen. Wir haben bereits vor einer Weile beschlossen, dass wir noch ein zweites Baby machen wollen. Kai besteht seither darauf, ein Mädchen zu bekommen. Im Gegensatz zu der ersten Schwangerschaft scheint diese mit etwas mehr Aufwand verbunden zu sein. Gestern, als wir den Ovulations-Test gemacht haben und herauskam, dass an diesen Tagen der Eisprung stattfinden würde, hat er Maxim zu seinen Eltern gebracht. Kai hofft, mit sehr viel Sex seinem Ziel schneller näher zu kommen.

»Du wirst dein Mädchen kriegen«, sage ich und er lehnt seine Stirn wieder gegen mein Schlüsselbein.

Vier Jahre später …

Was wir an jenem Tag nicht wussten, war, dass Kai recht behalten würde. Es war der Moment, in dem er seine Tochter gezeugt hatte.

Ich sehe hinunter zur Küste, wo Kai Melanie, unserer Jüngsten, hinterherjagt. Die Geräusche von Freude und Lachen füllen die Atmosphäre und ihr langes, lockiges, blondes Haar tanzt um ihren Kopf herum.

»Nein, Daddy!«, ruft sie und bringt mich damit zum Lachen.

Kai rennt ihr schon eine Weile nach und versucht, ihr ihre Schwimmwindel anzuziehen, doch jedes Mal, wenn er ihr nahe kommt, düst sie erneut davon.

Als er stehen bleibt und die Arme verschränkt, nehme ich den Anblick meines heißen Ehemannes in mich auf. Sein nackter Oberkörper wird von harten Muskeln und weicher dunkler Haut dominiert. Er trägt sein Haar offen und die Shorts, die er anhat, offenbaren dieses sexy V seiner Hüften.

Sein Blick trifft auf mich und er schüttelt den Kopf. Ich weiß, was er denkt. *Sie ist entzückend und ebenso nervtötend.* Schon vor dem Moment – und ich meine tatsächlich davor –, in dem er sie zum ersten Mal in den Armen gehalten hat, hat sie ihn bereits um den kleinen Finger gewickelt. Ich schätze, das ist nicht verwunderlich, denn sie ist seine einzige Tochter.

Melanie hält inne, sieht über ihre Schulter und als sie bemerkt, dass ihr Dad ihr nicht mehr hinterherjagt, rennt sie auf Armeslänge an ihm vorbei und auf mich zu. »Rebbe mich, Mommy!«

Ich fange sie auf, dabei auf meinen Bauch bedacht, und tätschle ihre kleinen nackten Zehen. »Langsam, mein Schatz«, sage ich leise und drücke sie vorsichtig an meine Brust.

»Tschuldige«, erwidert sie und streichelt über meinen Bauch, in dem ihr kleiner Bruder heranwächst.

»Ich hab dich.« Kai grinst, schnappt sie aus meinen Armen und zieht ihr rasch die Windel an, bevor sie die Chance hat, sich aus seinem Griff zu befreien.

»Dir ist klar, dass sie die Windel gleich wieder los sein wird.«

»Ja«, murmelt er und küsst mich auf die Stirn, dann auf meine Lippen. »Freust du dich schon, deine Mom und deinen Bruder zu sehen?«, will er wissen und zieht mich an seine Seite.

»Oh ja. Ich kann es kaum erwarten, alle Kinder um mich zu haben. Außerdem weiß ich, wie sehr sich meine Mom freut, für die Babyparty hier zu sein«, sage ich und lehne mich an ihn.

Er küsst mich auf meinen Scheitel.

»Was möchtest du heute zum Abendessen haben?«, frage ich ihn nach einem Moment.

Sein Blick sucht meinen und wird liebevoll. Das ist es, woran er so hart gearbeitet hat, und selbst wenn es nur so kleine Dinge sind, weiß ich, dass dies die Augenblicke sind, für die er stets dankbar sein wird.

»Was immer du möchtest.«

»Bedeutet das, ich werde kochen?«, frage ich und hebe eine Braue.

»Fein. Ich grille«, murmelt er und küsst die Grimasse aus meinem Gesicht.

»Mhm.«

Ich lächle und er schüttelt den Kopf. »Du schuldest mir noch einen Kuchen.«

Innerlich beginnt alles zu prickeln, als er das Wort *Kuchen* ausspricht. Seit wir das Haus für uns allein haben, bekommt Kai jede Menge Kuchen und – glücklicherweise – bevorzugt er mich als liebste Geschmacksrichtung.

»Daddy, komm, spiel mit mir«, ruft unser Sohn Maxim und hockt sich vor die Sandburg, an der die beiden arbeiten.

»Ja, Daddy, komm, hilf uns!«, ruft Melanie und ich bemerke, dass sie bereits wieder nackt ist.

»Geh schon, Daddy«, ermutige ich ihn und setze mich auf den Boden.

Er hockt sich vor mich auf seine Knie, fasst nach meinem Kopf und nimmt meinen Mund mit einem Kuss in Besitz, der mir auf dieselbe Weise den Atem raubt, wie er mir mein Herz gestohlen hat.

»Ich liebe dich«, flüstert er, dann erhebt er sich und joggt zu den Kids, ehe ich etwas erwidern kann.

Ich beobachte meinen Mann und meine Kinder und danke meiner Mom und meinem Dad – wo auch immer sie gerade sein mögen. Ich weiß, dass ich das alles hier nur ihnen zu verdanken habe.

DANKSAGUNG

Als Allererstes muss ich Gott danken, denn ohne ihn wäre all das hier nich möglich. Als Zweites möchte ich meinem Ehemann danken. Danke, dass du mich immer unterstützt und mich anfeuerst, selbst dann noch, wenn ich längst das Handtuch werfen möchte.

Danke an meine Lektorin Kayla, du weißt, wie sehr ich dich schätze. In Kai steckt so viel von dir. Danke, dass du immer genau weißt, was ich zu sagen versuche. Danke auch an Mickey, dafür, dass du immer sichergehst, dass meine Leser einen tollen Text geliefert bekommen. Danke euch beiden für euer Auge für Details; ihr macht eure Arbeit so gut und ich bin euch sehr dankbar dafür.

Danke an meine Cover-Designerin Sara Eirew für deine wundervollen Designs und deine Fähigkeiten als Fotografin. Du hauchst meinen Charakteren Leben ein.

Danke an TRSOR und alles, was ihr Mädels für mich tut; dafür werde ich euch immer dankbar sein. Ich liebe euch!

Ein Danke natürlich auch an meine Betaleser: Ich denke, ich habe es bereits eine Million Mal gesagt, aber ich könnte nicht dankbarer für eure Unterstützung sein und vor allem auch dafür, dass ihr mich immer so anspornt.

An alle Blogger und Leser da draußen: Danke, dass ihr euch die Zeit nehmt, meine Bücher zu lesen und darüber zu sprechen. Ohne euch hätte ein Autor keine Bühne. An meine FBGM Mädels: Ihr wisst, wie dankbar ich bin, dass ihr mich auf diesem Weg begleitet!

XOXO Aurora

Weitere Titel der Autorin:

Until Love: Asher
Until Love: Trevor
Until Love: Cash
Until Love: Nico

Underground Kings: Kenton
Underground Kings: Kai
Underground Kings: Sven (November 2019)

Until You: July
Until You: Jax
Until You: June
Until You: Ashlyn
Until You: Sage
Until You: Harmony
Until You: Cobi (August 2019)

JUST ONE KISS
von Jana Aston

ISBN-Paperback: 978-3-903278-01-1
ISBN-EPUB: 978-3-903278-02-8

Ich war immer ein gutes Mädchen. Habe hart gearbeitet, die Regeln befolgt und alle meine Ziele erreicht. Aber manchmal wollen gute Mädchen auch mal Dinge, die nicht gut für sie sind. Beispielsweise ihren ultrascharfen neuen Boss.
Und manchmal tun diese Mädchen dann dumme Sachen, um dessen Aufmerksamkeit zu erlangen. Beispielsweise ihre Jungfräulichkeit während einer Auktion zu versteigern.
Wer würde auch schon annehmen, dass der Mann der Begierde darauf so wütend reagiert? Vielleicht war das diesmal nicht der beste meiner bisherigen Pläne und ich sollte mein Vorhaben noch mal neu überdenken ...